GUNNAR STAALESEN

Die Frau im Kühlschrank

Buch

Varg Veum ist Privatdetektiv. Er gehört zu jener seltenen Spezies von Berufsschnüfflern, die darauf bestehen, ihr Geld auf anständige Weise zu verdienen: Aufträge eifersüchtiger Ehepartner übernimmt er nicht. Im Unterschied zu seinen berühmten amerikanischen Kollegen hat er keine Vorliebe für Whiskey, sondern – seiner norwegischen Biographie entsprechend – für Aquavit. In heiklen Situationen zeigt Veum, was er wirklich auf dem Kasten hat: Mut und starke Nerven. Die braucht er, als er im norwegischen Stavanger bei seinem Auftrag, einen verlorenen Sohn aufzuspüren, statt dessen eine Frau findet. Sie steckt in einem Kühlschrank – ohne Kopf. Veum nimmt die Herausforderung an und sucht nun auch den Mörder der Frau. Dabei trifft er auf den Puffbesitzer Ole Johnny, eine äußerst zweifelhafte Erscheinung, und auf die hübsche Edelnutte Elsa, die in ihrer Freizeit eine Abhandlung über männliche Sexualität schreibt …

Autor

Gunnar Staalesen wurde 1947 in Bergen geboren. Seit seinem Durchbruch mit den Varg-Veum-Romanen in den achtziger Jahren zählt er zu den führenden Krimiautoren Norwegens. Gunnar Staalesen lebt mit seiner Familie in Bergen, wo er als Dramaturg am Theater arbeitet, und widmet sich in seiner Freizeit der Schriftstellerei.

Von Gunnar Staalesen außerdem
im Goldmann Taschenbuch lieferbar:

Bittere Blumen. Roman (5933)

Gunnar Staalesen

Die Frau im Kühlschrank

Roman

Aus dem Norwegischen von
Kerstin Hartmann

GOLDMANN

Die Originalausgabe erschien 1981 unter dem Titel
»Kvinnen i kjøleskapet«
bei Gyldendal Norsk Forlag, Oslo

Umwelthinweis:
Alle bedruckten Materialien dieses Taschenbuches
sind chlorfrei und umweltschonend.

Wiederveröffentlichung Juni 2000

Umschlaggestaltung: Design Team München
Umschlagfoto: Wolf Huber
Satz: IBV Satz- und Datentechnik GmbH, Berlin
Druck: Elsnerdruck, Berlin
Krimi 5153
Lektorat: Julia Eisele
Herstellung: Max Widmaier
Made in Germany
ISBN 3-442-05153-3

3 5 7 9 10 8 6 4

1

Das kleine Holzhaus lag auf der Mitte von Dragfjellstrappen, die wie eine Pariser Seitengasse am Dragfjell hinaufsteigt. Auf dem Türschild stand der richtige Name: *Samuelsen.*

Es war ein kalter trostloser Tag Anfang November. Ich klingelte, blieb an der Türschwelle stehen und wartete. Sie hatte gesagt, daß sie schlecht zu Fuß sei und daß es einen Moment dauern würde. Es roch schal nach altem Holz und frischem Ofenrauch in der engen Gasse. Der Rauch zog rußig über die Hausdächer, und rund um die Stadt, die Berghänge hinauf, lag der erste Frost wie weiße Nebelschwaden.

Die Frau, die öffnete, war Anfang Sechzig. Ihr Haar war am Ansatz weiß, an den Spitzen goldbraun. Es war zu einer Art Pagenfrisur geschnitten, mit scharfen Kanten. Das Gesicht war knittrig von Falten. Der Mund war verkniffen und klein, und das Kinn stand vor wie eine kleine Skisprungschanze. Es war etwas Bestimmtes und Energisches an ihrer gesamten Kieferpartie.

Die Augen wirkten eher unsicher. Sie waren hell und blau, und von den Pupillen aus durchzog sie ein Netz von kleinen Adern. Sie beäugte mich skeptisch, hielt die Tür nur einen Spalt weit geöffnet, den Kopf ängstlich dahinter versteckend.

Ich lächelte beruhigend und sagte: »Ich bin Veum, gnädige Frau.«

»Veum?« antwortete sie, als hätte sie den Namen noch nie gehört. »Haben Sie einen Ausweis?«

Ich zeigte ihr den Führerschein, und sie starrte konzentriert auf das kleine Foto. »Sind *das* Sie?«

»Vor ein paar Jahren«, sagte ich.

Sie sah mich an. »Ihr Gesicht ist markanter geworden. Kommen Sie rein.«

Sie trat vorsichtig zur Seite und gab die Tür frei.

Ich kam in einen dunklen Flur. Rechts führte eine schmale, gewundene Treppe in den ersten Stock, wo nicht für mehr als ein, zwei Zimmer Raum sein konnte. Die Tür direkt vor uns war geschlossen, die Tür links war angelehnt.

Die Frau benutzte einen Stock und stützte sich schwer darauf, als sie ging. Das eine Bein war fast steif. Sie ging mir voraus in das Zimmer links und winkte zum Zeichen, daß ich ihr folgen sollte.

Wir kamen in ein kleines Wohnzimmer. An einer Wand stand ein altes, verschlissenes Sofa. In der einen Sofaecke lagen aufgerollt ein Laken, ein Federbett und eine Wolldecke. In der anderen Ecke lag ein besticktes Kissen mit dem Bild des Triumphbogens und dem Text *La belle France*. Vor dem Sofa stand ein niedriger Couchtisch. Auf der Ablage unter dem Tisch lag ein Stapel Zeitungen und Zeitschriften. Auf dem Tisch befanden sich eine halbvolle Kaffeetasse, ein kleiner Teller mit ein paar Brotkrümeln, ein kleiner Kerzenhalter mit einer fast heruntergebrannten Kerze, eine Packung billiger norwegischer Zigaretten und eine Schachtel Streichhölzer, und aus einem offenen Briefumschlag ragte die Ecke eines Briefbogens. Sie hatte die Untertasse als Aschenbecher benutzt.

Am Ende des Raumes stand die Tür zur Küche halb offen. An der Wand neben der Küchentür stand ein schwarzer Ofen. Aus dem Ofen hörte man trockenes Holz knacken, und die Zimmertemperatur war ungefähr auf Saunaniveau.

Vor dem niedrigen Couchtisch standen zwei Sessel mit verschlissenen Bezügen, und sie machte ein Zeichen, daß ich mich in einen davon setzen könnte. Sie selbst humpelte in Richtung Sofa.

Als sie sich zurechtgesetzt hatte, nickte sie kurz zur Wand hinter mir und sagte: »Das ist meine Tochter.«

Ich wandte mich im Sessel um. An der Wand stand ein Sekretär mit einem einfachen Bücherregal darüber. Abgesehen von einem Telefonbuch standen darin keine Bücher. Das Telefon stand auf dem Sekretär darunter. Links vom Telefon stand ein gerahmtes Foto einer jungen Frau. Sie erinnerte nur schwach an die Mutter, aber sie hatte das gleiche markante Kinn. Die Augenbrauen waren schmal, die Nase lang. Sie starrte von dem fast feierlichen Sekretär ernst auf uns: wie ein Heiligenbild auf einem Altar.

»Aber es geht um Arne«, sagte Frau Samuelsen hinter mir. »Meinen Sohn.«

Ich drehte mich um und blickte sie höflich an.

Sie kaute auf ihren Lippen und plinkerte mit den Augenlidern. Es war ein kaum spürbarer Bruch in ihrer Stimme, als sie sagte: »Ich – ich habe nichts von ihm gehört seit... seit vielen Wochen.« Sie nickte zu dem offenen Brief auf dem Couchtisch hin.

»Ist das ungewöhnlich?«

»Ja.« Sie schluckte. »Er – er hat immer – immer regelmäßig geschrieben.«

»Wo ist er?« fragte ich vorsichtig.

»Er wohnt in Stavanger. Er arbeitet auf einer Ölplattform da unten, draußen in der Nordsee. Ich konnte nicht verstehen, warum er nicht mehr hier bei mir wohnen wollte, zu Hause. Aber er suchte sich eine Wohnung in Stavanger, und da wohnt er, wenn er nicht – draußen ist.«

»Ah so. Und wie oft hören Sie normalerweise von ihm?«

»Er schreibt immer, wenn er an Land ist.« Sie zog ein kleines Notizbuch unter der Tischdecke hervor und blätterte darin. Die Seiten waren abgegriffen, eselsohrig. Es war ein Buch, in dem sie oft blätterte. »Jetzt ist er zehn Tage draußen gewesen, und dann sollte er zehn Tage an Land sein, und er war... Er müßte jetzt seit sechs Tagen an Land sein, und ich hab noch nichts... Wenn er drei Wochen zu Hause – drei Wochen an Land ist –, dann kommt er meistens ein paar Tage her, aber wenn es nur zehn Tage an Land sind, dann bleibt er da unten.«

Ich sagte beruhigend: »Aber dann hat er vielleicht viel zu tun, andere Dinge, meine ich?«

Sie sah mich verständnislos an. »Aber was denn?«

Ich zuckte mit den Schultern. »Junge Männer in dem Alter...«

»Junge Männer in dem Alter!« schnaubte sie. »Außerdem ist er nicht in seiner Wohnung.«

»So?«

»Nein, ich habe jeden Tag seine Wirtin angerufen, die letzten drei, vier –, und sie hat gesagt, daß niemand antwortet, wenn sie klingelt. Gestern – gestern hab ich gefragt, ob sie nicht aufschließen könnte, ob sie nicht einen Extraschlüssel hätte...«

»Ja?«

»Und dann hat sie zurückgerufen, und dann... Es war niemand da. Die Wohnung war ganz leer. Sie fing an, von der Miete zu reden.«

»Das haben Wirtinnen so an sich. Hat er sich vielleicht einfach einen kleinen Urlaub gegönnt?« fragte ich leichthin. »Die Leute auf den Plattformen – die verdienen nicht gerade wenig.«

»Nicht ohne mir Bescheid zu sagen. Das würde er nie tun. Nicht Arne.«

»Also...«

»Nein.«

Nach einer kleinen Pause sagte ich: »Und das letzte Mal, daß Sie von ihm gehört haben, das war also...«

»Er war zehn Tage draußen gewesen und sollte seit fünf oder sechs zu Hause sein. Und er hat geschrieben, unmittelbar bevor er das letzte Mal rausfuhr, das sind also – fünfzehn, sechzehn ...«

»Sie haben nicht vor, die – Polizei zu fragen?«

Sie sah mich widerwillig an. »Warum, glauben Sie wohl, habe ich Sie angerufen?«

»Wenn er wirklich verschwunden sein sollte – dann haben die den größeren Apparat. Sie können ihn in Null Komma nichts finden. Ich bin – nur einer.«

»Aber ich will nicht... *Wenn* – wenn es nichts Ernstes wäre. Es wäre so unangenehm – für ihn.«

»Also Sie meinen – Sie glauben also, daß er möglicherweise doch irgendwohin gefahren sein könnte, ohne Ihnen Bescheid zu sagen?«

»Nein!« sagte sie schroff. Und dann, fast nachdenklich: »Es sähe ihm so gar nicht ähnlich...«

Ich seufzte. »Wissen Sie, ob er... Vielleicht hat er eine – Freundin?«

Sie schüttelte den Kopf, mit verkniffenem Mund. »Nein. Davon hat er nie was geschrieben.«

»Aber vielleicht hat seine Wirtin – Wirtinnen pflegen so was zu wissen.«

»Es sähe ihm so...«, begann sie. Dann unterbrach sie sich und beugte sich über den Tisch nach vorn. »So was erzählen sie Müttern nicht. Deshalb möchte ich, daß Sie nach Stavanger fahren, mit seiner Wirtin reden, dem Arbeitgeber, anderen, die ihn kennen – versuchen, ihn zu finden – für mich...«

»Ihre Tochter – könnte sie vielleicht etwas wissen?« Ich wandte mich automatisch halb dem Bild hinter mir zu, als könnte ich direkt von dort eine Antwort bekommen.

Sie sagte mit leerer Stimme: »Meine Tochter ist tot. Sie starb vor – fast acht Jahren.«

»Oh, Entschuldigung – ich...«

»Ist schon gut. Man kann ja nicht wissen... Es kommt ja nicht so häufig vor, daß Menschen – so früh sterben.«

Es wurde still in der dunklen Stube. Ihr Gesicht war wie aus knorrigem Holz geschnitzt. Dunkle Schichten lagen unter der Haut, in die sich die Sorgen eingegraben hatten.

Ich sagte: »Es wird – einiges kosten. Ich muß sicher ein paar Tage da unten bleiben, und ich brauche Geld für die Reise, Geld fürs Hotel, für Essen, vielleicht einen Leihwagen, Telefonate... Und dann das übliche Tageshonorar. Es wäre billiger, wenn Sie die Polizei...«

»Ich will nicht, daß die Polizei...«, stieß sie heftig hervor. Ruhiger sagte sie: »Ich habe Geld. Es gibt nichts anderes, für das ich es brauchen könnte. Wollen Sie einen Vorschuß?«

Ich nickte leicht. »Geben Sie mir nur – seine Adresse.«

Sie gab sie mir. »Und seine Wirtin heißt – Frau Eliassen.«

Ich notierte beides. »Wie lange wohnt er schon da unten?«

»Zwei – drei Jahre.«

»Was hat er davor gemacht?«

»Da war er ein paar Jahre auf See.«

»Und die Gesellschaft, bei der er arbeitet?«

Sie sagte den Namen einer der amerikanischen Ölgesellschaften, die die Rechte für ein ansehnliches Stück des Nordseebodens und das, was sich darunter befinden mochte, erworben hatten. »Ich habe auch bei ihnen angerufen, aber sie haben nur geantwortet, daß sie sich nicht darum kümmern würden, wo sich ihre Leute aufhielten, wenn sie frei hätten, Hauptsache, sie kämen pünktlich zur Arbeit.«

»Ich verstehe. War es jemand Bestimmtes, mit dem Sie da gesprochen haben?«

»Ja, aber ich weiß nicht mehr – es war eine Frau.«

»Gut, gut, das finde ich schon heraus.«

Sie sah mich bittend an. »Glauben Sie...« Ihre Stimme wurde zu einem Flüstern. »Glauben Sie, daß Sie mir helfen können?«

»Ich werd's versuchen«, sagte ich. »Haben Sie ein Foto von ihm?«

»Ja, ich... Er wollte nicht zum Fotografen gehen – so wie Ragnhild, aber hier hab ich eins.« Sie holte unter dem Tisch eine Handtasche hervor und zog ein kleines Foto heraus. Sie gab es mir, und ich sah es mir an. Es war nicht schlecht. Er hielt das Gesicht gegen die Sonne und blinzelte etwas, aber die Sonne zeichnete die Linien in seinem Gesicht so klar, daß man das Profil erahnte, obwohl es eine Frontalaufnahme war. Ich nickte zum Zeichen dafür, daß ich es verwenden konnte.

Er war seiner Schwester durchaus ähnlich: das gleiche kräftige, viereckige Kinn – männlich bei ihm, ein wenig zu dominierend bei ihr –, die gleichen dünnen, wie nachgezogenen Augenbrauen und die gleiche langgestreckte, gerade Nase. Aber sie war ganz dunkel gewesen, und er war hellblond.

»Es ist nicht schwer zu erkennen, daß sie Geschwister sind«, sagte ich.

»Nein – sie ähneln dem Vater, beide«, antwortete sie.

»Haben Sie sonst noch etwas über Ihren Sohn zu erzählen? Hat er irgendwelche besonderen Interessen? Was tut er in der Freizeit?«

Sie sah mich hilflos an. »Er ist so selten zu Hause gewesen. Erst die Jahre auf See und jetzt – da unten. Er – hat gerne gelesen. Und ging zu Fußballspielen. Oder ins Kino. Aber – das ist ja nichts Außergewöhnliches, nicht?«

»Nein, das ist es wohl nicht.«

»Wie – wieviel Geld brauchen Sie?«

Ich rechnete schnell im Kopf. »Sagen wir – zweitausend, vorläufig. Sie kriegen selbstverständlich eine ordentliche Rechnung zum Schluß, mit allen notwendigen Belegen. Aber ich brauche wohl...«

»Das ist in Ordnung. Würden Sie so nett sein und kurz auf den Flur gehen?«

»Auf den Flur?«

»Ja. Dann werd ich...« Sie rieb Daumen und Zeigefinger gegeneinander, als internationales Zeichen für Geld.

Ich erhob mich gehorsam und ging hinaus auf den Flur. Ich konnte hören, wie sie drinnen im Wohnzimmer rumorte. Ich hörte das Tappen des Stocks durch den Raum – und dann wieder zurück. Schließlich kam sie und öffnete die Tür wieder. »Jetzt können Sie reinkommen.«

Ich trat wieder ins Wohnzimmer und sah mich unwillkürlich um. Aber alles war wie vorher. Die einzige Veränderung war der Packen Geldscheine, den sie in der Hand hielt.

Sie überreichte mir den Packen. »Bitte zählen Sie nach – dann... Und dann hätte ich gern eine Quittung.«

»Die sollen Sie haben.« Ich zählte die zwanzig Hunderter durch und kramte Papier und einen Stift aus einer meiner Jakkentaschen. Ich setzte mich an den Couchtisch und begann zu schreiben. Ich sah einen Moment auf. »Der Vorname – war...«

»Theodora«, sagte sie. Sie stand noch immer, als wartete sie nur darauf, daß ich ginge.

Ich schrieb: *Erhalten von Frau Theodora Samuelsen, 2000 Kr.* Dann Datum und Unterschrift: *V. Veum.*

Ich gab ihr die Quittung und notierte den Betrag in meinem kleinen Notizbuch. Dann stand ich auf. Einen Augenblick blieb ich stehen und sah sie an. Dann sagte ich: »Ich fahre morgen früh runter. Ich habe hier heute ein paar andere Dinge zu tun. Sobald ich etwas herausgefunden habe, werden Sie von mir hören.«

Sie nickte. Ihr Gesicht hatte sich ein wenig aufgehellt. Es passierte etwas. Es gab Grund zur Hoffnung. Ich hoffte nur, daß sie nicht enttäuscht würde. Wahrscheinlich hatte er sich irgendwo verkrochen, mit irgendeinem Mädchen. Söhne tun so etwas ab und zu, und nicht immer denken sie daran, ihren Müttern Bescheid zu sagen.

Bevor ich ging, sagte ich: »Hat er nichts Besonderes geschrieben – in dem letzten Brief? Etwas, das...«

Sie schüttelte den Kopf. »Nein. Nur das Übliche. Er – er

schreibt nicht so viel – das wichtigste ist, *daß* er schreibt. Daß ich weiß – daß es ihm gutgeht.«

»Ja. Verstehe. Es wird schon gutwerden«, sagte ich. »Wir hören voneinander – sobald ich ... Auf Wiedersehen, und – danke.«

»Oh, nichts zu danken.«

Sie machte die Tür fest zu, und ich ging wieder die steile Gasse hinunter. Ich war nicht viel länger als eine halbe Stunde dort gewesen.

2

Es saß ein Mann in meinem Wartezimmer. Er saß da und blätterte in einem der uralten Herrenmagazine, die ich von dem Arzt geerbt hatte, der vor mir dort seine Praxis hatte. Er hatte es in der Mitte beim Girl der Woche aufgeschlagen, und das Heft war so alt, daß das Mädchen eine Bikinihose trug und dem Fotografen den Rücken zuwandte. Als ich hereinkam, legte er die Zeitschrift weg und erhob sich.

»Monsen«, stellte er sich vor. »Harry Monsen. Ich weiß nicht, ob Ihnen der Name was sagt?«

Ich nickte. »Er sagt mir etwas.« Wir gaben uns die Hand.

Er war Ostnorweger und trug einen grauen Anzug mit Weste. Der Schnitt war elegant, urban. Auf dem Stuhl neben ihm lag ein heller Popelinmantel. Er war um die Fünfzig, nicht besonders groß, und das braune Haar sah frisch gewaschen aus. Es hatte genau die richtige Länge über den Ohren und im Nacken. Er war Stammkunde bei seinem Friseur, einmal in der Woche. Die Haut im Gesicht war etwas rötlich, wie nach einem heißen Bad. Er wirkte irgendwie erregt, als wäre er froh, mich zu treffen. Aber ich ging davon aus, daß er meinte, es sollte eher umgekehrt sein. Ich sollte mich geehrt fühlen. Harry Monsen war unser einziger international bekannter

Privatdetektiv. Er leitete ein großes Detektivbüro in Oslo, das größte des Landes. Soweit ich wußte, hatte er acht oder neun Angestellte. Ich hatte keine Ahnung, was ihn hierher über die Berge geführt hatte, aber ich ging davon aus, daß ich es erfahren würde.

»Kommen Sie mit ins Büro«, sagte ich.

Er nahm einen viereckigen Aktenkoffer mit blanken Beschlägen mit: Marke Geschäftsmann.

Ich schloß die Tür zum Büro auf, machte das Licht an und warf einen schnellen Blick durch den Raum. Es war nicht besonders beeindruckend, aber es war nur wenige Tage her, daß ich hier saubergemacht hatte, so daß es recht ordentlich aussah. Auch die Staubschicht auf dem Schreibtisch war nicht sonderlich auffällig. Es sah beinah so aus, als hätte ich von Zeit zu Zeit etwas zu tun.

»Ich habe gerade einen neuen Auftrag bekommen. Ich komme eben von dem Klienten«, sagte ich, um deutlich zu machen, daß ich nicht allzuviel Zeit hatte.

Er sah sich in meinem Büro um mit einem Gesichtsausdruck, als nippe er an einem Glas abgestandener Zitronenlimonade. »Also hier – arbeiten Sie?«

»Die Aussicht ist schön«, sagte ich und wies zum Fenster.

Fløien lag in grauem Dunst, der Rauch aus den Schornsteinen zog schwer über die Dächer, die Menschen draußen hatten sich warm angezogen.

»Doch, ja«, sagte er ohne Begeisterung.

In mir ballte sich eine Faust, irgendwo unten im Bauch. Ich fühlte mich, als würde ich einer Inspektion unterzogen. Mir gefiel das nicht.

Ich wies auf den Kundensessel, und er setzte sich. Ich selbst nahm hinter dem Schreibtisch Platz. Dann sagte ich: »Womit kann ich dir dienen?«

»Duzen wir uns?« sagte er mit fragendem Blick.

Ich nickte.

»Gut«, sagte er. Er hatte den Aktenkoffer auf dem Schoß, und er öffnete ihn mit zweimaligem Klicken. Dann wiederholte er: »Gut.«

Die Faust in meinem Bauch öffnete sich und ballte sich wieder, noch fester.

Er zog ein kleines Faltblatt aus der Tasche und reichte es mir über den Schreibtisch. »Das sind wir«, sagte er.

Ich sah auf das Faltblatt. Es sah aus wie die PR-Broschüre eines modernen Reklamebüros. Das Papier war rostfarben und glänzend, und mit prangenden Lettern stand dort als Überschrift: HARRY MONSEN AG, DETEKTIVBÜRO, DEM IKD ANGESCHLOSSEN. Weiter unten im Text war IKD erklärt als Internationale Kommission der Detektivverbände. Ich las nicht alles, aber ich entnahm alldem, daß Harry Monsen – seiner eigenen Werbung nach – ein Detektivbüro der höchsten internationalen Klasse betrieb, daß er alle Arten von Aufträgen annahm, von »ehelichen Problemen« und »Personenüberprüfungen« bis hin zu etwas, das sich »Industrielle Nachforschungen mit modernsten elektronischen Hilfsmitteln« nannte. Ich fühlte, daß ich beeindruckt aussehen müßte, aber ich sah nur fragend zu ihm hinüber.

»Ich weiß nicht, ob ich so was...«, sagte ich. »Hilfe zur Selbsthilfe, das ist mein Motto.«

Er sah mich prüfend an. »Wir haben von dir gehört, Veum. Drüben in Oslo. Sowohl Gutes als auch Schlechtes.«

»Ach ja?« sagte ich.

»Laß uns mit dem Guten anfangen.«

»Ja, tun wir das.«

»Wir haben gehört, daß du ein versierter Detektiv mit recht großer Menschenkenntnis seist, daß du besonders in Fällen, die junge Menschen betreffen, eine gute Hand hättest, von Zeit zu Zeit.«

»Eine gute Hand war der richtige Ausdruck. Und besonders von Zeit zu Zeit.«

»Ja, wir haben gehört, daß du auch einen recht eigenwilligen Ton hättest. Verbal, meine ich. Daß das nicht immer nur Gutes bewirke.«

»Du bist also schon fertig mit dem Guten, wie mir scheint?«

»Nein, nicht ganz. Wir haben gehört, daß du recht stur sein kannst: die gesunde, positive Sturheit, die dazu führt, daß du Resultate erzielst. Daß du nicht aufgibst. Selbst wenn du Verluste machst.«

»Ich? Verluste? Du mußt Verbindungen zum Finanzamt haben.«

»Aber«, sagte er mit großem Nachdruck. »Wir haben auch gehört, daß du dich ein paarmal ganz schön in die Nesseln gesetzt hast. Und da haben wir – oder habe ich mir – die Frage gestellt: Warum? Die Antwort ist ganz einfach. Wenn ein sonst anständiger und aufrichtiger Privatdetektiv sich in irgendwelche Nesseln setzt, dann kommt das in neunundneunzig Prozent der Fälle daher, daß er allein operiert. Daß er keinen Apparat hat, auf den er sich stützen kann. Daß er keine ordentlichen, breit angelegten Ermittlungen durchführen kann, ohne soviel Zeit zu verlieren, daß die Beweise vernichtet oder die Vögel ausgeflogen sind.«

»Hast du *so* viel nachgedacht – über mich?«

»Nicht nur über dich. Auch über andere, andere mehr oder weniger anständige Privatdetektive, die auch allein operiert haben. Du bist nicht der einzige, aber die meisten verschwinden recht schnell wieder von der Bildfläche. Während du… Wie lange machst du das jetzt schon?«

Ich sah auf den Kalender. Die Jahreszahl war jedenfalls richtig. »Fünf Jahre – sind es jetzt.«

»Tja«, er machte eine ausladende Armbewegung. »Tatsächlich hast du dieses geographische Gebiet ziemlich für dich allein, und trotzdem… Das ist wirklich nicht übel, Veum. Wirklich nicht.«

Ich nickte zu seiner Tasche hin. »Hast du noch mehr da drin? Du hast doch wohl die Urkunde mit?«

»Mir fällt was auf, jetzt wo wir hier so sitzen und reden. Mir fällt auf, dein Ton ist ein bißchen – aggressiv? Es ist anstrengend, alleine zu arbeiten, kann ich mir denken.«

Ich sah ihn an. »Wieso? Ich arbeite allein. Das bedeutet, daß ich niemandem außer mir selbst Rechenschaft schuldig bin. Das bedeutet, ich kann kommen und gehen, wann ich will, ans Telefon gehen, wann ich will – und wenn das Fernmeldeamt es mir erlaubt. Das bedeutet, daß ich mir erlauben kann, bestimmte Jobs nicht anzunehmen, mir erlauben kann, meine Selbstachtung zu wahren – jedenfalls was das betrifft.«

Er sagte sinnend: »Was für Fälle nimmst du eigentlich an, Veum? Wovon lebst du, um mal so zu fragen?«

Ich machte eine vage Handbewegung. »Vermißtenfälle. Ich suche Leute, die verschwunden sind. Jetzt – oder vor zehn Jahren. Aber ich finde sie – meistens.«

Ich strich mit dem Zeigefinger die Schreibtischkante entlang. »Und dann hab ich ganz guten Kontakt zu ein paar Versicherungsgesellschaften hier in der Stadt. Einfachere Formen von Personenüberprüfungen, wie du es in deinem Prospekt nennst. Andere Ermittlungen, die sie für nötig halten – im Zusammenhang mit Bränden, zum Beispiel. Einfachere Arten von industriellen Nachforschungen, um wieder deine Worte zu gebrauchen...«

»Wie zum Beispiel?«

»Wie zum Beispiel? Tja. Sagen wir, daß eine Firma, die Ersatzteile für Taucherausrüstungen liefert, die bei der Arbeit in der Nordsee benutzt werden, entdeckt, daß Teile der Sendungen nie den Bestimmungsort erreichen und daß eine Konkurrenzfirma aus der Branche plötzlich mit weit billigeren Angeboten als vorher aufwarten kann. Da sie die Polizei nicht einschalten wollen, ehe sie nicht handfeste Beweise haben, wenden sie sich an mich. ›Gibt es da einen Zusammenhang?‹ fragen sie mich. Und ich finde es für sie heraus. Wenn ich Glück habe.«

Er nickte mit zusammengekniffenen Lippen. »Gerade solche Fälle haben wir in zehnfach kürzerer Zeit abgehakt, als du es schaffen kannst, solange du allein arbeitest, Veum.«

»Aber ihr...«

»Wenn wir zum Beispiel«, unterbrach er mich, »auf die Idee kommen würden, uns hier in den Markt einzuschalten.« Er sah mich mit entschlossener Miene an. Wir waren beim Wesentlichen.

»Habt ihr solche Pläne?« fragte ich, zaghafter als mir recht war.

Er nickte herablassend. »Wir planen de facto eine Erweiterung – nach Westen. Hier ist das richtige Pflaster, Veum.« Er sah sich in meinem Büro um, als sei es das Westland in Miniatur. Wenn er das glaubte, dann würde er sich noch wundern. »All die Transaktionen, die in Zusammenhang mit der Ölgewinnung laufen.« Er schlug eine Faust in eine offene Handfläche. »Hier, Veum, hier sind Geschäfte zu machen.«

Ich entblößte meine Zähne. »Du bist in der falschen Stadt, Monsen. Versuch's in Stavanger.«

»Stavanger! Stavanger, das ist bald Vergangenheit, Veum. Liest du keine Zeitungen? Die Wirtschaftsseiten meine ich. Mobil zieht dieses Jahr um, hier in die Stadt, und andere folgen in den kommenden Jahren. Die Franzosen. Die Engländer. Und all die anderen – Geschäfte.«

»Was für Geschäfte?«

»Klondyke, Veum. Warum glaubst du, haben die flottesten Luxusnutten, Professionelle der Topklasse, lecker wie Marzipanbrot, sämtlich ihre Pillenschachteln eingepackt und sind nach Stavanger abgezogen, als das Ganze da unten anfing? Weil da das dicke Geld war. Und das Geld lief in der Stadt herum, und zwar nicht nur auf Frauenbeinen. Stell dir vor, neunzehn, zwanzig Jahre alte Jungs, die vorher noch nie von zu Hause weg waren; plötzlich stehen sie auf der Straße in Stavanger und haben drei Wochen frei und die Taschen prall voll mit Tausendern. Was zum Teufel sollen sie damit anfangen, Veum?»

»Ja, was?«

»Geschäfte, Veum«, antwortete er vielsagend. »Geschäfte! Man hat uns schon so manches Mal hinzugezogen, um diesen Dingen auf den Grund zu gehen – aber das ist nicht rationell, Veum. Das ist schlechter Einsatz von Personal. Meine Leute in Oslo – die kennen sich in Stavanger nicht aus. Auch wenn sie mein gesamtes internationales Kontaktnetz hinter sich haben, hilft ihnen das nichts, wenn sie sich in den Seitenstraßen da unten oder in den engen Gassen hier in der Stadt zurechtfinden müssen. Tja –, also, was meinst du?«

Mir war etwas entgangen. »Was meine ich wozu?«

»Bist du schwer von Begriff, Veum? Ich sitz doch hier und rede davon, daß meine Leute viel mehr Zeit brauchen, und damit auch mehr Geld – für meine Kunden – als einer, der sich in der Gegend auskennt. Und wenn ich also daran denke, mein Geschäft zu erweitern, mit einem Büro in Bergen, dann...«

»Dann denkst du an – mich?«

»Nun sieh doch nicht so erschrocken drein. Ist dir der Gedanke noch nie gekommen?«

»Nein, allerdings nicht. Er ist so neu, daß ich – ja, nein.«

»Aber?« Er hob mir seine Handflächen entgegen, als sei er ein italienischer Koch, der mich in seiner bescheidenen Küche willkommen hieß, du mögen Spaghetti, ja? Nein?

»Du hast nicht viele Alternativen, Veum. Entweder du wirst unser Büro in Bergen – unsere Abteilung –, oder wir finden jemand anderen. Unsere Leute kommen sowohl von der Polizei als auch von den Wach- und Schließgesellschaften. Wir zahlen gut.«

»Mir reicht, was ich hab.«

»Du könntest dir aber mehr leisten. Stell dir vor – wir zahlen dir einen festen Betrag! Du kannst ein neues Büro kriegen, moderner, luftiger...«

Ich sah mich um. »Ich mag – die Aussicht.«

»Unser Apparat, Veum. Telex. Tip-top moderne, elektronische Ausstattung für – äh, die Ermittlungen. Internationale Verbindungen. Viel kann übers Telefon geregelt werden. Du schonst deine Schuhsohlen, du...«

Ich tippte mit dem Zeigefinger auf seinen Prospekt. »Hier steht was von – ehelichen Problemen. *Das* sind solche Fälle, wie ich sie nicht annehme.«

Er sah mich spöttisch an. »Und warum zum...«

»Weil es mir gefällt, morgens in den Spiegel sehen zu können, ohne schlechte Laune zu kriegen, jedenfalls nicht von was *anderem* als meinem Aussehen. Weil – weil *das* Fälle sind, die ich nicht annehme!«

»Solche Prinzipien können wir uns in unserer Branche nicht leisten, Veum. Wir arbeiten da, wo das Geld ist. Auf der richtigen Seite des Gesetzes, selbstverständlich, aber...« Er gestikulierte mit den Armen, ohne sich richtig ausdrücken zu können.

»Eben. Und genau deshalb ziehe ich es vor zu bleiben, wo ich bin.«

»Aber das Geld, Veum!«

»Geld bedeutet mir nicht *so* viel.«

»Nein?«

»Nein. Ich lebe allein, und wenn ich eventuell – eine Freundin hätte, dann wäre es eine, die sich selbst versorgen könnte, und mich auch übrigens. Ich *habe*, was ich brauche, Monsen. Nur die Wikinger haben es mit ins Grab genommen, und die hatten sicher nicht viel Freude daran.«

Mit unvermittelter Gereiztheit schnauzte er: »Wir werden dich aus dem Markt rausschießen, Veum – im Laufe eines Jahres. Noch nicht einmal...«

Ich hob die Schultern. »Wie du willst. Ihr könnt es ja versuchen. Es ist gar nicht so sicher, daß wir einander auf die Zehen treten. Es ist viel Platz in der Stadt.« Hoffte ich. Aber die Faust saß noch genauso fest und hart unten in meinem Bauch. Sie wollte sich nicht wieder öffnen.

»Also gut«, sagte er mit einer abschließenden Geste. »Wir entscheiden das nicht hier und jetzt.« Er stand auf. »Ich geb dir vierzehn Tage, Veum.« Er sah auf seine Armbanduhr. Elektronisch, versteht sich, mit eingebautem Respirator und solchen Finessen. »Überleg es dir gut –, und ruf uns an. Ich halte den Vertrag bereit. Wenn nicht...« Er zuckte mit den Schultern, griff mit der einen Hand den Popelinmantel, mit der anderen die Aktentasche und ging zur Tür.

Ich erhob mich hinter dem Schreibtisch.

»Auf Wiedersehen, Veum«, sagte er. »Ich muß die 3-Uhr-Maschine erreichen.«

»Gute Reise«, sagte ich.

Er nickte kurz, drehte sich auf dem Absatz um – und war verschwunden.

Ich stand da und sah ihm nach. Nach einer Weile ließ ich mich in den Sessel fallen, drehte ihn herum und starrte aus dem Fenster, ohne irgend etwas zu sehen.

Ich rührte mich nicht, bis plötzlich das Telefon klingelte.

Ihre Stimme war leise und hell und warm. »Hallo – wie geht's dir? Hast du viel zu tun?«

Ich blickte über meinen so gut wie leeren Schreibtisch. Hatte ich viel zu tun? »Ich muß nach Stavanger«, sagte ich. »Morgen. Und du?«

»Ich... Bist du heut abend zu Hause?« fragte sie, mit einem atemlosen Fragezeichen am Schluß.

Ich lächelte ihr durch die Leitung zu. Ich hoffte, sie würde es an meiner Stimme hören können. »Ich bin immer zu Hause, wenn du fragst, Liebes...«

»Er – er muß heute nach Tromsø. Er soll Prüfer sein, beim Examen da oben. Ich *könnte* einen Babysitter bekommen.«

Die plötzliche, warme Sehnsucht im Körper, das Herz, das schneller schlägt. »Komm nur. Ich *bin* zu Hause.«

Ich schloß die Augen, sah vor mir ihr Lächeln, die Augen, ihr Haar. »Schön«, sagte sie. »Dann komm ich – so gegen acht, halb neun, ist das in Ordnung?«

»Das hört sich an, als sei's noch viel zu lange hin«, sagte ich.

Sie lachte leicht. »Ich muß jetzt auflegen, aber – wir sehn uns dann ja. Tschüß.«

»Tschüß.«

Wir warteten immer einen kleinen Moment, bevor wir auflegten, als wollte keiner etwas verpassen, falls der andere noch etwas zu sagen hatte.

Aber wir sagten nichts mehr diesmal. Ich legte den Hörer vorsichtig wieder auf die Gabel. Ich merkte, wie ich immer noch lächelte, und unten in meinem Bauch hatte die Faust sich geöffnet.

3

Wenn es dunkel wird, kommen die Clowns hervor. Wenn die Menschen sich vor ihren Fernsehapparaten zurechtgesetzt haben, dann kommen die Clowns aus ihren Verstecken, kommen mit leichten Schritten deine Gasse entlang, steigen flink die Treppen hinauf zu deinem Haus, hinein durch die Haustür und die Treppe hinauf in den ersten Stock. Es klingelt an deiner Tür, und wenn du öffnest, steht draußen ein Clown, und sie wirft sich in deine Arme und ihr küßt euch.

Wir küßten uns, lange, als hätten wir uns eine Ewigkeit nicht gesehen. Ihr zarter Körper legte sich vertraut an meinen, und ich strich ihr übers Haar, meine Hände suchten ihre Wangen, bogen ihren Kopf zurück, zogen ihn vor, hielten ihn fest, ganz leicht, ich sah ihr lange in die dunklen, schimmernden Augen – und küßte sie zart auf die weichen Lippen, lange.

Alles, was wir taten, geschah in einer Art verzauberter Harmonie. Selbst das Allergewöhnlichste, wie in die Küche hinauszugehen und am Küchentisch zu stehen, bis das Teewasser kochte, sie zum Regal gehen und ein Gewürzglas herunternehmen und auf dem Etikett lesen zu sehen, ihr zu folgen und die Arme um sie zu legen, und das nicht zu unterdrückende Lachen in ihrer Brust zu spüren.

»Es ist so gut, bei dir zu sein«, sagte sie weich. »So falsch, daß es so gut ist...« Und es kam ein Zug von Wehmut in ihr Gesicht, als glaube sie nicht, daß es sein dürfe, als ob nichts sein dürfe, was gut war.

Wir nahmen die Teekanne und die Tassen und die frischen, halben Brötchen mit Ei und Tomaten mit ins Wohnzimmer, und wir saßen zusammen im Halbdunkel, beim schwachen Knistern des Kamins, saßen auf dem Sofa, dicht beieinander, die Hände um die Tassen, die Finger ineinander verwoben, ein leichter Kuß auf die Wange, eine flinke Zungenspitze in einer Ohrmuschel, ein schwacher Seufzer...

Ich konnte sie nur ansehen. Es waren nicht so viele Abende, die wir zusammen hatten, so wie diesen, und ich mußte sie ansehen und ansehen und ansehen, so daß ich ein Bild von ihr bei mir tragen konnte, in mir drin, bis zum nächsten Mal.

Das Blut, das pochte, an der Seite des dünnen Halses, die nackte Haut in ihrer Halsgrube, eine Haarsträhne entlang einer Wange, die weichen Lippen, fast rosarot, zart, kaum befeuchtet durch den warmen Tee... Die ersten, zaghaften Küsse.

Später kamen die heftigeren Küsse, die langen, atemlosen Küsse, die uns schweben ließen durch den Weltraum, wie taumelnde Kometen.

Hände, die tasten, Knöpfe finden, Reißverschlüsse öffnen, Kleider, vom Körper gezerrt, das Blut, das pocht, pocht, bis wir nackt und weiß und tanzend aneinander liegen, bis wir wie Möwen gegen den Wind uns gegeneinander aufbäumen, und sie breitet ihre Flügel aus unter mir, hebt sich wie eine Sturzwelle mir entgegen, wühlt in meinen Haaren und bohrt ihre Nägel in meinen Rücken, singt mir meinen Namen in die Ohren und wirft den Kopf hin und her, wie in – Ekstase...

Nicht weil ich besonders gut bin im Bett. Sondern weil sie mich lieb hat. Sagt sie.

Und danach können wir daliegen und einander noch besser kennenlernen, neue Falten entdecken, neue Düfte spüren, und ihr Schoß ist wie ein Schmetterling mit hellbraunen Flügeln, Flügeln so weich wie Staubblätter, Rosenblätter... Ihre Haut ist so weiß, und warm, und weich. Und ihre Brustwarzen sind rot und prall, selbst danach, als sei da ein ewiger Frost – eine ewige Sehnsucht – in ihr.

Am Ende muß sie gehen, denn die Clowns können niemals bleiben, nicht die ganze Nacht. Als wir uns wieder anziehen, sind unsere Gesichter schwer von Wehmut, aber die Freude schimmert noch in unseren Augen; wir brauchen lange, um uns fertig zu machen, und die letzten Küsse sind genauso lang wie die ersten.

»Paß gut auf dich auf – in Stavanger«, flüsterte sie.

Ich nickte stumm und versteckte mein Gesicht in ihrem Haar. »Ich ruf dich an.«

Sie strich mit der Hand über mein Gesicht, verharrte um den Mund herum und kraulte die Bartstoppeln, hob sich auf die Zehenspitzen und küßte mich leicht auf den Mund.

In ihr Haar hinein sagte ich: »Ich liebe dich, Solveig.«

»Mmmmm«, antwortete sie und lächelte mit traurigen Augen.

Wir schlossen die Tür auf, und ich begleitete sie nach Hause durch das Novemberdunkel. Wir gingen nebeneinander, ohne etwas zu sagen. Sie schob ihren Arm unter meinen, erschauerte in der Dunkelheit. An der Ecke zwischen Nye Sandviksvei und Skuteviksvei gab sie mir einen raschen Kuß auf die Wange, ehe sie die steile Gasse hinunterging. Ich blieb stehen und sah ihr nach, bis die Haustür sich hinter ihr geschlossen hatte.

Als ich nach Hause kam, hing der Duft von ihr noch immer im Raum. Und an meinen Fingern. Ich saß lange im Sofa, die Ellenbogen auf den Knien und die Hände vor Mund und Nase, nicht in der Lage, an etwas anderes zu denken als an sie und das, was geschehen war.

Die Glut im Kamin war erloschen, als ich endlich aufstand und den Koffer packte. Ich sollte früh am nächsten Morgen losfahren. Aber ich lag lange in der Dunkelheit, bevor ich einschlief.

Denn das ist das Los der Clowns: allein zu liegen, in der Dunkelheit, wenn es Nacht geworden ist; allein ins Bett zu gehen und wach zu liegen und zu träumen. Während die Menschen schlafen.

4

Der November ist ein trostloser Monat. Die Herbststürme fetzen die letzten Blätter von den Bäumen, und die allerletzten Reste des Sommers liegen braun und modernd auf dem Gehsteig und den Straßen. Die Wolken ziehen schwer und tief über die Stadt, und der Regen fällt fast waagerecht in dem starken Wind. Dann hält der Frost seinen ersten Einzug, beißt in das Gras mit weißen Zähnen, überzieht die Wasserpfützen mit neuem, dünnem Eis. Selbst mitten am Tage wird der Himmel nie mehr als blaß. Die Sonne gibt keine Wärme mehr, und die Nächte sind lang und schwarz.

Aber auch der November kann eine eigene Schönheit besitzen, wenn der Himmel sich plötzlich nach Norden wie grünes Stahleis erhebt und draußen im Westen noch der Sonnenuntergang liegt wie ein schwelender Rand, oder wenn die erste Morgensonne sich golden zwischen den roten Hausdächern hindurchstiehlt und die wachsbleichen Menschengesichter erfaßt.

Die Sonne war noch nicht aufgegangen, als ich dem Strandkai und der C. Sundsgate folgte auf dem Weg zum Westamaran nach Stavanger. Es war fast niemand draußen. Unerschütterliche Handwerker auf dem Weg zu ihrer Baustelle. Ein junges Ehepaar fuhr ein kleines Kind zur Tagesmutter. Der Markt lag verlassen, und in dem Haus, in dem mein Büro lag, war kein einziges Fenster erleuchtet. Der Wind, der durch die menschenleere C. Sundsgate fuhr, kam aus Nord und kündigte Frost an. Die nackten Straßen waren glatt. Ich schlug den Mantelkragen hoch und ging gebeugt weiter.

Wir waren zwei Passagiere zwischen Bergen und Leirvik. Ein Mann mittleren Alters mit zwei Koffern und dem Aussehen eines vom Leben ermüdeten Handelsreisenden nahm weiter vorn im Passagierraum Platz. Ich setzte mich weit nach hinten, auf die entgegengesetzte Seite des Schiffes, so wie es Norweger gewöhnlich tun.

Es roch stark nach Kaffee, und die Schiffsstewardeß hatte sich noch nicht den Schlaf aus den Augen gerieben. Ihr Rock war zerknittert, als hätte sie darin geschlafen. Das Haar hing schlapp herunter, und ihre Nase war rot. Als sie mir einen Pappbecher mit Kaffee reichte, lächelte sie müde, und ich schloß die Finger um den Becher und lächelte dankbar zurück.

Das Schiff erhob sich auf Stahlflügeln, und die Reise gen Süden begann. In dem dunklen Fenster sah ich nichts als den Reflex meines eigenen Gesichts, durchbohrt von einzelnen, verstreuten Lichtpunkten. Ich dachte an Solveig.

Die Erinnerungen an die anderen Frauen waren blasser geworden. Die Namen tauchten immer seltener in meinen Gedanken auf, und ihre Gesichter verschwanden. Nur ein Gesicht blieb zurück, und selbst mein eigenes Gesicht in der schwarzen Fensterscheibe wurde durch ihres ersetzt.

Das Schiff warf sich hin und her in dem Stück offener See vor Stord. Der Tag war dabei, die Konturen der Landschaft wieder hervorzubringen. Der Himmel war grau, und die Wolken türmten sich langsam vor den hohen Bergen.

In Leirvik kamen ein paar Passagiere dazu. Einige von ihnen gingen in Haugesund an Land, aber ab dort war das Schiff fast voll. Es war Viertel nach zehn. Die Passagiere waren Geschäftsleute, die leise Gespräche führten, mit einem scharfen Lächeln über den Aktentaschen, Mütter mit vielen Kindern und noch mehr Gepäck, eine Schulklasse mit einem aufgeregten Lehrer in grünen Gummistiefeln und Windjacke, ein paar Frauen mittleren Alters mit roten, redefreudigen Gesichtern und Augen, die ständig in Bewegung waren. Alle zusammen wurden wir mitgezogen durch den Karmsund und hinaus auf den offenen Boknfjord, wo die kräftigen Wellen uns auf ihre Schultern hoben und uns von einer Seite zur anderen wippten. Die Wellenkämme zischten weiß auf uns zu, und ich klammerte mich an das Sitzpolster, ein angestrengtes Lächeln um den Mund, als unternähme ich diese Reise jeden Vormittag, nur zum Zwecke der Bewegung.

In Lee vor Randaberg beruhigte sich die See plötzlich, und wir konnten uns darauf konzentrieren, unsere Mägen wieder an ihren Platz zu schubsen, von weit oben, wo sie sich befanden, nach unten, wo sie hingehörten. Die meisten Passagiere sahen erleichtert aus, wie nach einem langwierigen Begräbnis.

Das Schiff steuerte flink in den Byfjord hinein, und Stavanger tauchte auf mit seinem charakteristischen, flachen Profil zur Rechten und seinen hochragenden Brücken zur Linken. Die Rosenberg-Werft und die halbfertige Statfjord B-Plattform erhoben sich auf der einen Seite des Schiffes, auf der anderen Seite standen die alten Hafenspeicher mit ihren spitzen Dächern bis unten an die Hafenmauer heran. Als ich auf das Deck hinausging, wehte mir leichter Regen ins Gesicht, und ich holte den Regenhut aus der Manteltasche.

Wir legten an, und ich ging rasch die Gangway hinunter. Ich folgte dem Skagenkai in Richtung Torget, und langsam wurde mir klar, wie sehr Stavanger sich verändert hatte, seit ich hier Ende der sechziger Jahre auf die Fachschule für Sozialwesen gegangen war. Damals war Stavanger noch eine schläfrige Kleinstadt gewesen, ohne besonders viel Leben, abgesehen von dem, was die Marinebasis auf Madla mit sich brachte. Die Bethäuser prägten die Stadt stärker als die Restaurants, und die Bebauung war altmodisch, pietistisch, schön und pittoresk wie in so vielen kleinen norwegischen Städten von Hammerfest bis Fredrikstad. Jetzt befand sich an jeder Straßenecke ein Restaurant; in jedem zweiten Hafenspeicher war das Interieur zugunsten von Discotheken, Restaurants und Boutiquen ausgewechselt worden, modernistische Bauten mit Los-Angeles-Fassaden schossen zwischen den verschreckten Holzbauten in die Höhe; auf den Gehsteigen hörte man fremde Mundarten ebenso häufig wie den Stavangerdialekt. Es herrschte eine babylonische Sprachverwirrung, und Bergen war im Vergleich dazu ein Provinznest.

Auch mein Hotel war, wie sich herausstellte, ein solch moderner Betonklotz.

Im Erdgeschoß befanden sich – außer der Rezeption – ein exklusives, kleines Speiserestaurant, ein Tanzlokal und eine Bar mit einem Interieur wie in einem französischen Nickelvertrieb. In der Rezeption stand eine liebenswürdige Dame in einer adretten, rostroten Jacke und einem schwarzen Rock. Sie hatte müde Furchen im Gesicht und Säcke unter den Augen, und sie sprach mich auf englisch an, ehe ich sie davon überzeugen konnte, daß ich tatsächlich Norwegisch sprach. Dann fand sie meinen Namen auf der Liste der Reservierungen, kreuzte eine Zimmernummer an und gab mir den Schlüssel. »Im Dritten«, sagte sie mit dem schnarrenden Rachen-R, das für diese Gegend so typisch ist. »Der Fahrstuhl ist da drüben.«

Ich bedankte mich und nahm den Fahrstuhl nach oben. Gegenüber der Tür zu meinem Zimmer prangte ein gigantischer Snack-Automat. Er funkelte wie ein Spielautomat aus Las Vegas. Hinter schwarz getöntem Fensterglas lagen verführerische, in Plastik verpackte belegte Brötchen und lockten mit all ihren Kalorien. Ich widerstand der Versuchung und schloß mein Zimmer auf.

Es war ein modernes, funktionales Hotelzimmer, lang und schmal, mit Dusche und Toilette links und einem Kleiderschrank rechts. Ich durchquerte den Raum und zog die Gardinen zur Seite. Ich sah direkt auf eine alte, verwitterte Fassadenmauer mit einem halbverwischten Reklameschild darauf. Herrenkonfektion aus den frühen fünfziger Jahren. Ich begriff, warum die Gardinen vorgezogen waren.

Ich öffnete den Koffer, hängte ein paar Kleidungsstücke in den Schrank und verließ das Zimmer wieder, fast so wie es gewesen war. An der Rezeption kaufte ich einen Stadtplan. Mit Hilfe des Straßenverzeichnisses fand ich heraus, wo Arne Samuelsen seine Wohnung hatte. Ich faltete die Karte zusammen und steckte sie in die innere Manteltasche. Beim Verlassen des Hotels warf ich einen Blick in die Bar. Der Barkeeper saß hinter der Theke mit dem Gesichtsausdruck einer Wachspuppe. Links von der Theke standen zwei Jugendliche und warfen Pfeile auf eine Zielscheibe. Einige der Pfeile trafen nicht einmal die Wand. Das Geräusch der leichten Pfeile, die auf den Boden fielen, folgte mir durch die Tür hinaus.

5

Das schmale Holzhaus lag in einer recht steilen Seitenstraße zum Banavigå hinunter. Im Osten erhob sich Bybrua. Die Brückenpfeiler glichen einer Reihe von A's, als sei die ganze Brücke ein gigantisches Wahlversprechen der Arbeiterpartei.

Über die Häuser auf der anderen Straßenseite schaut man hinunter auf die Bebauung entlang der Bucht, wo die Möwen gegen den grauweißen Himmel aufstiegen und wieder herabschwebten. Es roch nach Salz, und die weiße Hausfassade war von Feuchtigkeit graugrün gemustert. Das Haus mußte dem Wetter stark ausgesetzt sein, wenn der Nordwind wehte.

Die grüne Tür war schief, und sie hing schwer in den Angeln, als ich sie öffnete und in den dunklen Hausflur trat. Ich suchte nach einem Lichtschalter. Ich fand einen und drückte darauf, ohne daß etwas passierte.

Die Briefkästen links waren vom altmodischen Typ mit Luftlöchern unten, so daß man sehen konnte, ob etwas darin war, ohne das Türchen zu öffnen. Auf einem der Briefkästen stand der Name Arne Samuelsen. Auf einem anderen T. Eliassen.

T. Eliassen wohnte im Erdgeschoß, hinter einer Tür rechts neben der schmalen Treppe, die nach oben führte. Hinter einem schmalen Türfenster war Licht. Ich ging darauf zu und klingelte. Die Tür wurde augenblicklich geöffnet, als hätte die Frau in der Wohnung dahinter gestanden und gewartet. »Ja?« sagte sie, ehe ich den Mund aufmachen konnte. »Was wünschen Sie?«

Sie war ziemlich klein, Ende Fünfzig und trug ein großgeblümtes Schürzenkleid. Sie war recht zierlich gebaut, und die großen Blumen konnten nicht darüber hinwegtäuschen, daß die Büste für eine Frau von völlig anderen Ausmaßen gedacht war.

Das Gesicht wurde beherrscht durch die Augen. Sie waren dunkel, stechend und neugierig. Mit einem raschen Blick hatte sie mich wahrscheinlich sowohl einer Kategorie zugeordnet, als auch zum späteren Gebrauch archiviert. Der kleine Mund bewegte sich fast unmerklich, als würde sie den Wortlaut meiner zukünftigen Beschreibung repetieren und strahlte dabei einen merkwürdigen Eifer aus, der mich an einen kleinen Nager denken ließ. Das Haar war dunkelblond und hochgesteckt. Die Haut im Gesicht war fahl und trocken, und als sie sich schnell in die Unterlippe biß, sah ich, daß die Zähne die gleiche, gelbweiße Färbung hatten.

»Frau Eliassen?« fragte ich vorsichtig.

Sie nickte kurz.

»Meine Name ist Veum. Ich komme aus Bergen. Es geht um Arne Samuelsen.«

»Haben Sie die Miete dabei?« kläffte sie. »Er hat sich noch nich sehen lassen, und es is mehrere Tage über...«

»Da wird sich schon eine Regelung finden«, sagte ich höflich. »Wenn ich nur einen Blick in...«

»Sind Sie von der Polizei? Wird er etwa gesucht?«

»Nein, nein. Ich bin – ein Freund der Familie. Ich mußte sowieso in diese Gegend, und seine Mutter hat mich gebeten, hier vorbeizugehen und zu sehen, ob ich herausfinden könnte, wo er sich aufhält. Sie – macht sich Sorgen – wie Sie vielleicht verstehen.«

»Ja, Sorgen. Und ich, ich mach mir Sorgen um meine Miete!« Sie klimperte mit dem Schlüsselbund in einer der Schürzentaschen und sah mich mit abschätzendem Blick an, als taxiere sie den Inhalt meiner Brieftasche.

»Wenn ich mich nur ein bißchen in seiner Wohnung umsehen könnte, dann...«

»Ja, *ich* komm mit«, sagte sie bestimmt. »Nich deswegen – ich hab schon nachgeguckt. Die Mutter bat mich am Telefon drum – aber da is nichts. Man könnte meinen, es wohnt überhaupt niemand da!« Sie warf einen raschen Blick in ihre Wohnung. Dann schloß sie die Tür hinter sich und rüttelte daran, um sicherzugehen, daß sie verschlossen war. »Es is im ersten Stock«, sagte sie und trat auf die Treppe.

»Er wohnt hier nur, wenn er nicht auf der Plattform ist, oder?«

»Jaja. Ich hab es so am liebsten, dann hat man nich so viel zu tun mit den Mietern. Sie bezahlen ihre Miete, aber sind selten da. Und wenn es Ärger gibt, dann fliegen sie raus. Ich laß mir keine Sperenzchen gefallen.«

Sie kam außer Atem; ob es an der Treppe oder an ihrer Redeflut lag, war schwer zu sagen.

»Also gab es keinen Ärger mit – Samuelsen?«

»Nee.« Das Wort kam gedehnt. »Nich bis... Er war ein ordentlicher und höflicher Junge, gab nie Ärger mit ihm. Er war auch meistens allein und abends viel unterwegs. Kam immer allein nach Hause, bis...«

»Bis...?«

Sie blieb auf dem Absatz im ersten Stock stehen. Sie holte das Schlüsselbund hervor und suchte es durch. Dann fand sie den richtigen Schlüssel, steckte ihn ins Schloß und drehte ihn herum. Sie blieb in der Türöffnung stehen. »Nee, nich bis vor ein paar Tagen abends. Da war plötzlich ein Höllenspektakel bis spät in die Nacht. Jedenfalls is jetzt Schluß. Ich war oben, um es ihm zu sagen, schon am Tag danach. Aber er machte nich auf. Ich dachte, es wär ihm peinlich, und ich behielt die Tür im Auge. Ich hör es immer, wenn jemand auf der Treppe is. Aber er – er muß wohl nachts weggegangen sein, in der Nacht – da war so viel hin und her, und ich konnte nich alles mitkriegen. Weil danach, da – ja, da is er nich mehr hiergewesen. Und mir soll's egal sein, denn raus soll er, aber nich eher, als – die Miete gezahlt is.« Sie sah mich mit schmalem Mund und entschlossenem Blick an.

»Ich werd mich darum kümmern«, sagte ich und griff in die Innentasche meines Mantels, wie um Geld herauszuholen, aber ohne die Handlung auszuführen. Das war ein Kniff, den ich von ein paar meiner Klienten gelernt hatte, und er hatte sich als effektiv erwiesen. Für sie.

»Na ja«, sagte Frau Eliassen, gab die Tür frei und ging voraus in die Wohnung.

Wir kamen direkt ins Wohnzimmer. Es erinnerte mich an

mein eigenes. Zwei schmale Fenster zur Straße hin, und durch ein kleines Erkerfenster sah man auf das Nachbarhaus, zu dem der Abstand nur anderthalb Meter betrug: eine graugrüne, fensterlose Holzfassade.

»Ja, es is nich gerade groß, aber es reicht doch gut für eine – Einzelperson«, sagte Frau Eliassen hastig, als würde sie mir die Wohnung anbieten.

Die Möblierung war auch nichts Besonderes: ein flacher Tisch, vier Stühle, ein verbeultes Sofa, ein Farbfernseher, eine abgenutzte Kommode und ein Kleiderschrank. An den Wänden hingen keine Bilder, außer der Anschauungstafel einer Bohrinsel, mit drei Heftzwecken befestigt, so daß die linke Ecke sich langsam hochrollte. Die Tafel zeigte im Querschnitt, wie die Bohrinsel von innen aussah. Der Text war auf englisch.

Der Raum war absolut aufgeräumt. Es war, als sei er von persönlichem Besitz gereinigt worden. Nicht eine Zeitung lag unter dem Tisch, nirgends war ein Kleidungsstück zu sehen.

Durch eine halboffene Tür konnten wir in die Küche sehen. Dort brummte schwach ein Kühlschrank. Ich streckte den Kopf in den Türspalt und sah mich um. Eine leere Saftflasche auf der Anrichte, eine Streichholzschachtel und ein Wischtuch. Auf der Fensterbank lag eine alte, vergilbte Zeitung, die offensichtlich als Keil benutzt wurde, wenn das Fenster offenstand.

»Das Schlafzimmer is da drin«, sagte Frau Eliassen hinter mir.

Wir gingen durch die Küche und rechts hinein. Das Schlafzimmer hatte die Größe einer alten Speisekammer und wurde von einem einfachen, schmalen Bett fast ausgefüllt. Neben dem Bett stand ein Nachttisch, die oberste Schublade stand etwas offen. Ich sah hinein und fand ein Postleitzahlenverzeichnis, die Broschüre einer Versicherungsgesellschaft und einen Roman, einen Western.

Das Bett war frisch gemacht, das Bettzeug wirkte sauber. »Ich stell das Bettzeug«, informierte mich Frau Eliassen eifrig. »Sie haben's lieber so, bezahlen lieber einen Aufschlag auf die Miete. Junggesellen.«

»Haben Sie vielleicht das Bettzeug gewechselt – nachdem...«

Sie nickte. »Selbstverständlich, wenn jemand gekommen wär und geguckt hätte... Dann...« Sie sah beinah schuldbewußt aus. »Aber – es war nichts – Besonderes. Es war sogar fast überhaupt nich dreckig. Er war ja bloß einen Tag zu Haus gewesen, und er...« Sie vollendete den Satz nicht.

Ich sah mich noch einmal um. Dann gingen wir wieder hinaus in die Küche. »*War* es wirklich so ordentlich?« fragte ich.

Sie ging weiter ins Wohnzimmer. »Ja. Ich hab sonst überhaupt nichts angerührt. Er hatte es so. Sehn Sie nur hier.« Sie ging zur Kommode und zog die oberste Schublade heraus. Hemden und Unterhemden lagen in peinlich exakten Stapeln übereinander. Sie öffnete die nächste Schublade. Unterwäsche und Strümpfe. Sie ging weiter und öffnete den Kleiderschrank. Anzüge, Jacken und Hosen hingen fein säuberlich auf ihren Bügeln. Ein Paar Stiefeletten und mehrere Paar Schuhe standen ordentlich nebeneinander auf dem Boden des Schranks.

»Er ist offenbar nicht endgültig ausgezogen«, sagte ich.

»Nein«, sagte sie frostig. »Noch nicht.« Sie saugte mit einem schmatzenden Laut Luft durch ihre Zähne. Wir blieben ungefähr in der Mitte des Zimmers voreinander stehen. Sie war eineinhalb Köpfe kleiner als ich. »Erzählen Sie, was passiert ist«, sagte ich.

Sie bewegte den Kopf mit einem kleinen Ruck. »Es is nich meine Art, mich zu beklagen«, sagte sie.

Ich lächelte verständnisvoll. »Natürlich nicht.«

»Und er hat sich so tadellos aufgeführt bis jetzt, aber – man muß schließlich auf seine Nachbarn Rücksicht nehmen.«

»Wohnen in diesem Haus denn noch andere?«

»Nein. Seit ein paar Jahren nich mehr. Bevor mein Mann starb, hab ich nich vermietet, aber dann wurd es – schwieriger mit dem Geld. Ich brauchte alles, was ich kriegen konnte, und es kostete mich nich so viel, nach unten zu ziehen.« Sie sah sich in dem kleinen Wohnzimmer um. »Konrad und ich, wir hatten hier unser Schlafzimmer.«

»Ach ja«, sagte ich in interessiertem Tonfall. »Wie lange vermieten Sie schon?«

»Seit Konrad – seit 1975. Erst warn es ein paar Studenten, aber in den letzten Jahren waren's Ölleute. Es hat sich ja 'ne Menge verändert, hier in Stavanger.«

»Ja, ich hab es gesehen. Ich bin hier mal zur Schule gegangen.«

»Ach, wirklich?«

»Fachschule für Sozialwesen.«

»Ach so.« Es sah nicht so aus, als mache das einen positiven Eindruck auf sie.

»Vielleicht sollten wir uns setzen«, schlug ich vor.

»Wir können ruhig stehenbleiben«, antwortete sie. »Es wird nich lang dauern. Wie gesagt – er hat sich tadellos aufgeführt bis zu dem Abend, als…«

»Wann war das eigentlich?«

»Das war – vor sechs Tagen. Er war am Abend davor an Land gekommen, und da kam er immer kurz rein und sagte guten Tag, damit ich auch sah, daß er es war, der da kam, wenn ich hörte, daß sich – da oben was rührte. Außerdem sah ich ihn immer, von meinem Küchenfenster aus. – An dem Abend war's ganz ruhig bei ihm, ich hörte, daß er sich Essen machte, daß er den Fernseher einschaltete und zum Schluß – daß er ins Bett ging. Nich, daß es hier so besonders hellhörig wär, aber sonst steht das Haus leer, und wenn dann plötzlich über einem Leben is, dann merkt man das schon, nich?«

»Das ist nur natürlich«, antwortete ich.

»Tja«, sagte sie, ging zu einem der Stühle und setzte sich doch. »Am Abend danach ging er aus, so gegen halb acht. Und als er wiederkam, nach zwölf, da war er nich allein.« Das letzte sagte sie mit einer Miene, als sei es eine Todsünde.

Ich setzte mich vorsichtig auf die Kante eines Stuhls und sagte höflich: »Aha? Hatte er – mehrere bei sich?«

»Also, ich hab nun nich in der Tür gestanden und nachgezählt, aber...« Schnell sagte sie: »Samuelsen selbst, drei andere Männer und zwei – Frauen.« Das letzte Wort kam in einem Tonfall, als sei ihr da eine ganz spezielle Sorte Ungeziefer ins Haus gekommen.

»Sechs Leute also?«

»Ja... So ungefähr.« Sie betrachtete mich mit einem mißbilligenden Zug um die schmalen Lippen. »Und es waren nich gerade Damen, sag ich Ihnen!«

»Nein? Hatte er öfter...«

»Nie. Ich hab ihn *nie* mit *irgendwem* zusammen gesehen. Aber eins können Sie mir glauben: Man is ja schließlich nich von gestern und weiß, wie der Igel läuft!« Nach einer kurzen Pause fügte sie hinzu: »Oder so ähnlich.«

»Tja, sicher. Soll das heißen – soll das heißen, daß Sie diese – Frauen – kannten?«

Mit Eis in der Stimme antwortete sie: »Nein, ich *kannte* keine von ihnen. Aber es war offensichtlich, was sie für welche waren. Und die eine... Ich kann Ihnen sagen: Es herrschen neue Zeiten in Stavanger, im Guten wie im Bösen, und hier sind jetzt so viele merkwürdige Menschen und Frauen... Aber die eine, das is 'n Gewächs von hier, mal so gesagt. Sie kommt von hier unten aus der Straße. Laura Lüstgen.«

»Lüstgen? Heißt sie...«

»Naja, Ludvigsen eigentlich, aber sie hieß nie anders als Lüstgen. Sie war ein paarmal verheiratet, aber jetzt is sie schon drei, vier Jahre geschieden, also zur Zeit is sie nur...« Sie suchte nach dem richtigen Wort.

»Eine Freiberufliche?«

»So was ähnliches. – Ich könnt Ihnen erzählen... Aber sparn wir uns das für ein andermal. Sie war jedenfalls dabei.«

»Und die anderen? Kannten Sie die auch?«

»Nein. Die waren mir nich bekannt. Bis auf die andere Frauensperson waren's sicher alles Ölleute. Die sahn so aus. Der eine hatte einen Cowboyhut auf.«

»Einen Cowboyhut?«

»Ja, das is auch nich so selten in Stavanger heutzutage. Das nächste sind dann wohl die Hottentotten.«

»Sie wissen nicht zufällig, wo ich diese – Laura Lüstgen finde?«

»Nein! *Das* weiß ich nun wirklich nicht!« schnaubte sie. »Das müssen Sie schon selbst rausfinden. Aber interessiern Sie sich nun für Laura Lüstgen oder für Arne Samuelsen?«

»Samuelsen«, sagte ich eilfertig.

»Also. Und dann gab es eben eine fürchterliche Feierei in der Nacht.« Es war offensichtlich, daß sie nicht das geringste dagegen hatte zu erzählen.

»So?«

»Ja. Ein richtiger Radau. Da klirrten Flaschen, und sie lachten und lärmten und fielen auf den Boden, und überhaupt, es war ein furchtbarer Krawall. Ich hab die ganze Nacht kein Auge zugetan. Und am Ende – ich glaub, sie fingen an, sich zu prügeln, jedenfalls fielen plötzlich Stühle um, und es gab ein Geschreie und Geheule, und dann fiel irgendwas auf den Boden, mit 'nem Knall. Und dann wurd's still. Und gleich danach polterten sie die Treppe runter, die meisten jedenfalls.«

»Wer? Wie viele?«

»Keine Ahnung. Ich war im Bett, tief unter der Decke. Ich hab nich mal gewagt rauszugucken. Aber ich hab gehört, daß noch welche da waren, weil sie noch hin und her gingen da oben, noch eine Stunde danach. Dann gingen die auch. Ich – ich ging zum Fenster.«

»Ja? Haben Sie gesehen, wer es war?«

Sie schüttelte beschämt den Kopf. »Nein. Es war zu spät. Und es war dunkel. Die Uhr war – fast sechs in der Früh. Aber es waren jedenfalls zwei Leute, mindestens. Zwei oder drei.«

»Aber hören Sie – als da so ein Krach war, haben Sie da nicht daran gedacht, hochzugehen und ihnen was zu erzählen?«

»Denen was erzählen? Sind Sie verrückt, Mann? Wissen Sie, was einer Wirtin passiert is – das stand sogar inner Zeitung –, die können ganz schön ungemütlich werden, diese Kerle... Sie ging rauf, um sich über den Krach zu beschweren. Es waren Ausländer, natürlich. Sie zogen sie in die Wohnung, und – alle miteinander – obwohl sie 'ne ältere Dame is –, und selbstverständlich haben sie ihre Strafe gekriegt, hinterher, aber was glauben Sie, was die Leute über *sie* reden, hinter ihrem Rücken, in *dieser* Stadt? O nee, da bleib ich lieber unter der Decke liegen.«

»Aber die Polizei – Sie hätten doch die Polizei rufen können.«

»Die Polizei«, schnaubte sie verächtlich. »Bis die gekommen wärn, wär ich schon ermordet gewesen, und dann hätt's nich mehr viel geholfen. Mir, mein ich.«

»Nein, das klingt logisch, ja.«

Wir saßen einen Augenblick lang da und sahen einander an. »Tja.« Sie machte eine resignierte Armbewegung. »So sieht's aus in Stavanger. Und nun muß er jedenfalls raus, ob er will oder nich!«

»Aber erst müssen wir ihn finden.«

»Also – das is Ihr Problem, oder?« sagte sie aufmunternd.

»Wann fiel Ihnen ein aufzuschließen und in die Wohnung zu gehen?«

Sie sah bestürzt drein. »Erst als die Mutter angerufen und mich drum gebeten hat. Ich komm doch nich auf die Idee...«

»Aber, Sie müssen doch gehört haben, daß er nicht hier drin war. Oder daß er – sich nicht rührte jedenfalls. Er hätte ja krank sein können, oder es hätte ihm was passiert sein können.«

»Ich dachte... Also, am ersten Tag, am Tag danach, da war ich so aufgeregt, daß ich gar nicht die Ruhe hatte zu horchen, ob er da war. Ich hab da so beruhigende Pillen, die der Arzt mir gegeben hat für den Blutdruck, verstehen Sie, und davon hab ich ein paar genommen. Und dann hab ich mich hingelegt, im Wohnzimmer, aufs Sofa, für den Fall, daß jemand kommen würde, mit einem kalten Lappen auf der Stirn und die linke Hand in einer Schale mit Salzlauge. Das hilft, sagt man.«

»So, so.«

»Und am Tag drauf rief die Mutter aus Bergen an, und ich hab es ihr gesagt, wie es war, daß ich ihn seit mehreren Tagen nich gesehn hatte. Und ich hatte nich das Herz, ihr von all dem – Krach zu erzählen.«

»Und dann bat sie Sie, nachsehen zu gehen?«

»Ja.«

»Und was fanden Sie vor?«

»Was ich vorfand? Nichts. Sie sehen ja selbst!«

»Soll das bedeuten, daß es trotz all der Feierei und des Krachs, den Sie in der Nacht hörten, genauso sauber und ordentlich war, wie es jetzt ist?«

»Ja, das kann ich Ihnen schwören. Das einzige, was ich angerührt hab, ist das Bettzeug. Ich weiß nich, wieso, aber ich glaub, ich hab vielleicht gedacht – diese beiden Frauenspersonen... Ich hab das Bettzeug nich mal selbst gewaschen. Ich hab's zur Reinigung gegeben.«

»Nicht ein Glas, nicht eine leere Flasche?«

»Nein. Nichts. Nich mal 'ne Zigarettenkippe im Aschenbecher.«

»Die Gäste haben also hinter sich aufgeräumt?«

»Ja, finden Sie das so merkwürdig?«
»Ja. Gerade *das* finde ich äußerst – verdächtig.«
»Verdächtig?« sagte sie nachdenklich.
»Ja, oder komisch eben«, sagte ich schnell.
Ich suchte das Foto von Arne Samuelsen hervor und zeigte es ihr. »Um Mißverständnisse zu vermeiden – es *ist* dieser Kerl, von dem wir reden, nicht?«
Sie blickte neugierig auf das Bild, drehte es um, um zu sehen, ob irgendwelche interessanten Informationen auf der Rückseite stünden. »Ja. Das is er. Aufs Haar genau«, sagte sie kurz.
»Na, dann also gut.« Ich erhob mich. »Ich glaube, ich sollte Sie nicht länger aufhalten. Jedenfalls für heute. Wenn es sich ergeben sollte, daß ich mir seine Wohnung noch einmal ansehen muß...«
»Wird das denn nötig sein?«
»Seine Sachen durchsehen, versuchen, eine andere Adresse zu finden, einen Ort, wo er sich möglicherweise aufhält, damit...«
»Aber...«
»Und dann werde ich das nächste Mal die Miete mitbringen, ja?«
»Aber Sie hatten versprochen...«
»Ich muß es erst mit seiner Mutter absprechen. Der Ordnung halber.«
»Sie können bei mir unten telefonieren.«
»Ich muß auf jeden Fall erst zur Bank. Um welchen Betrag handelt es sich?«
Ihr Blick flackerte in den Raum hinein und wieder zu mir zurück. »Nur zwölfhundert. Das is noch billig.«
»In Stavanger heutzutage? Ja, ich kann es mir denken.«
Wir hatten einander nichts mehr zu sagen. Sie folgte mir nach unten, wie ein losgelöster Schatten. »Und Sie kommen wieder?« fragte sie, als ich ging.

Ich nickte bestätigend. Aber nur, wenn es unbedingt sein muß, sagte ich leise zu mir selbst und trat auf die steile Straße hinaus. Die Pflastersteine unter meinen Füßen waren rund und glatt, und es roch stark und faulig nach Meer, so wie es öfter riecht, an feuchten Tagen im November. Die Schatten von Bybrua fielen dunkel und düster über die Dächer, wie die Ankündigung eines Unwetters.

6

Ich ging zurück in Richtung Zentrum. Von einer Telefonzelle aus rief ich die Ölgesellschaft an, bei der Arne Samuelsen angestellt war. Nachdem ich von diversen Vermittelungszentralen hin und her verbunden worden war, landete ich bei der Personalabteilung, wo eine kurzangebundene Frauenstimme sich als Frau Andersen vorstellte, mit Betonung auf der letzten Silbe, und fragte, was ich wünsche.

»Ich versuche, jemanden zu finden, der bei Ihnen angestellt ist, Arne Samuelsen aus Bergen, und ich wüßte gern, ob Sie Informationen darüber...«

»Sorry, aber diese Art von Informationen geben wir nicht jedem.«

»Ich bin im Auftrag der Familie hier, und...«

»In keinem Fall übers Telefon.«

»Ich kann gern persönlich vorbeikommen, wenn...«

Sie sagte schnell wie eine routinierte Sprechstundenhilfe in einer Zahnarztpraxis: »Paßt es Ihnen um 13.40 Uhr?« Ich sagte, daß mir das paßte.

»Gut. Dann habe ich zehn Minuten Zeit. Wir werden sehen, was wir tun können.«

Ich sagte »Danke«, aber sie hatte schon aufgelegt. Draußen vor der Telefonzelle fielen die ersten Flocken nassen Schnees langsam auf die Stadt nieder. Am Gemüsemarkt stand Alexander Kielland und starrte blind über den Hafen. Eine Möwe strich dicht über seinem Zylinder vorbei, ohne zu landen, und auf dem Markt gab es wenig Gemüse.

Das Telefonbuch und der Stadtplan sagten mir, daß die Ölgesellschaft ihr Büro so weit vom Zentrum entfernt hatte, daß ich mich entschloß, ein Taxi zu nehmen.

Der Taxifahrer war einer von der wortkargen, steifen Sorte und schien sich um das Lenkrad zu krümmen, als hätte er etwas vor mir zu verbergen.

Die amerikanische Ölfirma hatte sich mitten auf einem Feld ein paar Kilometer östlich der Stadt installiert. Das vier Etagen hohe Gebäude war aus grauem Beton. Der Name leuchtete rot ganz oben an der Fassade und war von weit her zu sehen. Innen war der Bau mit Leichtmetallplatten ausgekleidet, in Beige und Burgunder, abwechselnd an Decke und Wänden, je nachdem, in welcher Etage man sich befand. Der Kontrast zwischen den Farben und der metallenen Oberfläche vermittelte mir ein deutliches Gefühl von Science-fiction. Ich mußte an der Pförtnerloge einchecken und der Pförtner – ein Mann in den Vierzigern, der aussah, als sei mit ihm nicht gut Kirschen essen – prüfte über Telefon, ob ich wirklich erwartet wurde. Dann wies er mich höflich zu einem der Fahrstühle.

Der Fahrstuhl war groß, geräumig und lautlos. Durch versteckte Lautsprecher strömte süße und sanfte Wiener Musik wie dünner Tee in den quadratischen Raum. Ein Hauch von *An der schönen blauen Donau* – und dann war ich oben.

Vor der Fahrstuhltür war eine weitere Pförtnerloge, diesmal besetzt mit einer Frau. Sie sah aus, als könne sie einen Spaß verstehen, aber dafür war keine Zeit. Sie wies mich energisch zur dritten Tür rechts und nahm ein Telefon ab, ehe ich die Gelegenheit hatte, mich zu bedanken.

Ich klopfte an und ging durch die burgunderfarbene Tür hinein, die mit den Buchstaben DG gekennzeichnet war. Ich entschlüsselte den Code schnell und fand heraus, daß ich in Raum G, vierte Etage, ging.

Ein Mann Ende Zwanzig, in einem grauen, engsitzenden Anzug, glattrasiert und mit wohlfrisiertem, dunklem Haar, stand rasch von einem Schreibtischstuhl auf und kam mir mit einem burgunderfarbenen Terminkalender in der einen und mit einem beigen Kugelschreiber in der anderen Hand entgegen. An den Wänden hingen große, dramatische Zeichnungen von Ölplattformen bei hohem Seegang. Am Ende des Raumes war eine weitere Tür mit den Buchstaben DH. Der junge Mann warf einen schnellen Blick hinunter auf meine nicht ganz frisch geputzten Schuhe und fragte dann formell: »Veum?«

Ich nickte, und er sah auf seine elektronische Armbanduhr. »Frau Andersen ist in vier oder fünf Minuten frei. Seien Sie so nett und nehmen Sie dort drüben Platz.« Er deutete auf einen der vier beigen Ledersessel, die um einen ovalen Plastiktisch standen, der erstaunlicherweise schwarz war. Dann nahm er selbst hinter dem Schreibtisch Platz, wo er unbegreifliche Dinge mit einem kleinen Taschenrechner und einem Computer ausführte.

Eine große, viereckige Uhr gleich über der Tür, die links hinaus führte, zeigte die Zeit mit sechs Ziffern an, wobei die Hundertstel davonliefen wie Sand zwischen den Fingern. Sie ließ mich auf unangenehme Weise spüren, wie schnell die Zeit verrinnt, während man an ganz anderen Orten sein und ganz andere Dinge tun sollte. Exakt um 13.39.39 Uhr hob der junge Mann den Telefonhörer ab, wählte eine Nummer und sprach leise in die Muschel. Dann legte er auf und sagte zu mir: »Sie können hineingehen.«

Ich ging hinein. Frau Andersen saß hinter ihrem großen Schreibtisch mit dem Rücken zu der flachen Landschaft dahinter, die Hände fein nebeneinander auf der Schreibtischplatte. Sie trug einen großen, glitzernden Ring an der einen

Hand. Der Stein war grünlich und paßte zu ihren Augen. Die dicken Brillengläser vergrößerten ihre Augen und waren das einzige an ihr, was unbeholfen wirken konnte. Ansonsten machte sie den Eindruck, als sei sie so effektiv wie ein Computer und ebenso stromlinienförmig wie alles, was sie umgab.

Sie erhob sich hinter dem Schreibtisch, und wir gaben einander die Hand. Ihre Hand war schmal, kühl und wohlmanikürt. Sie trug ein einfaches, leinenfarbenes Kleid, das sich den Linien ihres Körpers mit diskreter Eleganz anpaßte. Die Brillengläser waren randlos, und es war ein Rotton in den oberen Hälften, das Gestell war golden. Auch in ihrem Haar war Rot – und Schwarz. Es war im Nacken festgesteckt und über den Ohren straff zurückgekämmt. Das Gesicht wurde dominiert von der Brille. Die Nase war gerade, der Mund füllig und hatte das gleiche Rot wie die Brillengläser. Ich schätzte sie auf um die Fünfzig, aber gut in Form.

Wir setzten uns, und sie kam direkt zur Sache. Sie stützte die Ellenbogen vor sich auf den Tisch, setzte die Fingerspitzen gegeneinander und sagte: »Und Sie wünschen – Informationen? Über einen unserer Angestellten?« Sie sprach ein fehlerfreies Norwegisch, ohne die Spur eines Dialekts. »Wen vertreten Sie, und worum geht es in dieser Angelegenheit?«

»Ich vertrete die Familie, oder genauer gesagt, seine Mutter. Und es dreht sich eigentlich um nichts weiter als darum, daß wir ihn nicht finden können.«

Sie lächelte unvermittelt und herablassend. »Kein besonders außergewöhnliches Problem für unsere Abteilung. Es pflegt sich von selbst zu lösen. Er wird schon auftauchen.«

»Aber seine Mutter...«

»Unsere Erfahrung zeigt, daß neunundneunzig von hundert wieder auftauchen, wenn es Zeit ist, auf die Plattform zu kommen. Der eine von hundert...« Sie zuckte mit den Schultern. »Also, mit ihm haben wir nichts mehr zu tun, um es einfach auszudrücken.«

»Also es kümmert euch nicht?«

»Nein«, sagte sie leichthin.

»Aber – ein paar Informationen habt ihr vielleicht trotzdem?«

»Sind Sie nun ein Freund der Familie, Veum, oder…« Sie sah mich forschend an.

»Ich bin Privatdetektiv.«

Sie machte einen kurzen, schnalzenden Laut mit der Zunge. »Soso. Einer der wenigen. Es gibt nicht viele von euch hier in der Gegend, was?«

»Da, wo du herkommst, gibt es mehr, oder?«

Sie sagte kühl: »Ich *bin* Norwegerin, Veum. Ich habe tatsächlich ein paar Jahre in den Staaten gelebt, und in unserer Branche… Tja, ich bin schon ein paar von der Sorte begegnet. Ihr habt nicht viel Charme.«

»Nein, das ist auch nicht unser Job.«

Sie stand hinter dem Schreibtisch auf. »Aber um zu zeigen, welchen Service wir für unsere Mitarbeiter leisten – und für ihre Familien. Für Informationen der Art, wie sie Sie eventuell interessieren könnten, ist unsere Sicherheitsabteilung zuständig. Ich werde…« Sie wählte eine Nummer und sprach in die Muschel. »Sei so gut und bitte Jonsson, hereinzukommen, Schatz.« Sie machte sich die Mühe, den Namen für mich zu buchstabieren, und fügte hinzu: »Auch er ist sich seiner norwegischen Abstammung sehr bewußt, und er wäre beleidigt, wenn man ihn für einen ganz gewöhnlichen Johnson hielte.« Zum ersten Mal lächelte sie richtig und entblößte eine allem Anschein nach fehlerfreie Reihe perlweißer Zähne. Kurz darauf ging die Tür auf, und ein Mann kam herein.

Es war ein kräftig gebauter Mann in den Fünfzigern, mit einem vitalen Äußeren und kurzgeschnittenem, graumeliertem Haar. Er war gut und gern einsachtzig groß und etwas füllig um die Taille, wie es Amerikaner nach einigen Jahren zu sein pflegen, weil sie an allzu vielen Scheidewegen lieber das Auto benutzen, als zu Fuß zu gehen. Er trug ein schwarz-grau kariertes Hemd, das am Hals offenstand, eine grau-weiß karierte Hose und eine legere, dunkelbraune Lederjacke, die leicht tailliert war. Das Gesicht war breit, und es schien, als würden sich sowohl die Augen als auch die Nasenflügel weiten, als er Frau Andersen begrüßte. Ein Wolfslächeln flakkerte um die kräftige Mundpartie, und in seinem Mund glitzerten solide Goldfüllungen. Er atmete durch die Nase, und seine Stimme vibrierte schwach, als er sagte: »Du hast nach mir gefragt, Vivi?«

Einen winzigen Moment lang streifte sein Blick ihre Brüste, bevor er zu mir herüberschwenkte. »Well, hallo, Kamerad. Womit kann ich dienen?« Er sprach gut Norwegisch, aber mit deutlichem Akzent. Sein Blick war starr und hart, und es war ein Schimmer in seinen Augen, der sowohl von Humor als auch von Verachtung zeugen konnte. Er reichte mir eine kräftige Hand.

Wir begrüßten uns, und er blieb direkt vor mir stehen, etwas zu nah für meinen Geschmack. Ich spürte ganz leicht einen säuerlichen, aber nicht direkt unangenehmen Körpergeruch, und da er fünf, sechs Zentimeter größer war als ich, mußte ich zu ihm hochsehen. Das gab mir ein Gefühl, als sei ich ein Bewerber für eine freie Stelle, ohne große Chancen, sie zu bekommen.

Ich bewegte mich ein Stück durch den Raum, drehte mich um und öffnete den Mund. Aber Frau Andersen war schneller. »Er will Informationen – über einen unserer Angestellten. Einen – Arne Samuelsen, hieß er nicht so?« Sie sah fragend zu mir herüber, und ich nickte.

Jonsson sah mich nachdenklich an. »Samuelsen?« Er schnitt eine Grimasse und sagte: »Ich kann nicht sagen, daß ich mit dem Namen etwas verbinde, aber lieber Gott, wie viele tausend Angestellte haben wir?«

Das war eine rhetorische Frage, und niemand antwortete.

Er fuhr fort: »Du kommst am besten mit in mein Büro, dann werden wir sehen.«

»Dann bedanke ich mich für Ihre Hilfe, soweit«, sagte ich zu der Frau hinter dem Schreibtisch. Sie lächelte noch immer gleich kühl und sagte: »Oh, nichts zu danken.« Aber sie sah auf die Uhr dabei.

Jonsson sagte: »Wenn es noch etwas gibt, Vivi – Anruf genügt...« Ihre Augen trafen sich in einem direkten, fast herausfordernden Blick, und ich war nicht in der Lage, die Stimmung im Raum zu deuten: War es Erotik – oder Machtkampf?

Als wir durch die Tür hinausgingen, fischte er eine Zigarette aus seiner Jackentasche, schnippte sie zwischen die Lippen und zündete sie mit einem vergoldeten Feuerzeug an. Er rollte die Zigarette in einen Mundwinkel und hustete tief. Als wir an dem jungen Mann in dem grauen Anzug vorbeikamen, sagte ich: »Vielen Dank für die Hilfe – Schatz.«

Er sah gedankenvoll von der Schreibmaschine auf, als hätte er nicht gehört, was ich sagte. Jonsson kicherte.

7

Ich folgte Jonsson den Flur entlang. Unterwegs erzählte er mir aus den Mundwinkeln: »Glaub mir – sie geht absolut nichts und niemandem aus dem Weg. Hat zwei Ehemänner verschlissen, drüben in Houston, lebt vom dritten getrennt und hat eine Karriere gemacht in der Ölbranche wie ein Mannsbild. Sie hat einen gezähmten Tiger zwischen den Beinen, und gnade dir Gott, wenn sie ihn losläßt!«

»Ach ja?«

»You bet!« rief er aus und knurrte selbst fast wie ein Tiger. Er stieß die Tür zu seinem Büro auf, und wir kamen in einen Raum mit der gleichen Farbkombination wie in Frau Andersens Büro. Die Wände waren bedeckt mit detaillierten Übersichtstafeln von Ölplattformen und Bohrinseln. Verschiedene Farbcodes kennzeichneten – dachte ich mir – unterschiedliche Sicherheitsbereiche. Das einzige Bild an der Wand war ein Filmfoto von Ronald Reagan auf einem steigenden Pferd, den Cowboyhut in einer Hand schwingend. Das Bild war signiert. Ein kleiner Kerl hinter einem Schreibtisch sah auf, als wir hereinkamen. Er saß da mit einem Stift in der Hand und einer detaillierten Planskizze vor sich. Als er sah, daß Jonsson in Begleitung war, drehte er das große Blatt mit der Rückseite nach oben. Er war ein Mann mit einem nervösen Äußeren und hellen, flackernden Augen, so hell, daß sie fast grauweiß aussahen. Das dünne Haar war dunkelblond und lag in langen, widerspenstigen Strähnen über der rötlichen Halbglatze. Er trug einen braunen Cordanzug, ein kariertes Hemd und eine gestrickte Weste.

»Das ist mein Assistent«, polterte Jonsson. »Nils – das ist...« Er sah mich an. »Wie war der Name?«

»Veum. Varg Veum.«

Der kleine Kerl stand auf, kam um den Schreibtisch herum und stellte sich in freundlichem Südlanddialekt vor. »Nils Vevang, Sicherheitsassistent.« Wir gaben uns die Hand. Seine Handfläche war klamm.

Jonsson sagte: »Mr. Veum braucht Informationen über einen unserer Angestellten. Setz dich, Veum. Nur einen Augenblick.« Er ging durch die hintere Tür und ließ mich mit dem kleinen Vevang zurück. Wir sahen einander an.

Ich sagte: »Arne Samuelsen, wissen Sie vielleicht etwas über ihn?«

»Was? Über wen?«

»Den Mann, nach dem ich suche. Arne Samuelsen.«

»Nein. Samuelsen. Bist du dir darüber im klaren...«

»Wie viele tausend Angestellte ihr habt? Nein. Aber ich kann es mir denken.«

Er kehrte mir den Rücken zu und ging zurück zu seinem Schreibtisch. »Jonsson holt sicher...«

Jonsson kam wieder aus seinem Büro. Er hatte eine hellbraune Archivakte in der Hand. »Setz dich, Veum, setz dich. Ich glaube kaum, daß wir hier was besonders Spannendes finden, aber...«

Er setzte sich auf die Kante von Vevangs Schreibtisch. Ich blieb stehen, aber er hielt die Akte so hoch, daß es mir unmöglich war, über den Rand hinweg auf die Papiere zu sehen, die Arne Samuelsen betrafen.

Jonsson hatte die Zigarette in einem Mundwinkel und redete profihaft durch den anderen. Ohne aufzusehen, und während er gleichgültig die wenigen Seiten der Akte durchblätterte, sagte er: »So, und du bist also ein richtiger, norwegischer Privatschnüffler? Ein Schmidtchen Schleicher? Hast du ein paar Schwarzbrenner entdeckt in der letzten Zeit? Verschwörer in den Viehställen entlarvt?« Er zwinkerte Vevang zu, der mit hellwachen Augen aufmerksam dasaß. »Ich hätte nicht gedacht, daß es hier in der guten alten Heimat so was gibt. Dachte, daß die Verhältnisse das noch nicht erfordern.«

»Sie tun es immer mehr«, sagte ich.

»So?« Er war fertig mit dem Durchblättern. »Ich finde nichts hier, Veum. Wenn er einen Grund hätte zu verduften, dann hätte ich ihn hier. Der liegt sicher irgendwo mit irgendeiner Biene rum, da kannst du sicher sein. Komm einfach zum Helikopterflugplatz, wenn er wieder auf die Plattform soll, dann hast du ihn.«

Ich sah sehnsüchtig nach seiner Akte. »Und du bist sicher, daß du alles weißt?«

»Daß ich alles weiß? Es ist mein Job, alles zu wissen, Kamerad. – In diesem Geschäft sind die Verhältnisse so, daß du mit einem Tritt in den Arsch rausfliegst, zum nächsten Zahltag, wenn du deinen Job nicht beherrschst. Von Kündigungsschutz ist gar nicht erst die Rede, da wo ich herkomme.«

»Aber *wenn* du etwas wüßtest, was wär das in dem Fall?«

»Jetzt redest du wie die Märchentante im Kinderfunk, Veum. Es gibt keine Wenn in meiner Branche.«

»Es ist mir klar, daß du in einer harten Branche bist, Jonsson. In den Kreisen, in denen ich mich bewege, gibt es nichts anderes als *wenn.*«

»Was du nich sagst. Deinen Lenz möcht ich haben. Ja, ja, ja, – ein bißchen Hintergrundinformation wird wohl nicht schaden. Setz dich, Veum.«

Ich setzte mich in einen tiefen Ledersessel, so tief, daß ich das Gefühl hatte, den Boden zu berühren.

Er fuhr fort: »Hör zu, Schnüffler. Ich trage die Verantwortung für die Sicherheit an Bord. Draußen auf den Inseln. Die Sicherheit an Bord beruht natürlich auf der Zuverlässigkeit der Mannschaft und – nicht zuletzt – auf deren Unabhängigkeit.« Er sah mich vielsagend an.

»Was meinst du mit Unabhängigkeit?«

»Es wäre nicht gut, wenn unsere Leute in die Klauen von Kräften kämen, die vielleicht auf die Idee kommen könnten, eine schnelle, kleine Sabotageaktion gegen unsere Ölinstallationen in Gang zu setzen. Um direkt zum Kern zu kommen: Leute mit allzu großen Sympathien für die Sache der Palästinenser haben geringe Chancen, da draußen einen Job zu bekommen. Jedenfalls solange ich hier was zu sagen habe. Leute mit Verbindungen zur Unterwelt, Leute, die rauschgiftabhängig sind, notorische Alkoholiker, Neurotiker, Homosexuelle – *no dice, man.*«

»Das hört sich an, als würdet ihr da draußen ein Bethaus betreiben.«

»Tja, der Vergleich ist gar nicht so übel – wenn es um die Forderungen nach Unbescholtenheit geht, wohlgemerkt.«

»Ich kenne nicht viele Ölarbeiter, aber ich kann nicht sagen, daß sie mir wie die reinsten Unschuldslämmer vorkämen.«

Ein großer, dicker Zeigefinger kam hervor und peilte mich an. »Frag, bei welcher Gesellschaft sie sind, Veum. Die Praktiken sind unterschiedlich. Ihr Norweger seid ja nicht ganz bei Trost. Ihr betreibt eine Gewerkschaftspolitik, die dazu führt, daß ihr regelrechte Kommunisten da rausschickt. Ihr überprüft ja verdammt noch mal nicht mal die Parteizugehörigkeit. Und die geilen Frosch-Fresser da unten in Frankreich, die kennen schlichtweg überhaupt keine Prinzipien. Aber wir – mit der Basis in den Staaten. Wir fahren die harte Linie. Harte, kernige, saubere Jungs draußen auf See – *good, clean, fun,* wenn sie an Land sind.«

»Was meinst du mit *good, clean, fun*? Den CVJM?«

»Wein, Weib und Gesang.« Er grinste so, daß ihm die Zigarette beinah nach hinten in den Hals kippte. Er knallte die Faust auf den Tisch und lachte lärmend zu Vevang hinüber. »Genug der frommen Reden für heute, nicht, Nils?«

Behende hüpfte er vom Schreibtisch. »Ich werd's dir sagen, wie es ist. Ich kann dir keine Informationen über Arne Samuelsen geben, weil es nichts gibt. Wir sind keine Gouvernanten, aber wir kümmern uns um unsere Leute. Mit welchen Mädchen sie zusammen sind, das interessiert uns wenig, solange es ordentliche, norwegische Huren sind und keine ausländischen Agenten, ebensowenig, wieviel sie trinken an Land, solange sie da draußen nüchtern bleiben. Ein bißchen Hasch ist okay, aber wenn du auf harten Stoff stehst, dann gibt es für dich keine Helikopterflüge nach draußen mehr. Zu hohe Spielschulden können zu der Art von Abhängigkeit führen, von der ich eben gesprochen habe. Und die Politik – die behalten wir schärfstens im Auge. Aber wie gesagt... Arne Samuelsen – der ist genauso sauber wie ein Kinderpopo.«

»Kann ich mal sehen?«

Er schüttelte den Kopf, langsam und nachdrücklich. »Nein. Streng geheim. Datenschutz. Du wirst es woanders versuchen müssen.«

»Also, du hast auch nicht den allerkleinsten Tip für mich? Du weißt nicht, mit welchen Mädchen er zusammen war? Solche Sachen?«

Er schüttelte wieder den Kopf. »Nein. Zeig uns lieber, wie tüchtig du bist, und komm wieder und erzähl es uns. Wenn du was findest. Aber ich bin ziemlich sicher, daß du das nicht wirst, denn in dem Fall hätte ich schlechte Arbeit geleistet, und das ist nicht meine Art.«

Ich blieb sitzen. Draußen war der Schneeregen endlich in Regen übergegangen. Das Wetter sah nicht gerade einladend aus, und ich saß sehr bequem in meinem Sessel. Jonsson sagte: »Das war alles, Veum.«

Ich erhob mich, zögernd. »Bis zum nächsten Mal«, sagte ich und ging zur Tür. Vevang saß hinter seinem Schreibtisch und sah mir nach. Jonsson stand vor dem Schreibtisch und sah gedankenverloren in die offene Akte hinunter. Aus irgendeinem Grund mußte ich bei ihrem Anblick an Dick und Doof denken. Ich nickte ihnen zu und ging hinaus.

Ich fuhr wieder mit dem Fahrstuhl hinunter zur Pförtnerloge. Neben dem Ausgang war ein Münzfernsprecher. Der Pförtner folgte mir mit den Blicken dorthin. Ich kramte die Kronenstücke, die ich hatte, zusammen und wählte eine Nummer in Bergen. Als die Dame in der Vermittlung antwortete, fragte ich nach Solveig Manger. Solveig Manger sei nicht im Hause, sagte sie mit schlecht verborgener Schadenfreude. Sie kannte meine Stimme, und sie hatte sie nie gemocht. Ich sagte, ich riefe aus Stavanger an und fragte, ob sie Solveig Manger meine Nummer geben könne. Sie könne sie notieren, sagte sie. Ich gab ihr die Nummer des Hotels und sagte, ich würde versuchen, so gegen 16.00 Uhr dort zu sein. Versuchen sei jedem gestattet, sagte sie philosophisch und legte auf.

Ich stand da und sah einen Moment den Hörer an, bevor ich mich zusammennahm und mir ein Taxi bestellte.

8

Diesmal war der Taxifahrer einer von der gesprächigen Sorte. Wir waren kaum auf halbem Wege in die Stadt zurück, da hatte er schon einen längeren Kommentar abgegeben zu den Auswirkungen des Ölzeitalters auf das Milieu von Stavanger. Dann drehte er sich nonchalant zu mir herum, die rechte Hand auf der Rückenlehne des Beifahrersitzes, und sagte: »Aber du bist wohl selbst aus der Branche, was?«

»Nein, ich hab hier nur für ein paar Tage – einen Job.«

Er warf einen kurzen Blick auf die Straße vor uns und drehte sich dann wieder zu mir herum. Ein VW verzog sich ängstlich auf die äußere rechte Straßenseite; weiter vorn kam uns ein großer Lastwagen herausfordernd entgegen. Er sagte: »Ich höre, du bist aus Bergen.« Er sprach Bergen aus wie »Barrgen«, weit hinten im Rachen.

Ich zeigte stumm auf die Fahrbahn vor uns. Er drehte leicht am Lenkrad, und der Lastwagen rauschte an uns vorbei wie eine plötzliche Sturmbö. Der Fahrer sagte: »Und wie sieht's da oben aus? Hat das Ölzeitalter auch bei euch seinen Einzug gehalten?«

»Noch nicht. Aber die großen Gesellschaften haben angefangen, sich in den Immobilienmarkt einzukaufen, es wird also nicht mehr lange dauern.«

»Es wird die Hölle, das kann ich dir versprechen – aber es bringt Geld, selbstverständlich, also ist es eigentlich nur eine Frage des Geschmacks. Paradiesische Zustände ohne Geld – oder die Hölle mit.«

Ich glaubte ihm. Von Besoffenen und Taxifahrern erfährt man die Wahrheit. Wir näherten uns dem Zentrum und steckten bald im Stau. Ich lehnte mich nach vorn und sagte: »Sag mal – hast du Verbindungen zu ein paar von Stavangers leichten Mädchen?«

Er drehte sich um, diesmal mit einem Grinsen auf den Lippen. »Willst einen draufmachen, was?«

»Nein, aber – sagt dir der Name Laura Lüstgen was?«

Wir hielten vor einer roten Ampel, und er murmelte: »Laura Lüstgen, ja. Die is eins von den guten, alten, treuen Mädchen. Sie war schon dabei, als Vikin noch in der zweiten Division war – im Gegensatz zu all den Luxuspüppchen, die's hier in den letzten Jahren gibt. Laura Lüstgen – die hat lekker Brüstken – haben die Jungs ihr früher immer nachgerufen und sind ihr hinterhergerannt. Soll ich dich vielleicht zu ihr nach Hause fahren?«

»Weißt du denn, wo sie wohnt?«

»Gehört zum Taxiservice, so was, Kamerad.« Wir bogen von der Haupteinfallstraße ab nach Westen. Dann fuhr er ein paar steile Hügel an der Westseite von Vaagen hinunter, gegenüber einem Speicher in eine Seitenstraße hinein und dann an die Bordsteinkante. Er zeigte nach vorn. »Siehst du das Lagerhaus da? Da herum, rein in den Hof, und dann die erste Tür rechts. Sie ist die einzige, die da wohnt, du kannst dich nicht vertun. Wenn du zur Tür reinkommst, geht eine lange, schmale Treppe rauf in den ersten Stock. Da wohnt sie, in der alten Hausmeisterwohnung. Einsam und alleine in ihrem Schloß. Aber ich garantiere nich dafür, daß sie zu Hause ist. Um diese Tageszeit fängt bei ihr der Arbeitstag an.«

»Na dann. Danke für die Hilfe.« Ich gab ihm ein bißchen mehr Trinkgeld.

Er bedankte sich und sagte: »Und grüß auch. Sag, Åge hat dich geschickt.«

»Kriegst du Provision?« fragte ich, nickte zurück und schlug die Tür hinter mir zu.

Ich folgte den Anweisungen. Das Lagerhaus war groß und grau, mit abblätternder Farbe an den Außenwänden und vernagelten Fenstern im Erdgeschoß. Drinnen im Hof huschte eine gestreifte Katze schnell um die Ecke, als sie mich entdeckte. Hinten an einem Bretterzaun lag das Wrack von etwas, das einmal ein Lastwagen gewesen war, ohne Reifen, und die Tür zum Fahrerhaus hing an einem Scharnier.

Ich öffnete die erste Tür, an die ich kam. Aus einem Briefkasten ragte die Tagesausgabe von Stavanger Aftenblad. Das machte einen seriösen Eindruck. Die Treppe nach oben war lang und schmal und dunkel – und erinnerte nicht sehr an den breiten Weg in die Verdammnis. Es gab kein Licht im Flur. Ich hielt mich dicht an der Wand, während ich mich nach oben bewegte. Die Treppe endete unvermittelt an einer Tür. Es war keine Klingel zu sehen, also klopfte ich an.

Niemand antwortete. Ich klopfte noch einmal, etwas heftiger. Keine Reaktion. Ich stand da und wartete, horchte auf Geräusche. Wenn sie eine von den Heimarbeiterinnen war, war sie möglicherweise gerade in Aktion. Wenn nicht, war sie nicht da. Ich klopfte noch einmal, mit demselben Ergebnis. Ich ging hinunter und wieder hinaus. Draußen blieb ich stehen. Das trübe Wetter ließ es schon langsam dunkel werden. Der Tag war schnell vergangen, und ich war nicht viel klüger geworden. Jedenfalls noch nicht.

Ich ging zurück zum Hotel. Der Nachmittagsverkehr war in vollem Gang, und es gab viele, die verbotene Abkürzungen durch die schmalen Straßen der Stadt fuhren. Im Hotel lag eine Nachricht für mich an der Rezeption. Solveig hatte angerufen. Sie würde es morgen noch einmal versuchen. Der Portier warf mir einen vielsagenden Blick zu, und ich bedankte mich für die Mitteilung.

Ich war früh aufgestanden, also ging ich auf mein Zimmer, dann unter die Dusche und legte mich ein wenig aufs Sofa. Nach fünf Minuten war ich eingeschlafen und wachte zwei Stunden später davon wieder auf, daß ich Hunger hatte. Draußen vor meinem Fenster war es dunkel geworden. Die Neonlichter hatten zu flimmern begonnen. Stavanger zog sich für den Abend um – und für die Nacht.

9

Der Speisesaal lag neben der Bar. Die meisten Tische waren besetzt, und der Barkeeper werkelte routiniert hinter der Theke. Auf einem der Barhocker bemerkte ich einen Mann mit schneeweißem Haar und einem jugendlichen, wachen Gesicht. Er folgte mir neugierig mit den Blicken, als ich vorbeiging, und es fehlte nicht viel und er hätte sein Glas zum Gruß erhoben. Der Inhalt des Glases war dunkel und braun.

Ich fand einen kleinen Tisch in einer Ecke des Raumes, direkt unter einer krängenden Zimmerpalme. Ein Kellner kam auf mich zu, fast noch ehe ich mich setzen konnte, und ich bekam eine Speisekarte. Über deren Rand hinweg studierte ich die Klientel. Sie war bunt gemischt, bestand aber zum größten Teil aus Männern. Es waren junge Männer und ältere Männer, Männer mittleren Alters und solche wie ich. Die Frauen waren meist jünger, chic, auf diese leicht aufgetakelte Art und in Kleidern, die ihre üppigen Körper betonten. Ihr Lächeln war hübsch und mechanisch, ohne die Augen zu erreichen.

Ich bestellte, was ich haben wollte – ein Hähnchengericht mit frischem Salat und einer halben Flasche Rosé. Ich war einfach gekleidet, trug ein schwarzes Hemd, das am Hals offen war, eine schwarze Hose und eine braune Cordjacke. Ich sah sicher nicht aus, als würde meine Brieftasche aus den Nähten platzen, denn keine der Frauen stand auf, um mir ihre Gesellschaft anzubieten. Ich konnte in Ruhe essen.

Die Stimmen um mich herum ertönten auf amerikanisch, französisch, spanisch und norwegisch. Ich hörte sowohl Ostland – als auch Trønder und meinen eigenen Bergenser, aber sehr wenig Stavangerdialekt. An einem der Tische im Hintergrund des Raumes entdeckte ich plötzlich Carl B. Jonsson. Er saß da mit einem blutroten, kräftigen Drink vor sich, redete pausenlos und lachte lärmend. Der Rauch stand wie eine

Wolke über dem Tisch, an dem fünf Männer und zwei Frauen saßen. Ich kannte keinen der anderen.

Plötzlich stand sie vor meinem Tisch. Durch die schwache Beleuchtung wirkte ihr Erscheinen fast übernatürlich, als hätte sie sich aus dem Nichts materialisiert, wie ein Geist aus der Flasche. Sie war klein. Das Gesicht war niedlich, aber fast mager, mit hohlen Wangen und großen, dunkelblauen Augen. Das Haar war braunschwarz und fiel in gepflegten Lokken bis auf die schmalen Schultern. Der Hals war dünn, und die goldbraune Haut spannte sich über den Schlüsselbeinknochen. Wenn sie Norwegerin war, dann war es nicht mehr als einen Monat her, daß sie in der Sonne gewesen war.

Sie trug eine enge lila Hose und ein fransiges, eng anliegendes Oberteil mit tiefem Ausschnitt und einem winzigen, aufreizenden Goldschmuck in der zarten Vertiefung zwischen den kleinen Brüsten. Sie trug eine Handtasche über der einen Schulter und ein Lächeln voller schneeweißer, großer Zähne. Die Augen wirkten hungrig und zugleich neugierig. Wahrscheinlich war sie nur kurzsichtig. Das Lächeln, das sie mir zeigte, schien echt zu sein. »Darf ich mich setzen?« fragte sie in abgeschliffenem Ostnorwegisch.

Ich hob die Schultern und wies mit einer Hand auf den freien Stuhl. Augenblicklich war der Kellner da, als hätte ich auf einen Knopf gedrückt. Ich sagte resigniert: »Möchtest du etwas trinken?«

»Ja, bitte«, sie lächelte süß. Zum Kellner sagte sie: »Wie immer.«

Sie bekam ihr Glas mit dem wie immer, irgend etwas mit Cola (vielleicht auch nur Cola, soweit ich es erkennen konnte), mit einer Zitronenscheibe auf dem Rand des Glases.

Ich hob mein Weinglas, und wir prosteten uns zu.

Einen Augenblick lang waren wir stumm. Wir sahen verlegen aneinander vorbei, wie zwei junge Leute beim ersten Rendezvous.

Dann räusperten wir uns beide und fingen gleichzeitig zu sprechen an. Wir lachten erleichtert, und jeder bedeutete dem anderen, doch auszureden. Ich schüttelte den Kopf, und sie sagte: »Wohnst du hier – im Hotel?«

»Ja.«

»Nur weil ich meine, dich hier noch nicht gesehen zu haben. Sonst...« Sie sah sich im Raum um. »Sonst kommen sie oft regelmäßig.« Ihre Nase war gradlinig, schön, mit schmalen, geblähten Nasenflügeln. Ihr Mund war breit, die Lippen voll und wohlgerundet. Es lag ein trauriger Zug in ihrem Gesicht, der einem unwillkürlich ein Gefühl von Mitleid einflößte. Vielleicht war das nur Teil ihrer Taktik – vielleicht *war* sie aber auch traurig.

»Ich hab wohl vergessen...« Sie reichte mir eine Hand über den Tisch. Goldschmuck hing um das schmale Handgelenk, und die Fingernägel hatten die gleiche Farbe wie ihre Kleidung. »Elsa – heiße ich.«

»Varg – Veum.« Ich hob die Hand augenblicklich und abwehrend. »Ich kann dir meinen Führerschein zeigen, wenn du mir nicht glaubst.«

Sie lachte: ein leichtes, perlendes Lachen. »Ich glaube dir. Deine Eltern müssen Sinn für Humor gehabt haben.«

»Das kann man wohl sagen – auf Kosten anderer.«

Ihre Hand strich wie zufällig über die Haare auf meinem Handrücken. »Und was führt dich nach Stavanger – Öl?«

Ich schüttelte den Kopf, holte das kleine Bild von Arne Samuelsen hervor und hielt es ihr hin. »Er.«

»Er?« Sie blickte verständnislos zu mir auf. »Wer ist das?«

»Ein Typ aus Bergen. Er ist verschwunden, und seine Mutter macht sich Sorgen.«

»Also du... Sag mal, bist du...« Sie war plötzlich auffallend kühl.

»Privat«, sagte ich.

»Was?«

»Schnüffler, aber nicht von der Polizei.«

»Ein – eine Art Detektiv?« Sie lächelte wieder, fast ungläubig.

»Ich nenn mich nicht gern so. Das hört sich an wie in einem Krimi aus den vierziger Jahren. – Du kennst ihn nicht zufällig?« Ich nickte der Fotografie zu.

Sie sah darauf, schüttelte langsam den Kopf. »Nein... Ich glaube nicht. Er hat jedenfalls nie – ich meine...« Sie sprach nicht weiter, aber ich verstand, was sie meinte.

Sie trank einen Schluck aus ihrem Glas. Leere war in ihre Augen getreten. »Also, dann bist du auch nicht – interessiert, nein?«

»Leider. Ich – ich würde schon gerne, aber...«

Sie lächelte traurig. »Ist schon gut. Ich verstehe. Das macht nichts. Es gibt genug andere, aber du siehst irgendwie – nett aus.« Sie trank aus, hielt mir das leere Glas hin und sagte: »Danke jedenfalls. Ein andermal, vielleicht?«

Ich sagte: »Vielleicht.«

Sie stand auf, lächelte, hängt sich die Umhängetasche über die Schulter und ging weiter zwischen den Tischen hindurch, hinaus zur Toilette. Viele Blicke folgten ihr, es gab also sicher jemanden, zu dem sie zurückkommen konnte.

Ich zahlte für das Essen und den Wein und stand auf und ging an die Bar. Wenn ich allein sitzenblieb und wartete, würde ich nichts herausfinden. Mit Barkeepern ist es wie mit Taxifahrern: Sie kennen alle Adressen, und sie wissen, was los ist und wo. Es war auf jeden Fall den Versuch wert. Ich fand einen freien Barhocker und versuchte, die Aufmerksamkeit des Barkeepers zu erregen.

»Hier riecht es nach Messing«, sagte eine tiefe Stimme neben mir.

10

Der Mann mit dem schneeweißen Haar und dem rotgefleckten jugendlichen Gesicht lächelte mich gutmütig an. »Ich hab doch gesehen, wie du Elsa ein Bild gezeigt hast. Also, wenn es kein Nacktfoto von dir war und sie einen Schrecken bekommen hat, dann...« Er zuckte mit den Schultern. Er war klein, hatte einen froschartigen Körper, kurze Beine und einen breiten Oberkörper. Die Augenbrauen waren breit und grauweiß, die Augen hell und humorvoll. Er trug einen grauen Anzug, ein weißes Hemd und einen altmodischen, schmalen, weinroten Schlips. Er mußte etwa sechzig Jahre alt sein.

Er reichte mir eine Hand und stellte sich vor. »Benjamin Sieverts. Freut mich.« Er horchte auf die Antwort.

»Veum«, sagte ich. »Und dein Geruchssinn hat dich getäuscht. Ich bin nicht von der Polizei, ich suche nur jemanden.«

»Veum?« fragte er. »Bergenser...« Er sah mich nachdenklich an. »Noch einer fürs Archiv?«

Ich sah fragend zurück. »Archiv?«

»Ich habe einen Fehler – oder eine Eigenschaft, je nachdem wie man es sieht. Wenn ich ein Gesicht einmal gesehen habe, dann erinnere ich mich für immer daran. Ich kann Kunden einordnen, die ich zuletzt vor dreißig Jahren gesehen habe. Ja, mit den Jahren ist es so geworden, daß es mir leichter fällt, Leute einzuordnen, die mir gleich nach dem Krieg begegnet sind, als solche, die ich vorgestern getroffen habe.«

»In meinem Beruf wäre das eine vortreffliche Eigenschaft.«

»Ach ja? Und was bist du von Beruf?«

Der Barkeeper kam, und ich wartete mit der Antwort. Ich bestellte einen Orangensaft, und er sah mich mißbilligend an.

Als ich das Glas bekommen hatte, wendete ich mich wieder meinem Nebenmann zu. »Privatdetektiv.«

Er grinste breit. »Dann war mein Geruchssinn also nicht so schlecht.«

»Tja...«

»Ja, denn nur ein Bulle würde ein Mädchen wie Elsa abweisen. Du findest keine Nettere hier in der Stadt. Jedenfalls nicht unter denen, die du kaufen kannst, und auch kaum unter den anderen.«

»Kennst du sie?«

»Na ja, flüchtig. Aber weißt du, dies ist eine kleine Stadt – immer noch. Und dies Lokal – das ist ein richtiger Treffpunkt, das kann ich dir sagen. Siehst du den Kerl da drüben – in der Ecke? Einer der Topchefs von Statoil. Und der in dem dunklen Anzug, der aussieht, als säße sein Schniedelwutz im Reißverschluß fest? Einer der Betriebsmanager, die an der Entwicklung der Stadt in den letzten Jahren am meisten verdient haben. Einer von den ganz großen Grundstücksspekulanten, unter anderem. Und der, der da drüben so laut lacht...«

»Jonsson?«

»Soso – du kennst ihn? Harter Bursche. Hat amerikanischen Football in seiner Jugend gespielt, als Profi. Die beiden Mädchen an dem Tisch sind Prostituierte. Aus Oslo. Alle Professionellen des Landes sind rübergekommen, als der Ölbetrieb ernsthaft losging. In Oslo sind nur noch Amateure.«

»Das hört sich an, als hättest du Ahnung auf diesem Gebiet.«

Er sah mich mit unschuldigen, blauen Augen an. »Nur in der Theorie, mein Freund. Das ist wahr. Ich bin seit zehn Jahren Witwer, und meine Frau ist im richtigen Augenblick gestorben: als mein Schwung so langsam nachließ. Seitdem habe ich mich auf andere Freuden im Leben konzentriert als die fleischlichen, und davon gibt es genug.«

»Welche zum Beispiel?«

Er zeigte auf sein dunkelbraun gefülltes Glas. »Das da.« Er

klopfte sich auf die Brusttasche. »Gute Zigarren. Reisen. Glücksspiele. Und ein Sitzplatz im Stadion. Man muß nur verstehen, es sich gutgehen zu lassen, dann...« Er hob sein Glas. »Aber – skål!«

Wir tranken und er fuhr fort: »Sag mal, trinkst du keine stärkeren Sachen als Wein?«

»Ich versuche, mich zurückzuhalten, während ich arbeite.«

»Jaa – versuch's bei mir!«

»Versuch...«

»Das Bild. Wie ich dir gesagt habe, ich vergesse nie ein Gesicht. Das ist verdammt anstrengend, kann ich dir sagen. Du läufst herum mit ein paar hunderttausend Gesichtern im Kopf. Ich kann einfach nicht durch die Stadt gehen, ohne daß – eins nach dem anderen – die Archivbilder hervorspringen. Einige sind so alt und verändert, daß es dauert, bis ich sie einordnen kann... Das ist genauso, als würde eine Klappe runterfallen, sag ich dir.«

»Na gut.« Ich gab ihm das Bild.

Er warf einen raschen Blick darauf. »Jaha. Genau.« Zwischen den breiten Augenbrauen war eine Furche entstanden.

Ich war gespannt. »Du meinst doch nicht etwa... Soll das heißen, daß...«

Er nickte langsam. »Ich hab ihn gesehen, und das ist erst ein paar Tage her. Es muß kurz vor dem Wochenende gewesen sein. Oder... Mittwoch!« Das ganze Gesicht leuchtete auf. Er nickte eifrig. »Ich hab's.«

Ich beugte mich zu ihm vor. »Ja? Wo?«

Er lächelte verschmitzt, während er sein Glas hochhielt, um zu sehen, wieviel noch drin war. »Ich kann dich mit dahin nehmen... Vielleicht. Wenn du willst.«

»Ja. Wohin? Ist es weit?«

»Nein. Es ist nicht sehr weit. Nur über den Markt und dann ein kleines Stück weiter. Ich kann dir auf dem Weg mehr erzählen. Gehen wir?«

Ich nickte. »Aber – was ist es denn?«
Er leerte sein Glas. »Es ist – ein Lokal.«
»Und du bist sicher, daß er es war?«
»Wie ich gesagt habe, mein Junge...«
»Du vergißt nie...«
»Ein Gesicht. Korrekt.«
Als wir hinausgingen, fiel mir auf, daß Elsa an einem Tisch Platz genommen hatte, an dem schon drei junge Männer und eine Frau saßen. Carl B. Jonsson nickte mir gemütlich zu, als ich vorbeiging. Ich hinterließ an der Rezeption den Bescheid, daß ich wegginge und nicht wüßte, wann ich wiederkäme.
Draußen war es trocken und kalt. Wir schlugen die Mantelkrägen im Nacken hoch, und Sieverts zog einen schwarzen Hut tief in die Stirn.
Bevor wir losgingen, sagte ich: »Du hast vergessen, mir zu erzählen, was du machst.«
»Ich?« Er blinzelte liebenswürdig unter der Hutkrempe hervor. »Ich bin Finanzbeamter.«

11

Obwohl es ein rauher und kalter Novemberabend war, waren eine Menge Leute unterwegs. Das abendliche Publikum auf Stavangers Straßen war jung, laut und mehr oder weniger betrunken.
»Hier steigen wir hinab ins Inferno«, sagte Sieverts lächelnd, als wir zu der Fußgängerunterführung unter Konggårdsbakken hinuntergingen. Dort unten stand eine Horde junger Leute, die Jungen in Lederjacken und Lederhosen, die Mädchen in engen Jeans und Daunenjacken. Sie starrten uns herausfordernd entgegen, als wir vorbeigingen, und wir überhörten die Zurufe, die uns durch den Betontunnel verfolgten. Unsere Schritte klangen hohl wider.

Als wir auf der anderen Seite nach oben kamen, stand dort ein kleines Heilsarmeeorchester und spielte durchdringend und falsch für eine kleine Anzahl von Zuhörern. Die Musiker hatten gerötete Hände und frostweiße Gesichter, und es blitzte kalt in ihren Messinginstrumenten. Wir gingen vorbei.

Unten am Kai hatte sich eine größere Menge versammelt. Zwei junge Leute tanzten betrunken umeinander herum und hauten schwerfällig um sich, wie Bären, die nach schwirrenden Bienen schlagen. Ab und zu trafen sie, und dann klatschte es dumpf. Die Zuschauer bildeten einen Kreis um sie. Ein paar ließen Anfeuerungsrufe los. Keiner versuchte dazwischenzugehen. Wir gingen vorbei.

In einem Hauseingang standen zwei heruntergekommene Kerle und eine noch schlimmer aussehende Frau. Sie teilten sich eine Flasche reinen Alkohols, und ihre Zungen waren schnell, wenn es darum ging, die Tropfen einzufangen, die am Mund vorbeiliefen. Die Frau fragte, ob wir auch etwas haben wollten, aber wir gingen vorbei. Wir wollten weiter.

Ich sah zurück. Das Heilsarmeeorchester hatte Pause, aber die Schlägerei am Kai ging weiter, und Alexander Kielland wachte unbeirrbar über das Ganze.

»Es sind in Stavanger«, sagte Sieverts, »in den letzten Jahren eine Menge solcher Lokale entstanden wie das von Ole Johnny – wo wir jetzt hinwollen.«

»Ole Johnny?«

»Ja, wir nennen ihn einfach so. Einer von den Ureinwohnern. Damals, in den fünfziger Jahren, als es noch mit einem gewissen Risiko verbunden war, Pornos zu verkaufen, war er einer von den wenigen in Stavanger, die das taten. Ordentliche, dänische Ware, lange bevor sie modern wurde. Er hatte einen kleinen Tabakladen – und dann erweiterte er das Angebot. Pornos, Verhütungsmittel. Alles, was in Stavanger vor zwanzig Jahren verboten war. – Aber er ist einer von denen, die durch den Ölboom wirklich nach oben gekommen sind.«

»So?«

»Ja. Die Jungs kommen von draußen an Land, weißt du. Die, die verheiratet sind und Frau und Kinder zu Hause haben, die fahren nach Hause. Aber viele sind Ausländer, die es sich nicht leisten können, nach Hause zu fahren, oder junge Kerle, die zu Hause nichts mehr verloren haben – und die sich plötzlich in der Stadt wiederfinden, die Taschen voller Geld und viele freie Tage. Was zum Teufel sollen sie anfangen? Sich bei den Pfadfindern anmelden?«

Vor einem Restaurant stand einer dieser jungen Kerle und stritt mit dem Türsteher. »Jetzt bin ich blau, weil ich da drin meine ganzn Mäuse auf'n Kopp gehaun hab, un nu lasster mich nich wieder rein, ej, wassn das für 'ne Art?« tönte es von irgendwoher weit in den Fjorden.

Der Türsteher schüttelte nur abweisend den Kopf.

Der Junge fing an, mit den Armen zu schlenkern, und plötzlich – ehe einer von uns reagieren konnte – hatte der Türsteher ihm einen Kinnhaken verpaßt, daß er rückwärts in den Rinnstein taumelte. Dort blieb er sitzen und blickte verdattert um sich.

Ich blieb stehen und sagte: »War das nicht ein bißchen zu hart?«

Der Türsteher kam zu mir herüber. Er war etwas kleiner als ich, aber ein breit gebauter, stämmiger Kerl mit einem Silberblick. »Das war Notwehr. Das hast du doch gesehn. Oder willste auch einen?«

Ich wollte keinen. Sieverts hatte dem jungen Kerl auf die Beine geholfen und ihm die Richtung gezeigt, in die er gehen sollte. Wir gingen weiter.

»Da siehst du's«, sagte Sieverts. »Und es gibt Leute, die ganz schön Geld machen mit diesen – wie sollen wir es nennen – Freizeitproblemen. Die, die all diese neuen Läden betreiben, zum Beispiel. All die Mädchen, die hier ihrem Gewerbe nachgehen. Und dann solche wie Ole Johnny.«

»Der irgendein Lokal betreibt – wenn ich es richtig verstanden habe?«

Wir gingen ein paar Seitenstraßen hinauf, ich immer hinter Sieverts her. »Genau«, sagte er. »Das heißt – dem Anschein nach ist es eine ganz normale Wohnung in einem ganz normalen Haus. Wand an Wand mit dem Bethaus übrigens. Aber drinnen!«

»Ja?«

»Wart's nur ab, dann wirst du's sehen. Aber unten und im ersten Stock sind – Spielhallen eingerichtet. Unten sind hauptsächlich Automaten, aber was die einbringen, ist nicht gerade Kleingeld. Da drin hatte Ole Johnny früher seinen Tabakladen. Aber *das* ist noch gar nichts! Denn im ersten Stock findest du ein Spielkasino von internationalem Format. Hauptsächlich wird gepokert, zum Teil ganz schön hoch, das kann ich dir versichern. Ich hab da selbst ein paarmal mitgemischt.«

»Geld zu verdienen und Geld zu verlieren. Aber meist das letztere, natürlich, sonst würde der Laden ja nicht laufen. Aber es gibt auch Würfelspiele – und in einem der Hinterzimmer: ein richtiges Roulette. Es ist eine Menge Geld in den Laden investiert worden, und Ole Johnny hat sich damit saniert. Hütte im Fjell und Hütte am Meer: eine bei Haukeliseter und eine draußen bei Sirevåg auf Jæren. Phantastisch gelegen, beide, heißt es. Und das ist noch nicht alles...«

»Was kommt denn noch?«

»Es gibt ein paar Hausdamen. Und in den Wohnungen im zweiten und dritten Stock – ja, du kannst es dir vielleicht denken.«

»Das kann ich. Für alle Bedürfnisse ist gesorgt.«

»Und noch mehr. Schnaps kannst du auch kaufen, aber nur flaschenweise, halbe oder ganze, damit es aussieht, als hättest du sie selber mitgebracht. Es ist eine private, geschlossene Gesellschaft, verstehst du, und wenn du noch nie da warst, kommst du auch nicht rein – es sei denn, du kommst zusammen mit jemandem, der bekannt ist, der für dich bürgt.«

»Und das willst du tun – für mich?«

»Ja. Frag mich nicht, warum, aber – ja.«

»Und da hast du also Arne Samuelsen gesehen – den, nach dem ich suche – Mittwoch letzter Woche?«

»Ja. Er war da, und er hat gespielt – gewürfelt, glaube ich. Ich bin ziemlich früh gegangen, deshalb kann ich nicht sagen, ob er mit jemandem zusammen war. Ich kann dir nur erzählen, daß er da war – den Rest mußt du selbst rausfinden.«

»Und solche Läden laufen wirklich, ohne daß die Polizei eingreift?«

»Phh, die Polizei! Die haben damit zu tun, Falschparkgebühren einzutreiben und falschgeparkte Autos abzuschleppen. Ole Johnnys Lokal ist nicht das einzige – du solltest mal ein paar von den Villen sehen, die die Amerikaner außerhalb der Stadt gemietet haben. Das reinste Las Vegas, sag ich dir.«

»Und – das Sektenvolk?«

»Das Sektenvolk? Die klammern sich an die wenigen, die sie bei der Stange halten können, und kümmern sich einen Scheißdreck drum, was draußen vor ihren Fenstermalereien vor sich geht. Wir sind da.«

Wir standen vor einem vierstöckigen Stadthaus, dessen von Neonlicht umflimmerter Eingang zu einer schäbigen Spielhalle im Erdgeschoß allen anderen Etagen die Möglichkeit nahm aufzufallen. Das Haus daneben war ein weißes Holzhaus mit schmalen, hohen Bogenfenstern. Bezeichnenderweise lag es im Dunkeln.

Sieverts hatte mich in die Spielhalle geführt, wo ein großgewachsener Kerl hinter einem Tresen stand und das Ganze überwachte. Vor ihm auf dem Tresen lagen Stapel von Spielmarken. In einer Schublade hatte er reichlich Bargeld, und als er sie aufzog, sah ich den Kolben einer Gaspistole schimmern. Hier ging man kein unnötiges Risiko ein.

Sieverts beugte sich zu ihm. Er sah über die Schultern meines Weggefährten und starrte mich mit kalten Schellfischaugen an. Ich sah, daß Sieverts ihm einen Fünfziger zusteckte und daß er mit den Schultern zuckte.

Dann wies er uns durch eine Seitentür hinaus, und wir befanden uns im ehemaligen Treppenhaus, was es auch jetzt noch war, nur daß es keine Mieter mehr gab, die es benutzten. Durch ein paar vergitterte Fenster erkannte ich einen kahlen Innenhof. Ich kontrollierte schnell die Eingangstür. Sie war verschlossen und ohne Schlüssel nicht zu öffnen. Der einzige Weg nach draußen war der durch die Spielhalle – oder über den Innenhof. Die Hintertür sah aus, als sei sie undurchdringlich.

»Checkst du die Rückzugsmöglichkeiten?«

»Ich hab mir angewöhnt, vorsichtig zu sein.«

»Du – du hast doch nicht vor, Ärger zu machen, oder?«

»Nein, nein. Ich will nur rausfinden, ob mir jemand was über – Arne Samuelsen erzählen kann.«

»Na gut.« Sieverts sah aus, als bedauere er, mich mitgenommen zu haben. Wahrscheinlich war es in einem Anfall von Euphorie geschehen, verursacht durch das Braune, das er in seinem Glas gehabt hatte.

Aber es war zu spät, um umzukehren. Er führte mich eine Etage höher – zu Ole Johnnys Lokal.

12

Sieverts klopfte an eine gewöhnliche, graugrüne Holztür. Die Tür öffnete sich, und ein breites Gesicht schaute über eine Sicherheitskette heraus. »Hallo«, sagte Sieverts.

»Hallo«, sagte der Mann. Sein schwarzes Haar war über dem einen Auge gescheitelt und über den Ohren kurzgeschoren. Er sah aus wie der Schurke in einem alten Stummfilm. »Wer ist das?« sagte er tonlos und nickte in meine Richtung.

»Mein Name ist Veum«, sagte ich. »Varg Veum.«

Die Tür ging wieder zu. Sieverts drehte sich zu mir um. »Er geht rein, um die Listen durchzusehen. Sie haben ein Verzeichnis der Leute, denen sie nicht trauen.« Er wieherte leise. »Es sind sogar ein paar Polizisten darunter. Ich hoffe, sie kümmern sich nicht weiter um solche wie dich.«

Die Sicherheitskette rasselte, und die Tür wurde geöffnet. »Ist in Ordnung«, sagte der Mann. Drinnen im Flur sahen wir, daß er ungefähr einsachtzig groß war und ebenso breit und massiv unterhalb der Gürtellinie wie darüber. Er trug einen dunklen Anzug und ein weißes Hemd mit schwarzer Fliege, elegant wie ein Pinguin in einem Kuckucksnest. Der Flur war lang und dunkel, nur von ein paar vereinzelten Kugellampen erleuchtet. Von irgendwoher hörten wir Musik, aber nicht so durchdringend, daß sie nicht aus der Nachbarwohnung hätte kommen können, wenn es eine solche gegeben hätte. »Den Eintritt«, grunzte der Mann in dem schwarzweißen Anzug.

Sieverts blätterte ihm einen Hunderter hin, und ich folgte seinem Beispiel. Die Scheine verschwanden in einer Innentasche seines Anzugs. Ich bat ihn nicht um eine Quittung. Nachdem wir unsere Mäntel in einen Kleiderschrank gehängt hatten, der schon übervoll war, wurden wir durch eine der Türen hineingeführt.

Wir kamen in einen Raum mit vielen Tischen. Der Rauch schwebte tief über den grünen Tischplatten. An den meisten Tischen wurde Karten gespielt. An einigen wenigen wurde gewürfelt. Ganz hinten im Raum war eine langgestreckte Bar installiert, und dort saßen ein paar einsame Zuschauer, die offensichtlich pleite waren. An der Bar und an einigen Tischen fand sich eine exclusive Auswahl von Frauen. Alle waren gleich gekleidet, trugen eng sitzende, lila Seidenoveralls, deren breiter, augenfälliger Reißverschluß vom Halsausschnitt bis zum Schritt reichte. Wie weit der Reißverschluß offen war, schien eine Frage des Geschmacks zu sein. Ein lila Bindegürtel betonte die schmalen Taillen und die einladenden Hüften.

Der Rest des Personals bestand aus Männern, die ebenso gut gekleidet waren wie der draußen am Eingang, aber alle hatten größe, unsymmetrische Körper, als seien sie eine Art zu groß gewachsener Zwerge.

»Wo hat er sie her?«

»Die Mädchen? Die flottesten des Landes. Du findest sie als Pin up's in den meisten Herrenmagazinen wieder...«

»Ich meine die Pinguine.«

»Ach, die. Ole Johnny besitzt auch ein Body Building Center, zusätzlich zu allem anderen.«

»Ein vielseitiger Herr, dieser Ole Johnny, wie mir scheint.«

»Wart's nur ab, bis du ihn triffst.«

»Das hoffe ich nicht.«

»Was?«

»Vergiß es. Was tun wir jetzt?«

Er blickte mich neugierig an. »Hast du Lust zu spielen?«

»Nein. Ich hab nicht mehr gepokert, seit ich zur See gefahren bin, und da ging es selten um mehr als ein paar Hunderter. Also, ich glaube, ich passe – wenn es erlaubt ist.«

»Aber klar doch. Es gibt ja andere – Entspannungsangebote. Wir müssen übrigens erst an die Bar.«

»Oh?«

»Alle müssen mindestens eine halbe Flasche kaufen, das ist ein Teil der Eintrittskarte.«

»Zusätzlich zu dem Eintritt, den wir schon bezahlt haben? Ich kann verstehen, daß sich Ole Johnny sowohl eine Hütte im Fjell als auch eine an der Küste leisten kann.«

»Ja, aber was du nicht schaffst, kannst du mit nach Hause nehmen. Und das Wasser dazu ist umsonst.«

»Sag bloß. Glaubst du, die haben Aquavit?«

»Die haben fast alles.«

»Gut, gut, gut.«

Wir kamen an die Bar. Einer der Pinguine thronte dahinter und fragte höflich, was wir haben wollten. Sieverts bekam eine halbe Flasche Whisky und ich eine halbe Flasche Aquavit, ohne weitere Umstände. »Ich glaube, ich bleib hier eine Weile sitzen«, sagte ich.

»Okay. Ich werd mal sehen, ob ich irgendwo einen Sitzplatz finde«, sagte Sieverts und zwinkerte mir zu. Ich folgte ihm mit den Blicken; klein und kräftig, mit schneeweißem Haar und flink wie ein Faun glitt er durch den Rauch.

Ich ließ meine Blicke forschend durch den Raum wandern. Es kam mir niemand bekannt vor. Die Klientel entsprach der, die ich ihm Hotel gesehen hatte, zum großen Teil jugendlich, und hier – abgesehen von den Lilas – zu hundert Prozent maskulin. Plötzlich fühlte ich mich völlig hilflos. Was sollte ich tun? In die Hände klatschen, um Ruhe bitten, das Bild von Arne Samuelsen herumgeben und fragen, ob jemand wüßte, wo er sich aufhielt?

Eine matte Resignation überkam mich, und ich kippte einen ordentlichen Schluck Aquavit in mein Glas. Da drang eine Stimme wie dunkler Sirup in mein Ohr. »Suchst du jemanden?«

Sie war hell und nordisch, mit goldblondem Haar und einer weitläufigen Milchstraße heller Sommersprossen über dem Nasenrücken und in einem Bogen unter den Augen. Die Augen waren groß und blau, der Mund rosa und leicht geöffnet, die flinke Zungenspitze lag lauernd zwischen den schönen, weißen Zähnen. Der Reißverschluß ihres Overalls war bis ein Stück unterhalb der Brüste heruntergezogen, die sich frei und ohne technische Hilfsmittel entfalteten. »Laila«, sagte sie und ließ es wie eine Beschwörung klingen. Sie konnte noch keine zwanzig sein. Trotzdem war etwas Resigniertes in ihren Augen, als sei sie hundert Jahre alt und nichts könne sie mehr verwundern.

»Hej«, sagte ich. »Nein, ich suche niemanden – hier.«

Sie legte einen schmalen Finger an die Lippen. »Bist du allein?«

»Meistens«, sagte ich. »Aber nicht immer.«

»Wenn du willst...« Sie hielt inne, der Wirkung wegen. Ihr Finger glitt an meinem Kinn hinunter, folgte den Linien des Halses und strich mir leicht über das Schlüsselbein. »Ich habe ein Zimmer – einen Stock höher, und wir könnten...« Sie zwinkerte mit schweren, schwarzen Wimpern, die in scharfem Kontrast zu ihrem hellen Haar standen.

»Wieviel würde mich das kosten?«

»Fünfhundert, erst einmal – dafür hast du 'ne halbe Stunde.«

»Und wenn ich Lust hätte, die ganze Nacht zu bleiben?«

Ihr Mund öffnete sich noch ein Stück, und sie sah rasch an mir herunter. »Vier – tausend«, sagte sie. »Und wir nehmen auch Geschenke an.«

»Ich fürchte, das würde für mein Bankkonto doch einen zu großen Gewichtsverlust bedeuten«, sagte ich und holte schnell das Bild von Arne Samuelsen hervor. »Aber ich kann dir ein paar Hunderter geben, wenn du mir was über diesen Typen hier erzählen kannst.«

Sie sah mich an, und ihr Gesicht bekam einen ganz neuen Ausdruck: eine Mischung aus Schläue und Berechnung. Dann spähte sie auf die kleine Fotografie. Sie sah sich im Raum um. Ich folgte ihrem Blick und sah dasselbe wie sie. Zwei der kräftigsten Pinguine bewegten sich resolut auf uns zu. Sie blieben höflich vor uns stehen, und ein schneller Blick war genug, damit die sommernachtsblonde Laila hinter die Kulissen verschwand ohne auch nur ein einziges Wort des Abschieds. Der eine von ihnen, mit kurzgeschnittenem, rotblondem Haar, sagte leise und höflich: »Der Chef würde Sie gern sprechen, Herr...«

»Veum.«

»Genau.« Er trat zur Seite und machte mir den Weg frei.

Ich sagte: »Ich kann gar nicht sagen, wie lange ich mich schon auf dieses Treffen freue. Wo ist er, der Chef?«

»Folgen Sie uns.«

Ich folgte ihnen. Über fünf Kartenrücken erspähte ich das Gesicht von Benjamin Sieverts, ich beruhigte ihn mit einem Blick. Es war auf jeden Fall gut zu wissen, daß es *einen* gab, der wußte, wo ich war.

Die Tür schloß sich hinter uns, die gedämpfte Musik verstummte fast, die Stimmen waren wie abgeschaltet. Ich war wieder draußen im Flur, zusammen mit zwei kräftigen Pinguinen. Der Flur wirkte plötzlich kalt und zugig. Ein Schaudern durchfuhr mich.

»Hier lang«, sagte der eine meiner Führer.

13

Vor der letzten Tür im Flur blieben wir stehen, und der Chefpinguin klopfte an. Eine Stimme sagte: »Herein.«

Wir kamen in einen Raum, der eine Mischung aus Büro und Boudoir darstellte. An einer Wand stand ein breiter Diwan, bedeckt mit einer grünen, schimmernden Seidendecke mit Fransen an den Kanten. Über dem Diwan hing eine ziemlich talentlose Kohlezeichnung von einer nackten Frau, die auf dem Rücken lag und uns mit offenem Mund anstarrte, oben wie unten. Am anderen Ende des Raumes prangte ein gigantischer Mahagoni-Schreibtisch, mit Reliefs an den Seiten, die jeden Amateurkunsthistoriker zweifellos dazu verleitet hätten, ihn einem Stil und einer Epoche zuzuordnen, aber mir sagten sie weniger als gar nichts. Auf dem Schreibtisch stand eine Karaffe mit etwas Braunem darin und ein halbvolles Glas mit einer sprudelnden Flüssigkeit. Es war offensichtlich nicht die allergeschäftigste Bürozeit.

Hinter dem Schreibtisch saß Ole Johnny.

Er wirkte recht klein, wie er da saß, aber das Prinzip war das gleiche wie bei den Pinguinen: breiter Brustkorb, enger Anzug. Trotzdem hatte Ole Johnny etwas Schwammiges, Schlaffes an sich. Er war um die fünfzig Jahre alt, und in seinem dunklen Haar waren graue Strähnen. Er hatte es von der Stirn nach hinten über den Schädel gekämmt, zu einer säuberlich drapierten Frisur, die Ende der fünfziger Jahre auf jedem Rücksitz Furore gemacht hätte, aber jetzt auf markante Weise passé zu sein schien. Zwischen den fleischigen Lippen qualmte eine dicke, braunschwarze Zigarre. Die Zähne waren bräunlichgelb, und er war nicht ganz glattrasiert. Ich zweifelte nicht daran, daß der Stein an seiner Krawattennadel echt war, und er trug zehn bis zwölf Ringe an seinen dicken Fingern.

Als er sich erhob, sah ich, daß er überraschend klein war, nicht größer als einssechzig. Ich wurde von den zwei Pinguinen zum Schreibtisch geführt. Ole Johnny nahm mit der linken Hand die Zigarre aus dem Mund, streckte mir die rechte zur Begrüßung über den Schreibtisch entgegen und bat mich, mich zu setzen. Mit zwei zu groß geratenen Pinguinen direkt hinter mir fand ich keinen Grund, mich zu weigern – ich folgte der Aufforderung. Der Sessel war tief und bequem.

Ole Johnny schlug etwas Asche von seiner Zigarre in einen giftiggrünen, überquellenden Aschenbecher, nahm einen Schluck aus seinem Glas, sah nachdenklich auf seine beiden Leute und sagte: »Das sind meine Sekretäre. Sie führen Protokoll.«

Ich sah zu ihnen hoch. Aus meiner Position waren fast nur schwellende Brustmuskeln und breite Kiefer zu sehen. Das würde ein interessantes Protokoll werden. Ich hoffte, daß sie nicht die Absicht hatten, auch mich darin aufzunehmen. Als Verlust.

»Veum.« Ole Johnny sah mich schief an. »Wir hatten dich

auf keiner unserer Listen, aber wenn neue Leute auftauchen, ... Wir haben ein paar Informationen eingeholt, und wir wissen nicht recht, ob uns das, was wir rausgefunden haben, gefällt. Bist du als Privatperson hier, oder...«

Ich versuchte, meine Stimme auf einem ruhigen, entspannten Niveau zu halten. »Ich bin hier – weil ich eingeladen worden bin.«

»Weil du eingeladen worden bist«, wiederholte er säuerlich.

»Er hat Laila was gezeigt«, ertönte es plötzlich über meiner einen Schulter. Ich sah mich nicht um, um zu sehen, wer da gesprochen hatte. Es war wohl kaum die Dame von der Kohlezeichnung.

»Ach ja?« kam es zornig von Ole Johnny. »Was denn?« schnauzte er mich an.

Ich spürte, daß ich zu schwitzen begann. »Ich – ich bin in Stavanger, weil ich nach jemandem suche.«

»So?«

Ich zuckte mit den Schultern. »Ich zeige das Bild überall, wo ich hinkomme. Irgendwo muß er ja sein.«

Ich gab ihm das Foto, und er studierte es, als sei es eine berühmte Briefmarke oder eine hervorragende Fälschung. »Und wie heißt dieser Kerl?«

»Samuelsen. Arne Samuelsen.«

»Und was bringt dich auf die Idee, ihn hier zu suchen?«

»Nichts. Aber wenn du es noch weiter bestreitest, könnte ich mißtrauisch werden.«

Er wurde rot im Gesicht und kam ein Stück im Stuhl hoch. Wie ein Marienkäfer, kurz vor dem Abheben. »Du hast hier einen Scheißdreck herzukommen und mißtrauisch zu werden, und halt lieber dein freches Maul, wir sind schon mit härteren Typen als dir fertig geworden, Veum!«

»Das bezweifle ich nicht. Aber immer mit der Ruhe. Ich meinte nur... Die meisten Leute da draußen sind aus der Ölbranche, oder? Arne Samuelsen arbeitet auch auf 'ner Bohrinsel. So einfach ist das.«

»Na gut... Ich kann mich nicht erinnern, ihn gesehen zu haben. Ihr vielleicht?« Er gab das Bild weiter an die Pinguine, die ihre Köpfe darüber zusammensteckten, als zeige es eine neue pornografische Erfindung. Sie schüttelten beide verneinend den Kopf. »Nein«, sagten sie wie aus einem Munde. »Kann mich nicht erinnern.« Sie hatten noch nie so etwas gesehen.

Ich sagte: »Aber ihr prüft doch hoffentlich die Namen von allen, die hierherkommen. Führt ihr nicht eine Art Kartei?«

Ole Johnny sah mich irritiert an. »Nein.«

»Nicht?« Ich gab ihm zu verstehen, daß ich ihm nicht glaubte.

»Nein!« schnauzte er noch einmal. Er besaß ein feuriges Temperament. Er würde auf sein Herz achtgeben müssen.

»Und da ist nichts Bekanntes – weder am Namen noch am Aussehen?« Er hatte es geschafft, mich wirklich mißtrauisch zu machen.

»Wie oft soll ich's denn noch sagen, Veum? Nein, nein und nochmals nein.« Er saß da und kaute auf seiner Zigarre und sah mich dabei böse an. »Geh jetzt, Veum. Du bist hier nicht willkommen. Wir wünschen nicht, dich noch mal zu sehen. Verstehst du?«

»Das ist nicht mißzuverstehen.«

Er stand auf. »Und noch eins, Veum. Wenn du auf irgendwelche verrückten Ideen kommen solltest, zum Beispiel, den Bullen was zu erzählen, dann überleg dir das gut. Das Wasser von Vågen ist kalt in dieser Jahreszeit. Verdammt kalt, Veum.«

Damit ließ er sich wieder schwer auf den Stuhl fallen und griff nach seinem Glas. Die zwei Pinguine führten mich hinaus. Gegen die Art und Weise war nichts zu sagen. Sie waren die ganze Zeit höflich und nett. Sie taten nur, was man ihnen aufgetragen hatte. Ich zog meinen Mantel an und sagte: »Was ist mit meinem Aquavit?« Einer der beiden ging hinein und holte die fast noch unberührte Flasche, und dann brachten sie mich hinaus. Bis ganz nach unten. Diesmal gingen wir nicht durch die Spielhalle. Sie schlossen mir die Haupteingangstür auf.

Ich wartete nicht auf Sieverts. Das hatte keinen Sinn. Ich ging allein zurück zum Hotel. Das Wasser von Vågen sah genauso kalt aus, wie Ole Johnny es geschildert hatte. Ein Auto fuhr in langsamem Tempo den Kai entlang. Auf dem Rücksitz lachte eine Frau in einem hellen, grauen Pelz ein lautes und gellendes Lachen, während zwei Männer dabei waren, nach etwas zu suchen, das wohl zwischen ihren Beinen verschwunden war. Ich ging schnell und ertappte mich mehrmals dabei, daß ich mich umblickte. Ole Johnny hatte mich nicht nur mißtrauisch gemacht – er hatte mich auch nervös gemacht. Vor dem Hoteleingang stand ein Taxi mit laufendem Motor und einem etwas dicklichen Jugendlichen auf dem Rücksitz. Als ich die Rezeption betrat, stieß ich fast mit Elsa zusammen, die gerade aus der Bar kam, den Kragen ihrer braunschwarzen Pelzjacke im Nacken hochgeschlagen. Sie sah erstaunt zu mir auf. Dann lächelte sie, ein atemloses, unsicheres Lächeln. Es war etwas Dunkles und Unbestimmbares in ihrem Blick, das ich nicht einordnen konnte. Unvermittelt faßte sie nach meinen Mantelaufschlägen und trat nah an mich heran. Sie sah in mein Gesicht. Ein süßer Duft kam mir entgegen. »Wenn du willst«, hauchte sie mir zu, »kann ich jetzt mit dir auf dein Zimmer kommen. Ich kann – ich kann zum Taxi rausgehen und sagen, daß nichts draus wird, daß was dazwischengekommen ist, daß ich plötzlich ein...«

Ich griff um ihre schmalen Handgelenke, sah hinunter in das hagere, schöne Gesicht. Mit rauher Stimme sagte ich: »Ich – ich brauche wirklich Schlaf, und ich – ich hab morgen einen anstrengenden Tag.«

Sie wollte sich losreißen, mit einer ungeduldigen Bewegung. »Aber...«, fuhr ich fort, »der eigentliche Grund ist... Es gibt da jemanden – dem ich treu sein möchte. Verstehst du?«

Sie blickte erstaunt in mein Gesicht. Dann nickte sie stumm, machte sich los, schüttelte sich, winkte mir kindisch zu und hastete hinaus zu dem wartenden Taxi. Ich warf einen Blick auf die Wanduhr. Es war wenige Sekunden nach Mitternacht.

Der Portier gab mir den Schlüssel mit dem gleichen vielsagenden Blick wie wenige Stunden zuvor, als er mir die Nachricht von Solveig überbracht hatte. Vielleicht war es einfach seine Art.

Ich fuhr mit dem Fahrstuhl hinauf. Vor dem Snack-Automaten gegenüber meiner Zimmertür krabbelte ein großer Kerl am Boden herum. Er sammelte Kleingeld auf, das er verloren haben mußte. Als er mich entdeckte, fluchte er und rappelte sich auf. »Himmeldonnerwetterkruzitürkennochmal! Verdammte Technik! Eine Krone nach der andern hab ich reingesteckt, aber glaubste, es kommt auch nur 'ne einzige Scheibe raus? Nix kommt raus, zum Teufel!« schimpfte er lautstark. Er steckte noch ein paar Kronenstücke hinein und drückte auf einen Knopf. »Siehste da drin? Da isse, die Scheibe, die ich will!« Er zeigte durch eine kleine Glasscheibe auf eine flache, in Plastik verpackte Scheibe Brot mit schlappem Salat und herunterhängender Wurst. »Aber was glaubste, was rauskommt?« Er hielt mir eine Hand voller Kaugummipackungen hin. »Babbel-gamm!« sagte er. »Verdammtes Scheiß-Babbel-gamm!«

Eine neue Kaugummipackung kam aus der Automatenklappe gesegelt, und der Mensch vom Lande trat hart gegen das Gerät, während er fluchte, was das Zeug hielt. Ein häßliches Poltern ertönte. Ich zuckte mit den Schultern, schloß meine Zimmertür auf und ging hinein.

Das Zimmer war dunkel und angenehm temperiert. Die Bettwäsche war kühl und weiß. Nach einer Viertelstunde war ich eingeschlafen.

14

Ich wachte davon auf, daß Regen und Schnee an mein Fenster klatschten. Es war ein grauer, ekliger und trostloser Morgen.

Ich duschte mich warm und frühstückte friedlich in einem fast leeren Speisesaal. Eine Trennwand war vor die Hälfte des Raumes gezogen, in der sich die Bar befand, und es lagen frischgebügelte, weiße Decken auf den Tischen. Auf jedem Tisch stand ein kunstvolles Gesteck aus Seidenblumen, und das Frühstück war einfach und kontinental. Ich blätterte in einer der Morgenzeitungen. Ronald Reagan grinste, und Jimmy Carter sah zerfurcht und verwittert aus. Es gab keinen Zweifel daran, wer die Wahl gewonnen hatte. Also war der Wahlkampf vorbei, die Fußballsaison zu Ende, die Wintersportsaison hatte noch nicht angefangen, und die Comics waren auch immer dieselben. Ich zog den Regenhut tief in die Stirn und schlug den Mantelkragen im Nacken hoch, bevor ich mich auf den Weg zu Laura Lüstgen machte. Wenn sie wirklich von ihrer Wohnung aus operierte, dann waren die Morgenstunden wahrscheinlich der beste Zeitpunkt, um sie anzutreffen.

Der Schneeregen war dabei, in Regen überzugehen, und drinnen im Hof mit dem alten Lastwagenwrack ließ der strömende Regen den Schotter hochspritzen. Die gestreifte Katze lag unter dem Autowrack und starrte mit gelben Augen hinaus in das Naturschauspiel und den fremden Menschen. Drinnen in dem steilen Treppenhaus schüttelte ich die Regentropfen von Hut und Mantel, fuhr mit einer Hand durchs Haar und zählte die Scheine, die ich in meiner Brieftasche hatte. Im schlimmsten Falle würde ich die Konsultationen bezahlen.

Ich tastete mich im Halbdunkel nach oben und klopfte erneut an die Tür. Nach einer Weile hörte ich unbestimmbare Geräusche aus der Wohnung. Dann ertönte eine rauhe Stimme durch die Tür: »Wer is da?«

»Veum.«

»Wer?«

»Mein Name ist Veum.«

»Und was zum Teufel willst du um diese Tageszeit?«

»Kann ich reinkommen?«

Ein Murmeln hinter der Tür.

»Hallo?« sagte ich.

»Ja ja ja, nich so hastig. Ich muß nur...«

Die Tür ging einen Spalt weit auf, und ein verknittertes Frauengesicht starrte mir entgegen. Laura Lüstgen war eine verblaßte Blondine, hart an der Grenze der Vierzig. Die Schminke vom Vortag hing ihr verrutscht im Gesicht. Viel mehr sah ich nicht. Hinter ihr erkannte ich eine graubraune Tapete mit einem Muster fahlgrauer Lilien.

»Tut mir leid, daß ich dich um diese Tageszeit störe, aber – ich werde bezahlen.« Ich hielt ihr ein paar Scheine hin. Ihr Blick fiel darauf und sie hatte Schwierigkeiten, ihn wieder loszueisen. Dann zuckte sie mit den Achseln, gab die Tür frei und ging mir voraus in die Wohnung.

Sie trug einen rosa Unterrock mit Spaghettiträgern. Sie tapste barfuß durch den Raum, graziös wie ein schwangerer Bernhardiner.

Das Zimmer war Schlafzimmer und Wohnraum zugleich. Das breite, ungemachte Bett präsentierte sein zerwühltes Bettzeug. Auf dem Boden stand ein Stapel alter Schuhkartons, auf dem Tisch neben dem Bett eine halbvolle Wodkaflasche. Durch eine halboffene Tür sah ich undeutlich die Küche – und etwas, das aussah wie der Abwasch von Tagen.

Laura Lüstgen stolperte über ein paar undefinierbare Kleidungsstücke auf dem Boden vor dem Bett. Sie fluchte leise und zog den Unterrock über die Schenkel hoch, ehe sie sich setzte, die Bettdecke im Rücken und das Kopfkissen zur Hälfte unter sich. Sie saß da, mit gespreizten Beinen, und sie trug nichts unter dem Rock. Ihr nackter Schoß stülpte sich mir wie eine welke Orchidee entgegen, und ich wandte den Blick zur Seite, wenn auch nicht unbedingt aus Schüchternheit.

Ich fand einen Platz in einem verschlissenen Lehnstuhl, holte das Bild von Arne Samuelsen hervor und reichte es ihr über den Tisch.

Sie starrte darauf, mit Augen, die sich schwer erinnern konnten. »Ja – und was weiter?«

»Hast du den Typen schon mal gesehen?«

Sie nickte vage. »Ich mein schon, daß er mir bekannt vorkommt.«

»Und wann?«

Sie zuckte mit den Schultern. »Weiß der Teufel.«

»Das tut er sicher. Wie wär's mit letztem Mittwoch?«

»Mitt – woch?« Sie sagte es, als sei das irgendwann im letzten Jahrhundert gewesen.

Ich sagte: »Du gehst wohl nicht in solche Lokale wie – Ole Johnny's?«

»Ola der Knirps?« Es glitzerte in ihren farblosen Augen; etwas wie ein höhnisches Grinsen strich über ihre Lippen und war wieder verschwunden. Die Lippen waren breit, wirkten aber trocken und spröde. In einem Mundwinkel war ein offener Riß. »Nein, aber jetzt weiß ich wieder – vorigen Mittwoch, da bin ich mit Leuten mitgegangen, die von Ole Johnny kamen. Der ganze Haufen war sternhagelvoll, und sie hatten nur ein Mädchen dabei, bis sie... Einen von ihnen kannte ich, Lächel-Herrmannsen wird er genannt, weil er sein Gesicht nie zu 'nem Lächeln verzieht. Alter Junggeselle, der gern mit Scheinen rumwedelt, wenn er auf der Piste ist, und er is einer von meinen Stammkunden, schon viele Jahre.«

»Lächel-Herrmannsen? Und wie heißt er richtig?«

»Weiß der Teufel.«

»Das auch? Hat der Bürozeiten – oder hat er sich vielleicht auch einen Informationschef angeschafft?«

»Wer?«

»Weiß der...« Ich hielt inne und fuhr dann fort: »Wer waren die anderen?«

»Eine von diesen – Neuen. Nich eine von denen, die im Lokal arbeiten, bei Ole Johnny, mein ich. Sondern eine von denen, die sich in den feinen Hotels aufreißen lassen. Jung, hübsch – und kalt wie ein Fisch.« Sie beugte sich vor. »Die geben ihnen nich, was sie haben wollen. Das können sie nich. Für so was braucht's reifere Frauen. Solche wie... Wir wissen, was ihr haben wollt – Zärtlichkeit, Mütterlichkeit, Wärme, alles, was ihr nich...«

»Weißt du, wie sie heißt?«

Sie sah aus, als dächte sie nach. »Irene, glaub ich. Mehr weiß ich nich. Ich hab mich nich um sie gekümmert. Lächel hat mich aufgegabelt, er hat mich gebeten mitzukommen, und als die anderen anfingen, rumzulärmen, sind wir einfach gegangen – und dann is er mit zu mir – und wir haben es uns hier gemütlich gemacht!« Sie schlug mit der flachen Hand auf das gelbweiße Laken.

»Was meinst du mit rumlärmen?«

»Weiß der – Teufel. Ich war selber ziemlich angesäuselt, aber ich hab gehört, wie sie angefangen haben zu streiten. Ich tippe, sie kriegten Streit wegen der Dame – da war ja nur sie, und sie waren...«

»Ja, wie viele waren sie?«

Sie sah mich mit leeren Augen an. »Lächel. Und ich. Sie. Und dann der, der da wohnte – und noch zwei. Dann waren wir also...«

»Sechs.«

»Ja, mein ich doch«, rief sie irritiert aus. Sehnsuchtsvoll sah sie zur Wodkaflasche, aber sie rührte sie nicht an.

»Aber wer waren sie?«

»Hab ich doch gesagt. Herrgott, was für'n Trara! Der da, auf dem Bild, und die zwei anderen.«

»Ja, haben die sich nicht vorgestellt?«

»Nein«, sagte sie in sarkastischem Ton. »Das haben sie nich. Sie hielten mich vielleicht nich für fein genug. Von mir aus kann's der Kaiser von Amerika und sein Kronprinz gewesen sein.«

Sie saß da und starrte vor sich hin. Dann fügte sie hinzu: »Ich glaub, da is irgendwas passiert. Jedenfalls gab's einen höllischen Aufstand, und da hat Lächel gesagt: Los komm, Laura, wir haun ab. – Und dann sind wir abgehaun.«

»Und alle gingen nach Hause und waren sich darüber einig, daß es ein gelungener Tag gewesen war?«

Sie sah mich mit leerem Blick an. »Ja.«

»Und diese anderen Typen hast du vorher nie gesehen?«

»Gesehn und gesehn. Ich werd dir was sagen, ich mach mir nich so viel aus den neuen Ölleuten. Ich halt mich an die alten Kunden, sozusagen. Die Bauernlümmel aus Jæren und die Fischer aus Ryfylke. Und an all die feinen Herren aus Stavanger, jou. Laura Lüstgen hat's hier schon gegeben, lange bevor das Öl hier in die Stadt kam – und ich mach meinen Job immer noch gut!«

»Deinen – Job?«

»Jah! Wo is denn das Geld geblieben, was du mir versprochen hast?«

Ich holte die Scheine heraus, zwei Hunderter, und behielt sie in meinen Händen. Sie sah gierig aus. Ich dachte nach, ob ich noch mehr zu fragen hatte. »Und du hast ihn seitdem nicht gesehen?«

»Wen gesehn?«

Ich zeigte müde auf das kleine Foto. »Den da.«

»Nein, wo sollte ich ihn gesehn haben? Außerdem kann ich nich behaupten, daß er sich mir vorgestellt hätte.«

»Nein. Nein, richtig. Hier, ich danke dir für deine Hilfe.« Ich warf die Scheine vor ihr auf den Tisch, und sie verschwanden unter der Bettdecke.

Laura Lüstgen fuhr sich mit zwei knochigen Händen durch das zerzauste Haar. Die Adern auf den Handrücken bildeten ein deutliches Muster, und die Haut war schrumplig. »Was für 'n Scheißleben!« sagte sie. »Um diese Tageszeit geweckt zu werden!«

Ich stand auf. »Wie gesagt – tut mir leid. Schlaf weiter, Laura. Ich finde schon raus.«

»Paß auf, daß du nich die Treppe runterfällst und dir den Hals brichst.«

»Ich werd vorsichtig sein.«

Ich öffnete die Tür. Hinter mir hörte ich, fast wie ein heiseres Flüstern: »Du verdammte Sacklaus!«

Ich antwortete nicht, sondern ging aus der Tür – und nach unten.

Es regnete noch immer ohne Unterlaß, und ich lief mit gebeugtem Nacken bis zum nächsten Hauseingang. Dort blieb ich stehen, in der Hoffnung, daß ein Taxi vorbeikommen würde. Es kam keins, aber ich konnte alle Hinweise überdenken, die sie mir gegeben hatte. Jedenfalls ging es voran. Zwei neue Namen – und das Skelett eines Handlungsverlaufs.

Die nächste Station war also wieder Arne Samuelsens Wohnung. Dieses Mal würde ich mich besser umsehen – jetzt, wo ich ein paar Anhaltspunkte hatte.

15

Ich war von den Knien abwärts völlig durchnäßt und überall sonst klamm und feucht, bevor ich in Banavigå ankam. Drinnen im Treppenhaus stand Frau Eliassen, gerade dabei, Wasser von einem grünen Regenschirm zu schütteln. »Das is Gottes Strafe!« rief sie bei meinem Anblick aus.

»Was?«

»Na, das Wetter. Was denn sonst?« Sie starrte mich mißtrauisch an. »Sind Sie gekommen, um die Miete zu zahlen?«

»Tja – tja. Aber ich würde gern noch einmal einen kurzen Blick in die Wohnung werfen – sie etwas genauer durchgehen.«

»Sie haben ihn also noch nicht gefunden?«

»Nein, leider. Und Sie haben auch nichts von ihm gehört?«

»Nein, hätte mich auch gewundert. Der wird sich hüten.«

»Also, wenn ich...« Ich ließ den Blick zur Treppe wandern, die nach oben führte.

»Ich hab heut keine Zeit«, sagte sie mürrisch. »Heut ist Reinemachetag, und ich komm direkt aus der Stadt, deswegen hab ich sehr viel...«

»Geben Sie mir nur den Schlüssel, dann werd ich Sie nicht stören.«

»Sie glauben doch nich, daß ich Fremden den Schlüssel leihe?« Sie blickte mich feindselig an. »Hier wo die Leute einfach abhauen, ohne zu bezahlen.«

»Ich *werde* für ihn bezahlen. Ich kann es sofort tun, wenn Sie nur...«

»Also gut. Sie können ja kaum noch mehr anrichten, als... Ich werd Ihnen wohl lieber aufschließen.« Sie holte das Schlüsselbund hervor. Auf dem Weg die Treppe hinauf sagte sie: »Sie erinnern sich an den Betrag – zwölfhundert?«

»Es ist mir unvergeßlich.«

»Was meinen Sie?«

»Ich meine – ich habe es nicht vergessen.«

Sie steckte den Schlüssel ins Schloß und drehte ihn herum. Sie bekam einen verwunderten Gesichtsausdruck, dann zog sie den Schlüssel wieder heraus und sah ihn an. »Hm«, sagte sie.

»Ist etwas?« fragte ich.

»Nein. Es war der richtige. Er geht bloß ein bißchen – schwer.« Sie steckte den Schlüssel wieder ins Schloß. Dieses Mal ging es, und sie öffnete die Tür. Sie blickte hinein. Die Wohnung sah genauso aus wie beim letzten Mal. »Tja...«, sagte sie und streckte die Hand aus, wie um zu prüfen, ob es regnete. Ihr Blick war nicht mißzuverstehen.

Ich zählte sechs Hunderter ab und gab sie ihr. Der Inhalt meiner Kasse ging langsam zur Neige, und dabei hatte ich noch nicht eine Øre für das Hotel bezahlt.

»Ja – und...«

»Also – seien wir mal ehrlich... Eigentlich ist sie doch nicht mehr wert, oder – die Wohnung?«

»Hören Sie, junger Mann – die Frage ist nicht, was sie wert ist, die Frage ist, was die Leute zahlen.«

»Okay, okay. Aber ich habe nicht mehr Bargeld bei mir. Sie werden mit dem Rest – bis morgen warten müssen.«

»Aber Sie haben gesagt...«

»Ich hab mich verrechnet.«

Sie sah in die leere Wohnung, auf die sechs Hunderter und dann wieder mich an. Die sechs Hunderter siegten, und sie sagte: »Ja dann – ich bin unten – und ich höre alles, was passiert, also sind Sie...« Sie beendete den Satz nicht, sondern sah mich nur vielsagend an. Dann verschwand sie die Treppe hinunter, und ich ging in die Wohnung, in der Arne Samuelsen gewohnt hatte. Als ich über die Schwelle trat, ging der Kühlschrank an, wie eine Art Signal.

Ich blieb mitten im Raum stehen und sah mich um. Alles

war wie beim letzten Mal, nichts war verändert. Die Heftzwecke an der Skizze der Ölplattform fehlte immer noch.

Ich ging zum Kleiderschrank und öffnete ihn. Ich durchsuchte die Taschen sämtlicher Anzüge, ohne mehr als einen unbedeutenden Betrag an Kleingeld zu finden, ein paar alte Kassenbons und einen Postausweis. Ich sah mir das Bild an. Kein Zweifel, es war Arne Samuelsen. Der Ausweis war zwei Jahre alt, und das Bild war neuer als das, was ich bei mir hatte. Ich betrachtete die Schuhe und die Stiefeletten; aber es lag nichts auf dem Schrankboden.

Dann ging ich hinüber zur Kommode. Das Ergebnis war nicht viel besser. Es war wirklich ein System in der Stapelung der Kleidungsstücke. Die Unterwäsche für sich, Strümpfe und Hemden für sich. Ich fühlte zwischen all den Schichten nach. Ganz hinten in der untersten Schublade fand ich eine halbe Flasche Whisky, ungeöffnet. In einer Ecke derselben Schublade lag ein Stapel Briefe. Alle waren mit der gleichen Handschrift geschrieben, alle von der Mutter.

Ich machte die Schublade wieder zu und sah mich um. Das Zimmer sah aus, als berge es nicht ein einziges Versteck. Sicherheitshalber fühlte ich hinter den Diwan und sah darunter. Es lag nicht einmal eine Staubschicht da.

Ich drehte den Fernseher herum und sah mir die Rückseite an. Ich hätte die Rückwand abschrauben und hineinsehen können, aber das hatte Zeit.

Ich ging weiter in die Küche. Ich stieg auf die Anrichte und nahm mir das oberste Regal des Küchenschranks vor. Nichts von Interesse. Ein paar alte Eierbecher und drei leere Keksdosen. Weiter unten fand ich Pulverkaffee, Tütensuppen und eine Tafel Milchschokolade. Arne Samuelsen hatte ein einfaches Leben geführt, was die Ernährung betraf, jedenfalls zu Hause in seiner Wohnung.

Ich begab mich weiter nach unten und sah mir die Anrichte an. Ich öffnete eine Schublade nach der anderen, ohne positives Resultat. Ich begann, den Mut zu verlieren. Der Rücken tat mir weh, und die Knie wurden steif.

Ich öffnete die Tür der Anrichte. Da lag etwas: ein Stapel von vier, fünf Rosten, alle gleich groß. Es dauerte ein paar Sekunden, ehe ich begriff, was es war. Es waren die Einlagen des Kühlschranks hinter mir.

Ich saß in der Hocke am Boden. Dann begann ich, mich aufzurichten. Ich bemerkte gerade noch die Bewegung hinter mir, aber es war zu spät, um etwas dagegen zu unternehmen. Etwas Hartes und Rundes traf mich am Hinterkopf, direkt hinter dem einen Ohr, und mein Kopf füllte sich mit Licht: blendendem Licht.

16

Die Stimmen kamen von weit her. *Ich habe die Polizei angerufen, ihr könnt ruhig* – ich stöhnte. *Verdammt, jetzt wacht* – es gab ein Durcheinander, und durch einen Nebel von Schmerzen hörte ich ein Keuchen und einen aufgebrachten Frauenschrei. Dann knallte eine Tür und alles wurde wieder schön still und ruhig und dunkel.

Ich erwachte plötzlich. Das Gesicht von Frau Eliassen war viel zu groß. Ich sah die offenen Poren in der pergamentartigen Haut, die Umrisse eines Leberflecks unter dem einen Auge. Sie schlug mir ins Gesicht. »Nicht!« keuchte ich. »Ich...«

»Sie müssen aufwachen, na los. Stehn Sie auf, die Polizei kommt, Sie dürfen hier nicht auf dem Boden liegenbleiben. Was is denn passiert?«

Ich sah mich um. Die Decke über mir hing schief, die Wände flatterten wie Zeltwände bei starkem Wind. Das Gesicht über mir schrumpfte. Sie war aufgestanden. Es sah aus, als schwebe sie unter der Decke wie ein Ballon. Meine eine

Hand krabbelte am Küchenschrank hinauf und griff um den Rand einer Schublade. Ich versuchte aufzustehen. Ich stützte mich mit dem anderen Arm ab und kam auf die Knie.

»Es waren zwei maskierte Männer. Ich würde wirklich gern wissen, was hier eigentlich vorgeht. Sie müssen reingekommen sein, als ich... Ich hab den Krach gehört, und als ich raufkam – sie ham mich geschubst, daß ich auf'm Boden gelandet bin. Ich hätt mir – den Oberschenkelhals brechen können.«

Ich blieb auf den Knien hocken. »Ma-maskiert?«

»Wie im Fernsehn – mit Strümpfen über die Köpfe gezogen. Jetzt bin ich wirklich froh, daß er ausgezogen ist, Samuelsen, wenn das hier...«

»Seine Sachen sind immer noch hier.«

»Jaja.« Mit unerwarteter Großzügigkeit sagte sie: »Und die Miete können Sie vergessen. Ich will nichts mehr wissen von – diesem Geld.« Ich notierte im Geiste, daß sie die sechshundert, die sie schon bekommen hatte, nicht erwähnte.

Ich kam ein Stückchen höher und stand an den Kühlschrank gelehnt da. Mit einer Hand massierte ich meinen Hinterkopf. Er tat weh. Der Kopf war schwer. Die Knie waren weich. Aber ich blieb auf den Beinen. Ich sagte: »Hab ich richtig gehört – stimmt es, daß Sie die Polizei angerufen haben?«

Sie schüttelte den Kopf. »Nein, das hab ich nur so gesagt – ich hatte Angst, sie würden mich umbringen.«

Ich nickte.

Sie fuhr fort: »Warum – was ist denn...?«

»Ich hab keine Ahnung. Ich wollte gerade...« Ich sah mich um, versuchte, mich zu erinnern. »Ich hatte gerade...« Ich erinnerte mich an die Roste im Schrank. Ich sah den großen Kühlschrank an, der plötzlich geheimnisvoll und überquellend wirkte.

Frau Eliassen ging an mir vorbei aus dem Raum. »Jetzt

werd ich jedenfalls runtergehn und anrufen. Das is doch Einbruch – und Überfall – und...«

Ich stand da und sah ihr nach. Dann wandte ich den Blick wieder dem Kühlschrank zu. Es war ein großes, altmodisches Modell.

Ich öffnete die Tür.

Jetzt begriff ich, warum das Kühlschrankzubehör im Schrank lag. Der Kühlschrank war so gut wie voll.

Die Frau im Kühlschrank war nackt. Damit sie hineinpaßte, war sie zusammengeklappt worden wie ein Taschenmesser. Sie hielt die Arme hoch über den Schultern, wie um den Kopf zu schützen. Ein dunkler See geronnenen Blutes war auf dem Boden des Kühlschranks, und ein starker, süßlicher Verwesungsgeruch schlug mir entgegen.

Ich konnte ihren Anblick nicht ertragen. Eine furchtbare Übelkeit stieg in meinem Bauch auf, und mir wurde schwindelig. Ich sank nach vorn und schob die Kühlschranktür wieder zu. Ich blieb an den kalten Schrank gelehnt stehen, während meine Finger sinnlos über die glatte Oberfläche irrten. Ich hatte am ganzen Körper eine Gänsehaut, und ich fror.

Dann erreichte die Übelkeit meinen Mund, ich warf mich gegen den Kühlschrank und über den Ausguß und spuckte wie ein Geysir. Es sprudelte aus mir heraus, bis ich leer war, und noch lange danach kam der Brechreiz immer wieder, bis ich nach Luft schnappte. Der Hinterkopf schmerzte, und ich fühlte mich am ganzen Körper krank und lahm. Ich blieb über den Ausguß gebeugt stehen, drehte den Wasserhahn auf und ließ kaltes Wasser über meinen Kopf fließen – fließen und fließen und fließen. Ich rieb mein Gesicht mit den Handflächen, hart und lange. Dann richtete ich mich vorsichtig wieder auf.

Ich vermied es, den Kühlschrank anzusehen. Ich schritt an ihm vorbei und ging ins Wohnzimmer. Dort setzte ich mich schwer auf das Sofa und wartete auf die Polizei.

17

Der Regen vor den Wohnzimmerfenstern hatte nachgelassen. Draußen auf der Straße hörte ich eine Horde Kinder schreiend vorbeilaufen. Die glatten Pflastersteine warfen die Stimmen bis weit über die Hausdächer zurück, wo sie wie verschreckte Vögel verschwanden. Der Regen tippte vorsichtig wie mit Nadeln gegen die Fensterscheiben. Die Wohnung hatte eine neue Bedeutung bekommen. Die leeren Räume waren zu einer Grabkammer geworden.

Frau Eliassen kam wieder die Treppe herauf. Sie war außer Atem. »Jetzt hab ich angerufen«, sagte sie. »Sie sollten ...« Sie hielt inne. »Aber – Sie sehen ja fürchterlich aus! Soll ich einen ...« Sie ging in Richtung Küche. »Ich werde Ihnen ein Glas Wasser holen, dann ...«

»Nein!« rief ich. »Halt!«

Sie blieb vor der Küchentür stehen mit erstauntem Gesicht. »Was ...?«

»Nicht – da reingehen.« Ich schluckte. »Es liegt ein – ein toter Mensch da drinnen.«

Sie sah ungläubig zur Küche. »Da drinnen – aber ...«

»Im Kühlschrank«, sagte ich matt.

»Na, jetzt glaub ich tatsächlich, Sie sehn Gespenster – da is doch gar kein Platz für ...«

Plötzlich brodelte die Wut in mir. »Ach nein? Dann gehn Sie doch rein und sehn Sie nach. Na los – und viel Vergnügen. Ich bleibe hier!«

Sie bewegte sich zögernd von der Küchentür weg, als fürchtete sie, die Leiche könnte herausspaziert kommen. »Es is vielleicht am besten ...«

Ich war wieder ruhig. »Ja, das glaube ich auch. Lassen Sie uns einfach warten – bis die Polizei kommt.«

Sie blickte mich bissig an. »Ich geh nach unten und setz

Kaffee auf. Den werden wir brauchen, alle miteinander. Egal, was is und was nich.«

Sie ging hinaus.

Ich blieb sitzen. Die Gedanken begannen langsam wieder zu kreisen.

Eine Frau? Im Kühlschrank?

Ich schüttelte den Kopf. Ich hatte schon einige Leichen gesehen in meinem Leben, und keine von ihnen war besonders schön anzusehen gewesen. Aber diese übertraf sie alle. Kurz darauf hörte ich schwere Schritte auf der Treppe. Zwei Polizisten mit Käppi und im Kampfanzug, mit Gummiknüppel und Gaspistole kamen herein. »Hat's hier die Keilerei gegeben?« fragte der eine scharf.

Der andere sah auf mich herunter. »Ist Ihnen nicht gut?«

»Es sieht schlimmer aus als zu Anfang«, sagte ich.

»Oh?«

»Werfen Sie mal einen Blick in den Kühlschrank.«

»Wer sind Sie?« fragte der eine mißtrauisch. Er hatte helles, glattes Haar und einen spärlichblonden Schnauzbart.

»Mein Name ist Veum, und ich...«

Der andere war in die Küche gegangen, und es ertönte ein Aufschrei. Dann erschien er in der Türöffnung: ein magerer, sehniger Kerl, über einsachtzig groß, mit einem Gesichtsausdruck wie eine verbeulte Konservendose. »Eine Leiche«, sagte er.

»Zum Henker noch mal«, rief der andere und ging an ihm vorbei in die Küche. Der Kühlschrank wurde wieder geöffnet. Sein kaltes Licht erfüllte die Türöffnung. Ich erhob mich vom Sofa und tat vorsichtig ein paar Schritte vorwärts, unsicher, ob meine Beine mich tragen würden.

Der Polizist in der Küchentür sagte scharf: »Wohin wollen Sie?«

Der andere tauchte hinter mir auf. Das Gesicht war jetzt genauso bleich wie das Haar. »Bleiben Sie hier«, sagte er.

»Das hier muß...« Er brach ab und wandte sich an den Kollegen. »Ruf auf der Wache an. Um das hier sollen sich die andern kümmern.«

Der große, sehnige nickte. Frau Eliassen kam durch den Flur herein mit einem betretenen Gesicht. Der Polizist fragte: »Kann ich hier irgendwo telefonieren?«

Sie nickte und trocknete ihre Hände an der Schürze ab. »Ich werd Sie nach unten begleiten.«

Sie verschwanden. Der helle Polizist und ich starrten uns an. Keiner von uns sagte ein Wort. Es gab nichts zu sagen.

Nach einer Weile kam der andere wieder herauf. »Bertelsen kommt selbst. Wir sollen warten, hat er gesagt. Und aufpassen, daß nichts berührt wird.«

Ich ging zum Fenster und starrte hinaus. Ich fühlte ihre Augen im Rücken, aber ich drehte mich nicht um. Eine ältere Dame ging vorbei, in einem schwarzen Mantel, mit einer braunen Tragetasche und einem aufgespannten Regenschirm mit blau-grünem Muster. Sie ging vorsichtig über das glatte Pflaster und trat breitbeinig auf, um das Gleichgewicht zu halten. Ich folgte ihr mit dem Blick, bis sie am oberen Ende der Straße verschwand.

Ich blieb am Fenster stehen, bis zwei weitere Wagen vor dem Haus hielten. Polizisten in Zivil sprangen heraus und starrten zu mir herauf, bevor sie ins Haus gingen. Der Mann, der zuerst ins Zimmer kam, hatte ein langes, schmales Gesicht und trug einen hellen, beigen Mantel. Er nickte kurz den zwei Wachtmeistern zu und sah mich eine oder zwei Sekunden lang forschend an. Ich stand jetzt mit dem Rücken zum Fenster, und es tropfte noch immer von meinen nassen Haaren.

Er war ein Mann von ungefähr Ende Vierzig. Die Lippen waren schmal, die Augen blickten kalt und prüfend, und das hagere Gesicht wirkte wie versteinert. Sein Sprachstil war knapp, der Tonfall knochentrocken. Er fragte einen der Wachtmeister: »Na, wo ist es?«

Der Wachtmeister zeigte mit dem Finger zur Küche. Mehrere andere kamen jetzt ins Zimmer.

»Johansen, du kommst mit. Fredriksen – bleib hier.« Der Mann mit dem schmalen Gesicht blickte zu mir herüber, um Fredriksen zu verstehen zu geben, warum er dableiben sollte.

Fredriksen war ein etwas dicklicher, krummnackiger Kerl, der unsymmetrisch gewachsen war, so daß die ganze Figur etwas von einer Birne hatte. Johansen war ein unruhiger, dünner Typ mit dunklem Haar und kärglichen Bartstoppeln.

Der Mann, der die Befehle erteilte, trug das Haar gerade über den Schädel gekämmt, mit einem zarten Scheitel direkt über dem linken Ohr. Das Haar schnitt dem länglichen Gesicht die Spitze ab, so daß es ein langgestrecktes U bildete. Er und Johansen verschwanden in der Küche.

Fredriksen kam zu mir herüber, und ich sagte: »Ich nehme an, *das* war Bertelsen?«

Fredriksen sah mich ungerührt an. »Genau.«

Ein kleiner Mann mit dunkler Hornbrille, Fliege und Schnäuzer kam mit einer kleinen, schwarzen Tasche in der Hand herein. »Was höre ich da?« fragte er in den Raum hinein. »Fredriksen – ist das wahr?«

Fredriksen zuckte die Achseln. »Ich weiß überhaupt nich, worum es geht. Sie sind da drinnen.« Er nickte zur Küche hin, und der Mann mit der Tasche verschwand hinein. Es mußte dort jetzt ziemlich voll sein. Nur Fredriksen, der Bleichblonde und ich waren im Wohnzimmer geblieben. Frau Eliassen hatte sich nicht wieder gezeigt. Vielleicht war ihr nicht ganz wohl.

Fredriksen betrachtete mich neugierig. »Bist du niedergeschlagen worden?«

Ich nickte.

»Hast du gesehen, wer's war?«

Ich schüttelte den Kopf. »Es ging viel zu schnell, und Frau Eliassen – die Wirtin – sagt, sie waren maskiert.«

»Also *sie* hat sie gesehen?« sagte er in fast enttäuschtem Ton.

»Ja. Und *ich* spür sie noch – am Hinterkopf.«

Ein paar der anderen Polizisten kamen langsam zurück ins Wohnzimmer. Die Leiche war kein Lacherfolg. Alle sahen gleichermaßen erschüttert aus. Zum Schluß waren nur noch Bertelsen, Johansen und der Mann mit der schwarzen Tasche in der Küche.

Frau Eliassen tauchte wieder auf, mit einer Thermoskanne in der einen und ein paar Tassen in der anderen Hand. Die Tassen klirrten, und als sie sah, wie viele Leute es waren, schüttelte sie ratlos den Kopf. »Du meine Güte«, seufzte sie, und ihr Blick suchte das einzige bekannte Gesicht im Raum – meins.

Johansen kam aus der Küche, so bleich, daß die Bartstoppeln wie Asche auf seiner Haut wirkten. »Scheiße, verdammte«, sagte er zu Fredriksen. »Geh rein und sieh's dir an.«

Fredriksen sah widerwillig zu mir. Dann folgte er der Aufforderung.

Die Polizisten standen murmelnd in kleinen Grüppchen. Keiner sah aus, als wolle er etwas tun. Frau Eliassen hatte sich selbst Kaffee eingeschenkt und hatte die Tasse mit Untertasse auf dem Schoß. Ich holte ein Taschentuch hervor und begann, mir die Haare abzutrocknen. Erst jetzt fiel mir auf, daß mein Hemd um den Hals herum und über den Schultern naß war.

Die drei Männer kamen aus der Küche zurück. Fredriksen sah seekrank aus. Bertelsens Lippen waren noch ein wenig schmaler. Dem kleinen Kerl mit der schwarzen Tasche vibrierte schwach der Schnäuzer, aber seine Stimme war ruhig und scheinbar unberührt. Er sagte: »Es ist eine Frau. Viel mehr kann ich vorläufig nicht sagen.«

»Eine Frau!« schrie Frau Eliassen auf. »Im Kühlschrank!«

Bertelsen sah sie mit seinen kalten Augen an. »Ja, und wir können Probleme bekommen, sie zu identifizieren.«

»Was soll – das heißen?« fragte ich.

Bertelsen richtete den Blick auf mich. Mir lief es kalt den Rücken herunter. Es war ganz still geworden im Raum. Alle sahen Bertelsen an, aber Bertelsen sah immer noch mich an.

»Weil«, sagte er, »weil der Kopf fehlt.«

Mit einem leisen Seufzer fiel Frau Eliassen im Sessel zur Seite und glitt mit einem Geräusch auf den Boden – ungefähr wie wenn ein Vogel von einem Baum auffliegt, sehr weit entfernt.

18

Jemand hatte Frau Eliassen hinuntergetragen, Fredriksen war mitgegangen, um zu notieren, was sie eventuell sagen würde. Der Arzt war verschwunden, nachdem er den Termin für eine vorläufige Obduktion noch im Laufe des Tages abgesprochen hatte. Bertelsen und Johansen saßen auf den beiden anderen Stühlen.

Bertelsen sagte: »Und wer sind Sie nun?«

Ich stellte mich vor und sagte, was ich war.

Johansen pfiff lautlos durch gespitzte Lippen. Bertelsen bekam einen Gesichtsausdruck, als hätte er auf etwas Verdorbenes gebissen. Er sagte streng: »Und was haben Sie hier gemacht?«

»Ich suche nach dem Mann, der hier wohnt. Arne Samuelsen.« Ich erzählte ihm schnell von Frau Samuelsen und ihren Sorgen um den Sohn in Stavanger.

»Und wann sollte er wieder auf der Plattform sein?« Ich zählte es rasch an den Fingern ab. »Wenn ich mich nicht irre – Freitag.«

»Und heute ist Mittwoch.« Zu Johansen sagte er: »Wir schicken eine Fahndung raus.« Johansen nickte und notierte. »Haben Sie ein Bild von ihm?«

Ich reichte ihm das Bild, das mir Frau Samuelsen gegeben hatte. »Ich hoffe, ich kann es wiederhaben. Seine Mutter...«

»Selbstverständlich. Aber Sie werden es nicht mehr brauchen. Sie sind fertig mit dem Fall, Veum – jedenfalls bis auf weiteres.«

»Das ist mir klar. Aber ich kann vielleicht noch ein bißchen erzählen.«

Er sah mich abwartend an.

»Ich weiß nicht viel mehr, als was Frau Eliassen mir erzählt hat, sie wird es wohl bestätigen.« Dann erzählte ich ihm von dem Fest, das hier am Mittwoch der vorigen Woche stattgefunden hatte, und daß die einzige, die Frau Eliassen hatte identifizieren können, Laura – äh – Ludvigsen war.

»Lüstgen?« unterbrach er mich mit einem schiefen Grinsen.

»Ja, so wird sie wohl genannt.« Ich erzählte, daß ich diese Laura – äh – Lüstgen besucht hatte, und daß sie mir die Namen von zwei weiteren Personen genannt hatte, Lächel-Hermannsen und den einer Frau, die sie nur Irene nannte. »Die einzige andere Frau in der Runde«, schloß ich.

Johansen wandte den Blick automatisch zur Küche. Niemand hatte bis jetzt den Versuch gemacht, die Frau wegzubringen. Bertelsen starrte mich unverwandt an. Er sagte: »Und dann – kamen Sie hierher zurück. Warum?«

Ich zuckte mit den Schultern. »Ich weiß nicht. Ich wollte mich ein bißchen gründlicher umsehen, versuchen, Spuren zu finden – einen Anhaltspunkt dafür, wo ich weiter nach Arne Samuelsen suchen könnte.«

»Und? Fanden Sie etwas?«

Ich schüttelte den Kopf. »Ich wurde...« Ich machte eine resignierte Bewegung.

»Ja? Sie wurden – überrascht?«

»Ja. Sie müssen schon vorher hiergewesen sein. Frau Eliassen sagte, sie sei einkaufen gewesen. Sonst hört sie immer alles. Sie müssen gehört haben, daß ich kam, und sich in dem hinteren Zimmer versteckt haben – dem kleinen Schlafzimmer. Als ich die Küche durchsuchte und mit dem Rücken zur Schlafzimmertür stand... Also – es machte einfach peng.«

»Und dann?«

»Wenn Frau Eliassen nicht gewesen wäre...«

»Haben Sie irgendwas gesehen von diesen Leuten?«

»Nein. Frau Eliassen sagt...«

»Wir werden mit ihr reden«, unterbrach er mich unwirsch. Dann beugte er sich vor. »Was ist Ihrer Meinung nach passiert, Veum?«

Ich starrte ihn an. »Das...«

»Ich frage nicht, weil ich es selbst nicht verstehe. Aber es könnte interessant sein, Ihre Meinung zu hören.«

»Es ist augenscheinlich irgendwas passiert auf diesem Fest. Aber ich kann mir nicht denken... Das einzige, was ich... Es liegt eine Frau im Kühlschrank. Ohne Kopf. Wenn sie an dem Abend getötet wurde, dann deutet alles darauf hin, daß es diese – Irene ist. Sie konnten an dem Abend nicht die ganze Leiche wegschaffen. Samuelsen wußte aus Erfahrung, wie gut Frau Eliassen aufpaßte. Also haben sie nur – den Kopf mitgenommen.«

»Sie?«

»Ja, oder er, oder...«

»Sie implizieren mit anderen Worten, daß dieser Arne Samuelsen mitschuldig ist an...«

»Wenn ich einmal einen Satz zu Ende bringen könnte! Wär das möglich? Ich impliziere überhaupt nichts, abgesehen davon, daß jemand, einer oder mehrere, den Kopf mitgenommen hat, um eine Identifizierung zu verhindern, jedenfalls kurzfristig. Und dann planten sie, später wiederzukommen und den Rest zu holen. Sie knickten sie zusammen und preßten sie – da hinein. Es ist zum Kotzen!«

Johansen nickte zustimmend. »Makaber.«

Bertelsen sagte: »Aber trotz allem nicht sonderlich problematisch. Es ist ein geräumiger Kühlschrank. Wir sollten die Festteilnehmer zusammensammeln und sie durch den Wolf drehen. Das dürfte nicht schwierig sein. Dann werden wir schon die Geschichte aus ihnen herauskriegen.« Nach einer kurzen Pause sagte er: »Und Sie können uns also keine Hinweise geben – was diesen Samuelsen angeht?«

»Nein, sonst wäre ich nicht hier. Aber vielleicht – wenn ihr es im Lokal von diesem Ole Johnny versucht.«

»Aha. Wir werden mal sehen.« Mit einer Ahnung von Temperament in der Stimme fügte er hinzu: »Glauben Sie bloß nicht, Sie hätten uns was Neues erzählt, Veum. Wir wissen alles über dieses Lokal, aber so, wie die Situation in Stavanger im Augenblick ist, ist es einfacher für uns, wenn solche Leute weiterbestehen, als wenn sich alles im Verborgenen abspielte. So wissen wir, welche Lokale wir im Auge behalten müssen, und wenn es sie nicht gäbe... Dann hätten wir den ganzen Pöbel auf den Straßen. Das ist tatsächlich eine Methode, um die Kriminalität unter Kontrolle zu behalten.« Um jede weitere Debatte zu unterbinden, erhob er sich. »Wo können wir Sie erreichen, Veum?«

Ich sagte, in welchem Hotel ich wohnte. »Aber ich muß seine Mutter unterrichten, vielleicht fahre ich also nach Bergen zurück, sobald ich...«

»Nicht, bevor wir noch einmal miteinander geredet haben. Sie bleiben auf jeden Fall bis morgen.«

»Bezahlen Sie in dem Fall den Aufenthalt?«

Er starrte mich an. Dann verließ er wortlos den Raum.

Johansen war auch aufgestanden. Er hob resigniert die Arme. »Was soll man sagen?« sagte er.

Ich erhob mich schwerfällig. »Tja.«

Er sah aus, als würde er gern etwas fragen. Aber er sagte nichts. Ich ging zur Tür, vorsichtig, vielleicht aus Angst, er würde mich zurückhalten.

Aber niemand hinderte mich daran, zu gehen. Ich ging die Treppe auf schwachen Beinen hinunter, hinaus in die kalte Luft, die steile Straße entlang im Schatten der großen Brücke und um die Ecke, bevor ich die großen, nassen Schneeflocken im Gesicht spürte, den Wind, der um meine Waden tobte, und die Alltagsgeräusche langsam wieder in meinen Kopf eindrangen.

19

Der Novembernebel trieb grauweiß von Westen herein. Ich ging den Kai entlang in Richtung Vågen, den Weg zurück zum Hotel. Der erste Schock war überwunden; die Gedanken begannen, sich zu sammeln.

Ich war nach Stavanger gekommen, um einen Mann zu finden, der Arne Samuelsen hieß. Statt dessen hatte ich eine Frau ohne Kopf in einem Kühlschrank gefunden. Wer war diese Frau? Was war mit ihr passiert? Und wann war es passiert? An diesem schicksalhaften Mittwoch, an dem Arne Samuelsen zuletzt gesehen wurde? War er der Hauptverantwortliche für das, was geschehen war – und war er deshalb nirgends zu finden? Und die anderen Festgäste? Wer waren sie?

Das waren viele Fragen, und ich durfte nicht einmal eine von ihnen stellen.

Ich blieb am Kai stehen. Das Wasser floß grauschwarz und wenig einladend die Kaimauer entlang. Es roch stark nach Bilgenöl. Neben einem morschen Brett trieb ein verwelkter Kohlkopf in einem Brautschleier aus schmutzigbraunem Schaum, ein gebrauchtes Kondom, eine leere Flasche mit goldenem Schraubverschluß und ein Stück Apfelsinenschale: vielleicht die mageren Reste nach einem Abend in Saus und Braus.

Ein Mann blieb neben mir stehen. Ich sah in sein Gesicht.

Es war verkniffen und blaßgrau, mit drei Tage alten, grauweißen Bartstoppeln, Tabaksoße im Mundwinkel, geplatzten Äderchen auf der Nase und Zähnen wie kleine, schmutzige Steine. »Suchste was?« fragte er.

Er trug eine graue Schirmmütze, eine graubraune Jacke, eine grauschwarze Hose und Schuhe, mit gähnenden Löchern an den Spitzen. Das Wasser tropfte vom Schirm seiner Mütze, und der Frost fuhr wie unfreiwillige Zuckungen durch seinen mageren Körper.

»Nein«, sagte ich.

»Haste nich drei Kron für 'ne Tasse Kaffee, ej?«

Ich nickte, holte ein Fünfkronenstück heraus und gab es ihm. Er dankte und trippelte weiter, flink wie ein Lemming.

Ich sah mich um. Der Nebel war dabei, die Stadt in einen Schleier der Barmherzigkeit zu hüllen. Der Kontrast zwischen der alten Bebauung und den neuen Betonklötzen wurde verwischt. Das niedrige Stadtprofil wurde klarer – weil es mehr Profil war als Landschaft. Und über dem Ganzen hing der Himmel. Es war nicht wie in Bergen, wo du Berge hast, die deinen Blick begrenzen. Hier lag nur ein gezackter Bergrücken weit, weit im Osten, ansonsten hing zwischen den höchsten der Häuser nur schmutziggrauer Himmel.

Als ich zum Hotel zurückkam, war ein neuer Mann an der Rezeption mit einer neuen Nachricht aus Bergen: Solveig hatte angerufen. Mehr nicht.

Ich dankte, bekam den Schlüssel und ging auf mein Zimmer. Es war frisch gereinigt, sauber und kalt. Ich holte die halbe Flasche Aquavit hervor, die ich am Abend zuvor aus Ole Johnnys Lokal mitgebracht hatte, goß mir ein halbes Zahnputzglas voll und nahm einen Schluck. Das wärmte.

Mein Hemd war noch nicht ganz trocken, aber mir war nicht danach, mich umzuziehen. Ich setzte mich aufs Sofa, griff nach dem Telefonhörer und wählte die Nummer in Bergen.

Als ich nach ihr fragte, sagte die Dame in der Vermittlung: »Einen Augenblick.« Es verging ein Augenblick oder auch zwei, dann war sie dran. Ihre Stimme war ebenso nah, als säße sie neben mir auf dem Sofa, nur mit der Hülle der Telefonstimme um sich herum, einem metallischen Klang der Vokale. »Ja, hallo? Hier ist Solveig Manger.«

»Hallo. Ich bin's.«

»Oh, hallo!« Sie klang erfreut. »Es ist nicht gerade leicht, dich zu erreichen. Hast du viel zu tun?«

»Ja. Bei mir geht es ziemlich – hektisch zu.«

»Hast du den gefunden, nach dem du gesucht hast?«

»Nein. Noch nicht...«

»Ist – ist irgendwas?«

»Nein, ich – du fehlst mir!«

Eine kurze Pause. »Also, du weißt nicht, wann du wiederkommst?«

»Nein. Vermißt – vermißt du mich?«

»Ja, natürlich.« Es klang so leicht dahingesagt, wie sie es sagte.

Wieder entstand eine Pause. Dann sagte sie: »Aber – es...«

»Ja?«

»Nein.«

»Was wolltest du sagen?«

Wieder eine Pause. Ich schluckte. Als ihre Stimme wiederkam, war der Tonfall wieder leicht. »Wenn du wiederkommst, dann müssen wir mal ernsthaft miteinander reden, ja?«

»Wenn du meinst?«

Stille. Ich starrte auf das Zahnputzglas. In einem Sekundenblitz sah ich die zusammengefaltete Frauengestalt im Kühlschrank. Ich rief: »Du darfst mich nie verlassen, Solveig!«

»Sag doch das nicht – so... Du weißt, ich werd immer...«

»Ich brauch dich!« Ich erkannte fast meine eigene Stimme nicht wieder.

»Ich werd dich immer liebhaben, Varg, aber... Aber können wir nicht darüber reden, wenn du wieder da bist?«

»Doch, wir...« Ich hatte ein starkes Stahlseil um meine Stirn, dunkle Punkte vor den Augen, ein Waffelmuster im Gaumen.

»Denk nicht – daran. Komm nur wieder heil nach Hause zu – zurück, ja... Varg?«

»Ja, ja. Okay. Mach's gut, Solveig, wir – telefonieren.«

»Mach's gut, Varg.« Ihre Stimme war warm und verzweifelt zugleich, angespannt und traurig.

»Mach's gut, Solveig.«

Ich legte auf, saß da und starrte das graue Telefon an, wartend, daß sie wieder anriefe. Aber das Telefon blieb stumm.

Ich griff nach dem Glas und leerte es. Ich füllte es erneut, voll dieses Mal. Ich leerte es mit drei schnellen Schlucken. Es brannte im Magen, und der Körper zitterte. Die Wärme breitete sich in roten Wellen aus – vom Magen in die Brust, hinunter in die Leisten.

Ich suchte die Telefonnummer von Frau Samuelsen heraus. Nachdem ich gewählt hatte, wartete ich, während es klingelte – zweimal, dreimal, viermal. Ich sah ihre kleine, dunkle Wohnung vor mir, das Dragfjell dahinter, sah die alternde Frau auf den gebrechlichen Beinen die Räume durchqueren. Dann wurde der Hörer abgehoben und ihre Stimme sagte: »Guten Tag, hier bei Samuelsen.«

»Guten Tag, Frau Samuelsen«, sagte ich. »Hier ist Veum. Ich rufe aus Stavanger an.«

»Ja? Haben Sie ihn gefunden? Ist er...?«

»Nein, leider. Ich kann nicht sagen – ich habe ihn nicht gefunden. Und die Polizei hat – hat den Fall übernommen.«

»Die Polizei? Aber ich...«

»Es ist etwas geschehen.«

»Oh, Gott!« Nach einer kurzen Pause der Lähmung hörte ich sie zaghaft sagen: »Ist etwas passiert mit – Arne?«

»Neinnein, neinnein, aber mit – einer Frau.«

»Einer Frau!« Das kam wie ein Ausruf.

»Und er, Ihr Sohn, ist wahrscheinlich darin verwickelt.«

»Arne – verwickelt – in was?«

»Die Polizei wird sich sicher bei Ihnen melden, Frau Samuelsen, und Arne wird wohl gesucht werden – als Zeuge.«

»Zeuge – von was?«

»Ich fand eine tote Frau in seiner Wohnung, als ich...« Ich ersparte ihr die weiteren Details. Sie würde noch früh genug davon erfahren.

»Eine t-t-tote Frau? Wen denn?«

»Sie ist noch nicht identifiziert.«

»Aber Arne, er hatte keine...«

»Wir wissen nicht mehr als das, Frau Samuelsen. Und Arne *ist* nicht zu finden. Ihnen fällt nicht noch etwas ein, irgend etwas, das ein Hinweis darauf sein könnte, wo Ihr Sohn sich befindet? Hatte er Verbindungen – zum Ausland? Freunde?«

»Hören Sie, Veum – seit 1972, als mein Mann und meine Tochter im Laufe eines halben Jahres starben, sind wir keine Familie mehr – in diesem Haus. Der Kontakt zwischen Arne und mir – danach – war – unbedeutend. Ich weiß nicht mehr von ihm als ich – als das wenige, das er in seinen Briefen geschrieben hat. Ich weiß gar nichts!«

»Ich verstehe. Tut mir leid. Aber so wie die Situation im Augenblick ist, kann ich nichts mehr tun. Es ist mißglückt. Sie bekommen eine vollständige Kostenaufstellung, wenn ich wiederkomme, aber ich hoffe, Sie verstehen, daß ich den Auftrag als beendet betrachte. Die Polizei läßt nicht zu, daß ich mich in ihre Untersuchungen einmische, und jetzt – jetzt gibt es in jedem Fall eine umfassende Fahndung, und dann...«

Sie klang plötzlich müde. »Ja, gut. Melden Sie sich bei mir, wenn Sie nach Bergen zurückkommen, Veum. Ich danke Ihnen – für den Versuch. Auf Wiederhören.«

»Auf Wiederhören.«

Ich stand auf und ging durch den Raum zum Fenster. Der Schneeregen war dichter, die grauen Flocken lagen länger auf den Gehsteigen. Wenn es jetzt kälter würde, würde es richtigen Schnee geben.

Ich schüttelte mich, faßte einen Entschluß und verließ das Zimmer. Unten in der dämmrigen Bar war es recht leer. Zwei Jungen waren auch heute dabei, Pfeile zu werfen, aber es waren zwei neue Gesichter. Hinter der Theke stand der Mann mit dem Wachspuppengesicht und rieb stumm an einem Glas herum. An der Theke saß ein großgewachsener Mann mit einem großzügigen Drink vor sich und las in einer zusammengefalteten Zeitung: es war Carl B. Jonsson.

Er sah von der Zeitung auf, als ich mich auf den Barhocker neben ihn setzte. »Hallo, Snoopy«, grinste er. »Wie geht's? Hast du deinen Mann gefunden?«

Ich schüttelte stumm den Kopf und bestellte ein großes Bier.

Jonsson schlug mit seiner großen Pranke auf die Zeitung. Sie zeigte ein Bild von Präsident Carter, als er die Niederlage eingesteht. »Sieh dir diesen göttlichen Hanswurst an. Und der sollte doch tatsächlich unser Land regieren – ja, also die Staaten – noch vier Jahre, wenn ihm Ronald nicht den Weg abgeschnitten hätte. Ein dummer, naiver Erdnußbauer aus Georgia!«

»Na ja. Ich kann nicht behaupten, daß irgendeiner von ihnen zu meinen Favoriten zählt.«

Der Barkeeper kam mit meinem Glas Bier, und Jonsson sagte sarkastisch: »Nicht? Na, dann erzähl doch mal, wer dein Favorit ist, Veum. Der lonesome Cowboy?«

Ich sah in mein Bierglas und überlegte kurz. »Wenn ich einen Favoriten hätte, dann müßte es so jemand sein wie – tja – Lasse Virén.«

Er sah mich mit offenem Mund an. »Wer? Der Langstreckenläufer? Ein Typ, der nichts anderes zu tun hat, als jeden

Tag vierzig, fünfzig Kilometer zu laufen und alle vier Jahre zwei olympische Medaillen zu holen? Der sich alles versagt, was das Leben zu bieten hat – Weib, Wein und Gesang –, um wie ein Vollidiot durch die tiefen finnischen Wälder oder über die kolumbianischen Hochebenen zu rennen? Herrgottnochmal, Mann! Was glaubst du, was Philip Marlowe sagen würde?«

»Nein, nicht deshalb. Sondern weil er stürzte – oder umgeschmissen wurde – während des 10000-Meter-Endlaufs in München 1972, wieder aufstand, fluchte und wieder loslief – und nicht nur das Hauptfeld einholte, sondern auch das Rennen gewann, nach einem souveränen Endspurt. Von dieser Eigenschaft hätte ich gern ein bißchen gehabt, manchmal.«

»So, so«, sagte er fast irritiert. »Du verstehst zu argumentieren. Aber einige von euch hier – ihr glaubt, ihr wißt alles besser als wir – aber vergiß nicht: ohne uns und die Nato wärt ihr eine Provinz in der Äußeren Mongolei oder so was. Vergiß das nicht, Veum!«

»Ich werd's versuchen«, sagte ich und nahm einen Schluck aus meinem Glas.

Als Zeichen dafür, daß er nicht nachtragend war, hob er sein Glas. »Skål!« sagte er grinsend.

»Was machst du eigentlich hier, um diese Zeit? Ist das dein zweites Büro?« Ich warf einen vielsagenden Blick auf die Flaschen an den Wänden.

»Sicherheitschef bei einer Ölfirma zu sein, das ist kein Bürojob, Veum. Ich muß raus ins Revier. Hier erfährst du, was läuft. In Lokalen wie diesem – und in so einigen anderen.«

»Was weißt du... Was weißt du über den Laden, den ein Kerl namens Ole Johnny betreibt?«

»Ole Johnny? Nicht mehr, als daß es einer der Orte ist, wo man sich trifft. Leute, die ein paar Tausender verloren haben, werden schnell gesprächig. Es kann sich lohnen, auch solche Lokals zu besuchen. Außerdem – da wo ich herkomme, betrachtet man solcherlei Freizeitaktivitäten liberaler, als ihr das tut.«

»An solchen Orten kann sich ein junger Specht ganz schöne Spielschulden anlachen, was?«

Er schüttelte langsam den Kopf. »Das glaub ich nicht. Das Risiko gehen sie nicht ein. Du spielst, solange du Bargeld hast – oder zur Not andere Wertgegenstände. Dann ist das Spiel vorbei, und du kannst dich bis zum Kragen vollaufen lassen oder die beneiden, die oben eine Nummer schieben, oder abhauen. Das Spiel ist vorbei.«

»Vielleicht gibt es andere Orte, wo man sich Geld leihen kann?«

»Natürlich. Die gibt es überall. Du kannst zum Skagenkai runtergehn und dir in kürzester Zeit 100000 leihen – wenn du 200000 hast, um die in der Woche drauf zurückzuzahlen.«

»Hundert Prozent Zinsen die Woche?«

»Tja, das variiert natürlich, aber so durchschnittlich – ja.«

»Ich brauch was zu essen«, sagte ich und nahm mein Bierglas mit zu einem freien Tisch.

»Hast du was dagegen, wenn ich mich anschließe?« fragte Jonsson.

Ich zuckte mit den Schultern zum Zeichen dafür, daß er machen könne, was er wolle. Wir bestellten uns jeder ein Steak. Während wir auf das Essen warteten, sagte er: »Du hast nicht... Weil du danach fragst – hast du was rausgefunden über diesen – Samuelsen, was in diese Richtung geht?«

»Kredithaie? Nein. Nein, ich hör mich nur um – wie die Verhältnisse sind. Es läuft offensichtlich so einiges hier in Stavanger, was vor zehn Jahren undenkbar gewesen wäre.«

»Das gehört zusammen. Fortschritt, Wachstum und – Kriminalität. Der Rauschgiftkonsum ist Gott sei Dank gering, vorläufig, aber das kommt durch die strengen Reglementierungen auf den Bohrinseln. Nur die, die Verbindung zum Festland haben, nehmen ein bißchen, und das ist hauptsächlich Haschisch. Die Leute in den Staaten sind so was gewöhnt – für den Hausgebrauch. Und Gewohnheiten nimmt man mit – leider.«

Die Steaks kamen und wir aßen.

Ich sagte: »Sag mal, bei deinem Job da – arbeitest du mit der örtlichen Polizei zusammen?«

Er kaute. »Oh, ja, das kommt vor.«

»Wie sind sie?«

»Das kommt drauf an, was du meinst. Die meisten sind ganz nett, aber was die Fähigkeiten angeht...« Er rümpfte die Nase. »Zu Hause in den Staaten würden die meisten einen Tritt in den Arsch kriegen. Die sind so knallhart wie Kindergartenonkels und so mutig wie meine Oma. Rechtschaffen, aber einfältig.«

»Kennst du einen, der Bertelsen heißt?«

»Bertelsen... Ein Bürokrat. Folgt Paragraphen von Punkt zu Punkt. Du kriegst keine einzige Auskunft mit weniger als drei Durchschlägen in dem Laden, sag ich dir.«

»Das hört sich an, als würdest du den Staaten nachtrauern?«

»Na ja, es sind ganz andere Dimensionen da drüben.«

»Die endlosen Prärien – vollgepflastert mit Öltürmen? Gehst du vielleicht auch mit Cowboyhut?«

Er grinste sein breites Grinsen. »Nur zu festlichen Gelegenheiten, Veum. Und wie ist es mit dir? Gehst du mit Pudelmütze?«

»Nur sonntags, ab und zu.«

Wir lachten einander höflich an, und er fragte: »Wie ist es – willst du ein Dessert? Wenn ja, empfehle ich – Nußfromage mit Cognacsoße.«

»Das hört sich an, als überstiege es meine finanziellen Verhältnisse.«

»Ich gebe eins aus!« sagte er großzügig.

»Also, vielen Dank, aber – ich bezahl doch lieber selbst.«

»Der perfekte Norweger – unbestechlich, was?«

Wir bestellten, und das Dessert kam, zerschmolz wie echter Karamelpudding im Mund – und hinterließ nichts weiter als ein bitteres Loch im Budget.

Ich ließ ihn ein Glas Cognac zum Kaffee ausgeben. Er war recht gesprächig, und ich hatte nichts anderes vor.

Die Bar begann sich langsam zu füllen. Ich hielt nach Elsa Ausschau, konnte sie aber nicht entdecken. Mehrere von Jonssons Bekannten kamen und setzten sich mit an den Tisch. Einige von ihnen waren Amerikaner, einige Norweger. Schließlich stand ich auf, bedankte mich für die Gesellschaft und ging zurück auf mein Zimmer.

Draußen war es dunkel geworden. Der Nachmittag war verflogen wie Flügelschläge in der Luft, und der Abend türmte sich wie eine schwarze Wand vor mir auf.

Ich zog mich aus und ging unter die Dusche. Ich ließ das Wasser richtig heiß werden und stand völlig still unter dem Strahl. Dann seifte ich mich langsam ein. Die Seife rutschte mir durch die Finger und fiel auf den Boden. Gerade als ich mich hinunterbeugen wollte, um sie aufzuheben, hielt ich inne.

Hatte ich nicht noch ein anderes Geräusch gehört? Oder war es nur das Aufschlagen der Seife auf dem Boden? Ich stand gekrümmt da und sah auf den matten, braun-weiß gestreiften Duschvorhang. War da eine Bewegung? War jemand dahinter – im Badezimmer?

Es gab eine Möglichkeit, das herauszufinden. Ich richtete mich auf, beugte mich so nah zur Wand, wie ich konnte, und versuchte durch den schmalen Spalt zwischen Duschvorhang und Wand zu spähen. Ich sah nichts.

Vorsichtig schob ich den Vorhang zur Seite. Das Badezimmer war leer.

Im Schutz des Wasserrauschens schlich ich zur Tür, legte den Kopf dagegen und versuchte zu lauschen. Wieder hatte ich das unbehagliche Gefühl, daß ich etwas hörte – aber ich war nicht sicher. Das Rauschen der Dusche irritierte mich.

So behutsam wie möglich bewegte ich die Klinke und lehnte gleichzeitig mein ganzes Gewicht gegen die Tür. Sie rührte sich nicht vom Fleck. Ich versuchte es wieder, stärker jetzt, und nicht mehr vorsichtig. Es half nichts. Etwas versperrte die Tür von außen. Ich war eingesperrt.

20

Einen Augenblick lang stand ich unentschlossen da. Ich warf einen Blick durch den Raum. Er war nach allen Seiten geschlossen, abgesehen von ein paar kleinen Luftschächten. Ich drehte das Wasser ab. Dann stand ich wieder an der Tür und lauschte. Ich hörte nichts. Niemanden, der in meinen Sachen herumwühlte. Niemanden, der redete. Nichts.

Ich griff nach dem dunkelbraunen Frotteehandtuch und trocknete mich ab. Dann band ich es mir um die Hüften. Ich trat ein paar Schritte zurück und lief gegen die Tür, mit der Schulter zuerst. Alles, was passierte, war, daß mir die Schulter weh tat. Ich versuchte, die Tür einzutreten, mit dem entsprechenden Resultat im Fuß.

Ich sah mich um. Das einzig Längliche, was ich sah, war die Zahnbürste, und die war zu dick, um sie durch den Türspalt zu schieben.

Ich begann, mit den Fäusten gegen die Tür zu hämmern. »Hilfe! Hiiiiilfe!« rief ich. »Ich bin eingesperrt! Hiilfee!«

Dann hielt ich inne und horchte. Niemand kam. Niemand antwortete. Ich stellte mich unter den einen Luftschacht und rief nach oben hinein: »Hiiilfeee! Ich bin eingesperrt!« Ich rief auch meine Zimmernummer, für den Fall, daß mich jemand hörte, aber die einzige Antwort war das Rauschen der Klospülung aus der Etage über mir.

Ich hämmerte wieder gegen die Tür und rief um Hilfe, bis ich heiser war. Ich fror und schwitzte gleichzeitig. Die Angst begann, sich in der Magengrube zu sammeln. Das Herz klopfte mir laut in der Brust. Da klingelte das Telefon.

Ich hörte es so deutlich, als stünde es neben mir auf dem Waschbecken. »Hiiilfeee!« rief ich, als ob der Anrufer etwas hören könnte. »Hiiilfeee!« Mein Hals schnürte sich fast zusammen, und es wurde schwieriger, die Töne herauszubringen. Ich bekam Lust, etwas zu zerschlagen, egal was, nur etwas zerschlagen. Das Telefon klingelte, wieder und wieder.

Ich lehnte den Kopf gegen die Wand. Dann setzte ich mich auf den Klodeckel und sagte zu mir selbst: Reg dich ab. Immer mit der Ruhe. Es wird sicher bald...

Die Wände waren unnatürlich nah, als würde der Raum kleiner. Ich hörte mein Blut in den Schläfen pochen.

Das Telefon hatte zu klingeln aufgehört, und es wurde doppelt so still wie vorher. Die Stille dröhnte in meinem Kopf, und ich begann zu singen, um meine eigene Stimme zu hören: »The one I live belongs to somebody else. She...«

Ich brach abrupt ab und überdachte die Worte. Dann hörte ich die Stimme: »Hallo?«

Ich saß da wie gelähmt. Dann kam meine Stimme hervor, spröde und ängstlich: »Ja – hallo?« Und dann lauter: »Ja, hallo! Ich bin hier drin! Holt mich raus!«

Ich hörte ein paar undefinierbare Geräusche. Etwas Schweres wurde draußen über den Boden geschoben, und dann ging die Tür auf. Ich taumelte hinaus. Ein Mann von der Rezeption zog den kleinen Couchtisch mit der massiven Tischplatte weiter ins Zimmer hinein.

Er sah auf und mich an. »Der stand eingekeilt zwischen der Badezimmertür und der Wand«, erklärte er. »Es ist kein Wunder, daß Sie die Tür nicht aufgekriegt haben.«

»Ja, nicht wahr?« sagte ich sarkastisch. »Im übrigen bin ich Veum, nicht Herkules.«

»Da hatte wohl jemand Lust, Ihnen einen Streich zu spielen«, sagte er und versuchte, es mit einem Lachen abzutun.

»Das ist verdammt noch mal nicht zum Lachen!« rief ich. Er wurde augenblicklich ernst und sagte höflich: »Nein, es tut mir leid – aber wir sind solche Sachen gewöhnt, die Öljungs spielen sich in einer Tour irgendwelche Streiche. Wir haben Sie gehört, bis unten hin...«

»Verdammt, ich bin aber nicht in der Ölbranche, also weshalb zum Teufel...«

»Vielleicht haben sie das falsche Zimmer erwischt?« sagte er zaghaft.

»Und wie zum Teufel sind sie ins Zimmer reingekommen? Die Tür war abgeschlossen.«

Er sah einfältig zur Tür. »Nein, ich...« Dann nahm er Haltung an. »Wenn Sie wollen, daß ich einen Bericht an die Leitung schreibe, dann...«

»Scheiße, verdammte!« sagte ich. »Tut mir leid – ich... Ich bin wohl etwas erregt. Ich muß mich erst mal beruhigen. Lassen Sie mich einfach allein.«

Er nickte und trippelte hastig zur Tür. »Selbstverständlich, selbstverständlich, wenn etwas sein sollte, dann rufen Sie an, und ich werd's notieren, damit die Rechnung... Sie werden sicher eine beträchtlich niedrigere...« Er dienerte sich rückwärts zur Tür hinaus, und ich hätte ihn zurückhalten und ihn bitten sollen, das letzte schriftlich zu bekommen. Das lohnt sich immer.

Ich versicherte mich, daß die Tür ordnungsgemäß verschlossen war, bevor ich das Handtuch abnahm und begann, mich anzuziehen. Ich hatte kaum die Unterhose und das Hemd an, als es wieder klingelte.

Wütend hob ich den Hörer ab. »Ja? Hallo?«

»Hallo? Veum?« sagte eine Stimme, leise und schnarrend, in unverkennbarem Stavangertonfall.

»Ja? Wer ist da?«

»Hör zu – Veum – so leicht ist es für uns, in dein Zimmer reinzukommen.« Er verstummte.

Ich war auch stumm. Alles, was ich hörte, war das Blut, das in meinen Ohren rauschte.

Die Stimme kam wieder. »Das nächste Mal kommen wir vielleicht, wenn du schläfst.«

Die Angst schlug wieder zu, im Bauch und in der Brust. Ich sah mich nach einer Sitzgelegenheit um, aber nur das Sofa war in annehmbarer Reichweite. Ich ließ mich hineinsinken. »Hallo?« sagte ich. »Hallo – wer...«

»Veum... Ich soll dich von Arne grüßen.«

»Von Arne? Welcher Arne? Arne – hör mal...«

»Er bittet mich, Grüße zu bestellen und dir zu sagen, daß du aufhören sollst, nach ihm zu suchen.«

»Aber – aber – ich *hab* doch aufgehört! Grüß ihn und – kannst du ihn nicht – bitten, nach Hause zu schreiben, seiner Mutter – oder anzurufen...«

»Veum – wenn du nicht die Finger davon läßt, dann kommen wir und besuchen dich – nachts – wenn du schläfst...«

Ich hörte mich selbst atmen, in schweren, keuchenden Zügen, als wäre ich schnell einen steilen Berg hinaufgelaufen.

»Schlaf gut, Veum. Und tief«, sagte die Stimme. Dann klickte es in der Leitung, und es wurde still. Ich saß da und sah auf den Hörer in meiner Hand. Ich war schweißnaß zwischen den Schulterblättern und auf der Oberlippe.

Ich sah zum Bett. Wieder hörte ich die Stimme, schnarrend und leise: *dann kommen wir und besuchen dich – nachts – wenn du schläfst...*

Ich legte den Hörer auf und betrachtete meine verschwitzten Handflächen. Auch in ihnen prickelte es, als hätte die Angst sich bis dorthin ausgebreitet.

Ich starrte zum Fenster. Davor war es schwarz und dunkel, und die Nacht hatte noch nicht richtig begonnen. Es waren noch viele Stunden, bis es wieder hell würde.

21

Ich zog mich an, suchte zusammen, was ich an Geld hatte, steckte die Aquavitflasche in die Manteltasche und ließ den Rest im Zimmer liegen. Ich warf einen kurzen Blick durch das Zimmer, ging zur Tür und öffnete sie vorsichtig. Ich spähte den Flur entlang. Es war niemand zu sehen. Der Snack-Automat stand da, und seine vielen, leeren Fächer gähnten mich an. Ich sah auf das Türschloß. Es waren keine Kerben drum herum. Der oder die, die in meinem Zimmer gewesen waren, hatten einen Schlüssel gehabt. Aber das ist die leichteste Sache der Welt für Profis: einen Nachschlüssel für ein Hotelzimmer anzufertigen.

Ich nahm den Fahrstuhl nach unten. Ein wenig unentschlossen blieb ich am Eingang zur Bar stehen. Der Portier betrachtete mich aufmerksam. Draußen fielen große, nasse, graue Schneeflocken von einem rußigen Himmel. Das machte die Wahl leichter, und ich ging hinein in die Bar.

Jonsson war auf dem Weg hinaus. Ich traf ihn am Kleiderständer hinter der Tür. Als ich meinen Mantel aufhängte, streckte er eine große Hand über meine Schulter und hob einen Cowboyhut herunter.

Ich blieb stehen und sah ihn an, während er sich den Hut auf den Kopf setzte. Ich sagte: »Ich meine, du sagtest – nur zu festlichen Gelegenheiten.« Ich nickte dem Hut zu.

Er grinste. »Ist dies denn keine festliche Gelegenheit?« Es glitzerte in seinen Augen, und er schien in strahlender Laune zu sein. Dann nickte er mir keß zu und verschwand in Richtung Ausgang.

Ich ging in den schummrigen Raum, hinüber zur Theke. Ich hielt Ausschau nach Benjamin Sieverts, aber er war nicht da. Ich bestellte einen doppelten Aquavit und ein Glas Wasser. Der Barkeeper sah mich säuerlich an. Es war offensichtlich, daß ihm mein Geschmack nicht gefiel, und als er die Bestellung ausführte, sah er ebenso begeistert aus wie ein Inspektor der Gesundheitsbehörde auf einem Flohmarkt. Ich spülte den Mund kräftig mit Wasser, ehe ich den Aquavit durch die Zähne und hinauf zum Gaumen strömen ließ.

Ich ließ den Blick von Tisch zu Tisch gleiten, auf der Jagd nach Gesichtern, die mir etwas sagten. Ich wurde nicht enttäuscht. An einem der Tische ganz hinten an der Wand saß Frau Anderson, zusammen mit zwei Männern. Der eine war ein dekorativer junger Mann, aber nicht der aus ihrem Vorzimmer. Der andere war Niels Vevang, Jonssons rechte Hand. Vevang saß über den Tisch gebeugt und redete eifrig. Er hielt den Kopf von mir abgewandt, und ich konnte sein Gesicht nicht sehen. Als Frau Anderson bemerkte, daß ich zu ihnen herübersah, sagte sie etwas, und Vevang sah sich unwillkürlich um, mit einer schuldbewußten Miene. Dann ging ihm auf, daß er dabei war, einen Fehler zu machen, und er ließ seinen Blick weiter durch den Raum wandern, so als habe er mich nicht bemerkt. Ich hatte genug gesehen. Ich hüpfte vom Hocker und ging zu ihrem Tisch hinüber. Frau Anderson sah säuerlich auf. Ihr Begleiter sah durch mich hindurch. Vevang blinzelte widerwillig unter den hellen Augenbrauen hervor zu mir hoch. Mir fiel auf, daß der Tisch von Frau Anderson und ihrem jungen Begleiter gedeckt war. Vevang saß da und hielt sich krampfhaft an seinem Bierglas fest, das er offensichtlich mitgebracht hatte, als er sich zu ihnen setzte.

Ich fragte: »Redet ihr über mich?«

Es entstand eine lange, peinliche Pause am Tisch. Frau Anderson legte das Eßbesteck aus der Hand, das Messer sorgfältig auf die eine Seite des Tellers, die Gabel auf die andere. Sie nahm die weiße Serviette und wischte sich umständlich über die vollen Lippen. Dann sagte sie: »Über Sie?« Und sie schaffte es, daß es so klang, als sei das das absolut letzte Gesprächsthema, das sie sich denken konnte.

Ihr Begleiter lächelte stumm, während er weiteraß. Vevang zog eine nervöse Grimasse und sagte: »Gibt es sonst etwas, das wir für Sie tun können, Veum? Sie wirken etwas – erregt?« Die klirrende Angst wirbelte noch immer unten in meinem Bauch herum. Ich hörte sie in meiner Stimme, als ich sagte: »Tut mir leid. Stavanger scheint anzufangen, mir an die Nerven zu gehen.«

Dann drehte ich mich um und ging zurück an die Bar. Vevang sagte leise hinter mir: »Nimm einen Drink, Veum – das hilft!« Ich kehrte zurück zu meinen zwei Gläsern und klammerte mich daran wie an ein Paar Krücken. Ich war völlig fertig. Und das seit mehreren Stunden. Eine sanfte Stimme sagte neben mir: »Mensch, du siehst aus, als hättest du eine Leiche gesehen!«

Sie ahnte nicht, wie recht sie hatte. Ich drehte mich abrupt zu ihr um und roch den Duft, der mich an grüne Zitronen denken ließ. Es war kein unangenehmer Duft. Er war frisch und aufmunternd. Sie trug Gelb an diesem Abend, und das unterstrich die Bräune ihrer Haut. Das Kleid hatte hohe Schlitze an den Seiten, es saß eng über ihren Hüften, und ein entsprechender Schlitz war auch vorn, oben. Du warst schon weit draußen in den Zitronenhainen; du pflücktest wohlduftende Früchte; der Himmel flimmerte von Sonnenlicht. Ich konzentrierte mich auf ihr Gesicht, die großen, weißen Zähne, den breiten Mund, die hohlen Wangen. Ich suchte nach ihrem Namen und versuchte etwas, das ein Lächeln darstellen sollte. »Elsa – stimmt's?« Meine Stimme klang wie von einer zerkratzten Langspielplatte.

Sie lächelte zurück. »Und du bist – Varg?« Mir gefiel die Art, wie sie meinen Namen aussprach, mit einer kleinen Pause davor. Eine andere Frau, die ich kannte, sprach ihn gewöhnlich auch so aus.

Wir saßen einen Augenblick da und sahen einander an. Sie wirkte entspannter als beim letzten Mal, nicht so abgemagert.

Ihr Lächeln war weich und mädchenhaft. Aber in den großen, dunkelblauen Augen war etwas, das ich nicht ganz erfassen konnte, etwas Geheimnisvolles und Düsteres. Ich fragte mich, was sie wohl in meinem Gesicht lesen konnte. Es konnte nicht sonderlich angenehm sein.

Schließlich fragte ich: »Möchtest du etwas?«

Sie riß sich los von meinem Gesicht oder von ihren Gedanken, oder was es auch immer war, das sie zum Stottern brachte: »Ja, danke... Ein – Glas – Weißwein.«

Ich schnippte nach dem Barkeeper und bestellte. Ein Glas Weißwein – nicht *wie immer* heute abend.

Sie sagte: »Sag mal – was ist passiert?«

»Ist – passiert?« Ich versuchte, natürlich auszusehen.

»Es steht dir dick im Gesicht geschrieben. Hast du ihn gefunden – den, den du gesucht hast?«

Ich schüttelte den Kopf. »Nein. Aber ich hab was anderes gefunden. Und...« Ich brach ab. »Nein. Es hat keinen Sinn, darüber zu reden. Und außerdem – ich bin in der Dusche eingeschlossen worden, oben in meinem Zimmer.« Ich erzählte kurz, was passiert war.

Sie sah mich ernst an. »Ich – ich verstehe, daß du erschrokken bist. Stavanger ist –« Sie sah sich langsam im Raum um, ehe sie den Satz vollendete: »– eine gräßliche Stadt geworden.«

Nach einer Pause fügte sie hinzu: »Du kannst mir ruhig glauben. Ich weiß Bescheid.«

Wieder sah sie mich mit diesem forschenden, nachdenklichen Blick an. Dann sagte sie: »Hör mal, Varg. – Warum nicht – kannst du nicht mit mir kommen, zu mir nach Hause?«

Etwas Süßes, Gefährliches rührte sich in meinem Unterleib. Ich sagte: »Du – ich – ich danke dir, aber... Ich hab doch letztes Mal gesagt...«

Ein eigentümlicher Ausdruck von Rührung huschte über ihr Gesicht, wie ein Windhauch über stilles Wasser, fast unmerklich. Sie legte eine schmale Hand auf meinen Handrükken. »Ich wollte nicht – du kannst da übernachten, wir müssen ja nicht – du sollst nicht – ich nehm mir heut abend frei!« Sie sah froh aus bei dem Gedanken. »Frei. Verstehst du?«

Ich war trotzdem skeptisch. »Meinst du, daß ich – wir...«

»Wir fahren raus zu mir, ich wohne im achten Stock in einem der Hochhäuser in Ullandhaug, und ich habe eine prachtvolle Aussicht. Wir essen etwas, trinken ein Glas Wein, sitzen und – reden. Gott, das wär zu schön, Varg. Nimm es als – nimm es als einen Freundschaftsdienst.«

»Einen – Freundschaftsdienst?« sagte ich langsam. Und ganz hinten in meinem mißtrauischen Kopf war plötzlich ein Gedanke aufgetaucht: Was, wenn... Keine dumme Idee. Erst erschrecken wir ihn ein wenig, und dann bringen wir Elsa dazu, ihn hier rauszulocken, und dann... »Ich...«

»Sag nicht nein, Varg! Bitte...« Sie sah mich flehend an. Ihr Gesicht war offen, nah, ehrlich. Sie konnte mich nicht täuschen, oder...

Die Alternative war, sich ein neues Hotelzimmer zu suchen, in einem anderen Hotel, aber zu den meisten Hotelzimmern gab es Nachschlüssel, und ich wollte ruhig schlafen. Aber bei Elsa?

Ich entschied mich. »Okay. Abgemacht.« Als ich es gesagt hatte, überkam mich ein Gefühl der Erleichterung, und ich blickte ein wenig fröhlicher durch den Raum.

Die Angst war noch immer da, aber sie war blasser geworden. Aber nicht so blaß, als daß nicht ein winziges Mißtrauen genügt hätte, um sie wieder zu voller Blüte zu bringen.

Wir leerten unsere Gläser und verließen die Bar. Ein paar Kerle, die Elsa zu kennen schienen, zwinkerten vielsagend und machten ein paar unzweideutige Handbewegungen. Elsa ignorierte sie, und ich versuchte, es ihr gleichzutun. Sie warf sich einen dunklen Ledermantel über die Schultern, und wir gingen hinaus an die Rezeption und bestellten ein Taxi. Der

Portier sah über meine Schulter hinweg und pfiff eine leise Melodie, die ich nicht sofort einordnen konnte. Erst als wir im Wagen saßen, ging mir auf, welche es war: *Can't buy me love...*

22

Wie ein Auswuchs der absurden Phantasie irgendeines Stadtplaners standen die drei Hochhäuser auf Ullandhaug, neben den kleinwüchsigen, unter Denkmalschutz stehenden, eisenzeitlichen Wohnplätzen über dem Hafrsfjord. Oder war es nur eine Ironie des Schicksals – daß niemand das bedacht hatte, bevor die drei Blocks plötzlich dastanden und gen Himmel ragten, wie die drei letzten Zähne in einem Greisenmund.

Wir schwiegen im Fahrstuhl. Ich trat hinter ihr hinaus, aber es stand niemand wartend hinter der Fahrstuhltür. Sie schloß ihre Wohnung auf und machte sofort Licht. Es war gemütlich – und friedlich. Niemand erwartete uns, nichts geschah. Die Angst in meinem Bauch löste sich langsam auf.

Ihr Wohnzimmer war mit flachen, verchromten Möbeln eingerichtet, auf denen weiche Samtkissen lagen. An den Wänden hingen Bilder in goldenen Farben. Die Wände waren beige, und die großen Fenster, die zum Meer hin wiesen, waren wie schwarze Schächte in die Ewigkeit.

Ich trat an eines der Fenster und sah hinaus, mit einer Andeutung von Schwindelgefühl im Hinterkopf. Im Südosten lag der Hafrsfjord und die flache Küstenlandschaft, die dahinrollte und rollte in Richtung Jæren. Im Westen lag die Nordsee, weit und schwarz. Ein beleuchtetes Schiff stampfte vorbei und ließ mich an die beleuchteten, glitzernden Diamanten denken, die irgendwo dort draußen schwammen: die Ölbohrinseln, wie sie nachts aussahen, wenn man sie vom Schiff oder Flugzeug aus betrachtete.

Hafrsfjord und Nordsee. Das war, als stünde man von Angesicht zu Angesicht zwei der bedeutendsten Elemente auf diesem Erdball gegenüber: der Geschichte und dem Meer.

Acht Stockwerke über der Erde waren die Flocken weißer, wie richtiger Schnee. Aber an den Fensterscheiben wurde alles zu Regen.

Sie bewegte sich hinter mir. Im Spiegel der Scheibe sah ich, daß sie etwas auf den flachen Couchtisch stellte: kleine Schalen mit Salzigem und Süßem, Weingläser, Teller mit Messer und Gabel daneben. Dann verschwand sie.

Als sie zurückkam, war sie verändert, und ich mußte mich vom Fenster wegdrehen, um sie genauer zu betrachten. Sie trug jetzt eine dunkelbraune Cordhose und einen etwas helleren, lockeren Nicki. Und sie war wirklich kurzsichtig. Jetzt trug sie eine große, schwachgetönte Brille mit dunkler Fassung. Der Kleiderwechsel ließ sie wie eine x-beliebige, nette Hausfrau aussehen, die dabei ist, eine gemütliche, kleine Abendmahlzeit zuzubereiten, für ihren müden und gestreßten Ehemann. Und ungefähr so fühlte ich mich auch.

»Woran denkst du?« fragte sie.

»So ein Gefühl, wie ich es jetzt habe, bekomme ich immer, wenn ich so stehe, hoch oben, direkt am Meer. Wenn du sozusagen auf die Spitze eines Küstenstreifens kommst und wirklich spürst, wie weit das Meer ist. Das gibt mir ein Gefühl dafür, wie klein wir in Wirklichkeit sind – als könnte ich die ganze Erdkruste sehen, im Querschnitt. Wie unbedeutend wir sind, auf dieser dünnen Haut zwischen dem Feuer darunter und der unendlichen Weite darüber.«

»Du bist ja ein richtiger, kleiner Philosoph«, sagte sie lächelnd.

Ich zuckte mit den Schultern. »Nein. Ich hab nur zu viele Woody-Allan-Filme gesehen.«

»Und – ist sie nicht toll?«

Ich sah sie verwirrt an.

»Die Aussicht.« Sie lächelte immer noch.

»Doch ja, natürlich, die Aussicht...«

»Entspann dich, Varg. Zieh die Jacke aus, setz dich hin, sieh mal hier...« Sie hatte eine Flasche Rotwein geöffnet und etwas in ein Glas geschenkt. »Entspann dich, und dann werd ich uns beiden ein schönes Steak braten und einen kleinen Salat machen, und danach können wir – uns unterhalten.«

Ich gehorchte fast mechanisch. Ich setzte mich, nippte am Rotwein, sah auf die schwarzen Fenster zur Geschichte und zum Meer und konzentrierte mich darauf, die Schultern sinken und den Bauch sich beruhigen zu lassen. Es begann zu wirken.

Dann war sie zurück, lautlos wie eine Geisha. Sie hatte flache, braune Fellschuhe an den Füßen, und das Steak schmeckte genauso hervorragend, wie ich erwartet hatte.

Während wir aßen, spürte ich, wie ich immer entspannter wurde. Wir sprachen übers Essen. Und darüber, wie teuer Wohnungen waren, besonders in Stavanger. Wir sprachen darüber, was das Öl für die Stadt bedeutete, was besser und was schlechter geworden war. Wir überlegten uns, wohin die ganzen Ölgelder verschwanden, denn das taten sie, jedenfalls für den norwegischen Normalbürger. Es war eine vollkommen normale, alltägliche Unterhaltung, ohne die geringste Andeutung von einer ähnlichen Dramatik, wie ich sie im Laufe des letzten Tages erlebt hatte, oder wie sie das Leben mit sich brachte, das sie führen mußte, an allen anderen Abenden, außer diesem.

Als wir mit dem Essen fertig waren, schenkte sie mehr Wein in unsere Gläser, zog ihre Beine im Sessel unter sich, rollte sich rund um ihr Glas zusammen, sah mich an und sagte: »Erzähl mir – erzähl mir von ihr. Die dir das Gefühl gibt, daß du ihr treu sein mußt.«

Als ich nicht sofort antwortete, sagte sie: »Es ist nicht – deine Frau?«

»Nein – ich bin nicht...«

»Nein, denn *denen* sind Männer meistens nicht treu.«

»Nein, eben. Aber *sie*. Sie ist verheiratet.«

Sie lächelte traurig. »So.«

»Es ist keine neue Geschichte«, sagte ich.

»Nein.«

»Du kennst sie schon.«

»Nicht diese. Alle Geschichten sind neu – wenn sie von neuen Menschen handeln.«

»Tja.« Ich zuckte mit den Schultern.

»Wie heißt sie?«

»Solveig«, sagte ich, nachdenklich. Ich sah sie vor mir. Sie kam eilig über Torget gelaufen, mit schnellen Bewegungen, rastlos. Ich erhob mich hinter dem Schreibtisch und trat ans Fenster. Sie sah nach oben und winkte. Ich ging ins Wartezimmer und wartete auf sie. Sie kam herein und fiel mir in die Arme; wir küßten uns.

»Du – du liebst sie – sehr?«

Ich nickte langsam. Ich hatte den Kaffee schon fertig. Ich hatte ihr zu Ehren eine neue Kaffeemaschine gekauft. Drinnen im Büro saßen wir, jeder auf seinem Stuhl, nebeneinander, nah beieinander, die Tassen und die aufgerissene Tüte mit Hefegebäck vor uns auf dem Schreibtisch. Sie hatte nur eine halbe Stunde Mittagspause, aber sie konnte sie bis zu einer Dreiviertelstunde ausdehnen. Nicht selten blieb sie eine Stunde. Wir hatten die Mittagspausen erst ins Büro verlegt, nachdem wir uns das erste Mal geliebt hatten. Ich saß neben ihr und strich ihr übers Haar, während wir Kaffee tranken und miteinander redeten.

»Wie hast du sie kennengelernt?«

»In Verbindung mit einem Fall, vor ein paar Jahren. Aber es ist nichts passiert... Ich meine, sie war nur ein Mensch, den ich kennengelernt und der mich ein bißchen beschäftigt hatte – aber dann verging noch ein Jahr, bevor ich sie – zufällig –

wiedertraf, und danach... Wir – wir wurden Freunde, ich meine – wir konnten gut miteinander reden, bis wir... In dem Haus, wo ich mein Büro habe, ist im ersten Stock eine Cafeteria, und es ergab sich so, daß wir uns da trafen, ein- oder zweimal die Woche, fünf-, sechsmal im Monat, öfter nicht. Wir suchten uns einen Tisch in einer Ecke und tranken Kaffee. Sie aß ihr Butterbrot – und so lernt man sich doch schließlich kennen, nicht? Dadurch, daß man miteinander redet.«

»Ja. Und dann?«

»Und dann?«

»Ja, es passierte doch mehr, oder?«

»Doch ja. Eines Tages fragte sie, ob sie mein Büro sehen dürfe. Und dann küßten wir uns. Da oben.« Ihre lebendigen Augen waren durch mein ganzes Büro gewandert, über die Wände, den Boden, die Decke, den Schreibtisch, das Waschbecken in der Ecke, die blanken Gläser – als wollte sie das Bild in ihr Gedächtnis einbrennen. Ich hatte sie vorsichtig zum Fenster geführt und dabei ihr Gesicht angesehen. Mancher würde vielleicht sagen, ihre Nase sei zu groß und das Kinn zu markant. Aber das nackte Tageslicht fiel nicht unbarmherzig auf sie: es hob die Weichheit ihrer Züge hervor, die zarten Konturen der Lippen, das tiefe Blau der Augen, den eigentümlichen, rotbraunen Glanz in ihrem Haar. Sie hatte mir ihr Gesicht zugewandt, und ein paar lange Sekunden hatten wir so dagestanden, Auge in Auge. Und dann hatte ich sie geküßt, so vorsichtig und so zart, als sei sie ein Spinnengewebe, eine Blume, die sich auflösen würde, bei der geringsten Berührung, ein Traum... Aber sie verschwand nicht. Sie küßte mich wieder. »Es – kam mir fast unanständig vor, sie zu küssen, direkt vor dem Fenster. Als könne die ganze Stadt uns sehen.«

Sie lächelte wehmütig, und ich wußte, warum. Jeder trägt solche Erinnerungen wie diesen Kuß in sich. Jeder hat Erinnerungen, die plötzlich an die Oberfläche kommen, wenn von solchen Küssen erzählt wird. »Und – dann?« fragte sie.

»Und dann? Das hört sich fast an, als würdest du mich interviewen.«

Sie errötete. »Ich wollte nur…«

»Also«, sagte ich, »es gab *und dann* an dem Tag. Es war nicht so, daß wir einander in die Arme sanken und uns da auf dem Teppichboden liebten – entschuldige, auf dem Linoleum. Wir – wir sagten nicht mehr sehr viel, nicht danach. Wir trennten uns, wie zwei verliebte Teenager, und als wir uns das nächste Mal trafen, war es in derselben Cafeteria, und wir – es verging noch eine ganze Zeit…«

»Ich frage«, sagte sie plötzlich, »weil Beziehungen zwischen Männern und Frauen mich interessieren – ganz besonders.«

Ich nickte.

Sie fuhr fort: »Man sollte vielleicht meinen – in meiner Situation – daß all so was gleichgültig werden würde. Aber… Ich werd nie müde, solche Geschichten zu hören von – Anfängen. Egal, wie grausig eine Liebesbeziehung sich entwikkeln mag, egal, was das für Widerlichkeiten mit sich bringt, sie hat doch einmal einen Anfang gehabt, es ist immer – so gewesen. So, wie du erzählt hast. Und – tja…«

Ich betrachtete sie über den Rand meines Glases hinweg. Was hatte uns zusammengeführt? Warum saßen wir hier und sprachen von solchen Dingen? Ich sagte: »Erzähl du ein bißchen – von dir.«

Sie sah abrupt auf. »Von mir?« Das Licht der Kerze auf dem Tisch flackerte über ihr Gesicht, ließ es weicher werden. »Was…«

»Woher kommst du?«

Sie sah in ihr Glas, als blickte sie zurück in die Vergangenheit, und das Gesicht verhärtete sich wieder. »Ich bin aus Fredrikstad«, sagte sie. »Aus einer Straße, die heute Mads W. Stangsgate heißt, die aber, als ich Mädchen war, Onsøgata hieß. Direkt beim Stadion. Ich ging viel zu Fußballspielen in

Fredrikstads Glanzzeit – der letzten.« Plötzlich sah ihr Gesicht ganz jung aus. »Hast du jemals Bjørn Borgen gesehen?«

»Ja.«

»Hast du jemals jemanden so dribbeln sehen wie ihn? Hast du jemals einen so eleganten Flügelspieler gesehen wie ihn, wenn er sich durch die Verteidigung der anderen kämpfte, den richtigen Ball an Snæbbus abgab und dann – peng – ins Netz!«

»Wir hatten einen, den nannten sie Kniksen...«, sagte ich vorsichtig.

»Jajaja«, fiel sie mir ins Wort. »Aber Bjørn Borgen, das war 'ne Art Ballettänzer... Es hieß – weißt du noch, damals, als wir fünf zu zwei gegen die Russen verloren haben und Bjørn Borgen unsere beiden Tore geschossen hat – es hieß, das sei das beste norwegische Angriffsspiel gewesen, das es gegeben hatte seit – ja, seit...«

»Kniksen war dabei, als wir gegen die Schweden *gewonnen* haben«, sagte ich.

Sie sah mich irritiert an und sagte mit einer Geste der Verwunderung: »Aber was zum Teufel tun wir hier eigentlich? Uns über Fußball streiten?«

Sie lachte. »Es war so beschissen, Mädchen hatten sich nicht für Fußball zu interessieren, das paßte nicht. Wenn wir mit den Jungs auf dem Schulhof über Fußball diskutierten, dann hatten *sie* immer recht. Und warum?! Sie sahen doch schließlich dieselben Spiele, oder?!«

»Ich werd dir eins sagen«, sagte ich, »und nimm es als Kompromißvorschlag. Das allererste Fußballspiel, das ich gesehen habe, war das Semifinale 1961, als Fredrikstad Brann eins zu null schlug. Das war ein phantastisches Spiel, abgesehen davon, daß Brann hätte gewinnen sollen, aber Fredrikstad hatte Engel im Tor stehen, und du hast ja gesehen, wie es lief, als sie ins Finale kamen. Brann hätte auch Haugar in die Tasche gesteckt, damals.«

»Ja, ja«, sagte sie und lachte wieder. »Skål, Varg. Weißt du – es ist schön, hier zu sitzen und mit dir zu reden. Über Fußball.«

Sie setzte ihr Glas ab. Es war leer. Sie hob die Flasche. Auch die war leer. Sie zuckte mit den Schultern und stand mit einem kleinen Lachen auf. »Ich geh und hol eine neue.« An der Tür blieb sie stehen und drehte sich zu mir um. »Komm doch mit. Dann werd ich dir den Rest der Wohnung zeigen.«

Das Licht vom Flur fiel in schrägem Winkel auf ihr Gesicht und zeichnete die Züge in scharfen, klaren Konturen nach. Sie wartete an der Tür auf mich und nahm mich bei der Hand. »Komm.«

Die Küche war sauber, aufgeräumt und weißgestrichen und hätte zu jeder x-beliebigen Durchschnittsfamilie gepaßt. Sie stellte die leere grüne Flasche auf die Abstellfläche neben dem Spülbecken und holte eine neue Flasche aus einem Schrank. Der Kühlschrank war braun, und ich tat, als würde ich ihn nicht sehen.

Sie zeigte mir ein langes, schmales Zimmer, das an eine Klosterzelle erinnerte. »Das Gästezimmer«, sagte sie. »Es kommt nicht so oft vor, daß ich Gäste habe.«

»Das reicht völlig für mich.«

Sie antwortete nicht.

Das Badezimmer wirkte mondän, mit marmorierten Wänden in Grün und Weiß, einer großen, hellgrünen Badewanne und einer Reihe farbenfroher Handtücher, die den Eindruck erweckten, als erwarte sie eine Invasion.

Vom Bad aus kamen wir ins Schlafzimmer. Ich blieb in der Tür stehen, während sie fast bis zum Bett hineinging. Es war ein großes, breites Bett, bedeckt mit einem roten Bettüberwurf. Der Teppich war rosarot. An den Wänden war eine geblümte Tapete.

Sie stand im Profil vor dem Bett. Ich konnte die Konturen ihrer Brüste durch den Pullover schimmern sehen. Der Bauch und der Po rundeten sich weich unter der Cordhose. Sie schwenkte leicht die Flasche und sagte: »Das Schlafzimmer!... Das Bett.« Ihre Stimme klang atemlos, der Mund war leicht geöffnet, die Augen dunkel. Sie besaß ohne Zweifel Talent.

»Aha«, sagte ich heiser, drehte mich mit einem hilflosen Lächeln um und stolperte zurück ins Wohnzimmer.

Sie kam hinterher, ebenso unberührt, als hätte sie mir die Aussicht gezeigt. Wir setzten uns. Ich hockte mich an den Rand des Sofas, und sie rückte zu mir herüber, ohne es zu kommentieren.

Wir saßen stumm da. Dann sagte sie: »Damals, in Fredrikstad, als junges Mädchen... Es lag eine Fabrik gleich da, wo ich wohnte. Sleipner hieß sie. Sleipner Motorenfabrik. Das war wohl das Pferd von Thor oder Odin oder so ähnlich, und es hatte acht Beine. Es kam oft vor, daß ich dachte, ich hätte ein solches Pferd mit acht Beinen haben sollen, dann wär ich vielleicht weit genug weggekommen. Weit, weit weg.« Sie trank einen Schluck. »Aber ich kam nicht weiter als bis nach Oslo. Fürs erste.«

Ich nickte.

Sie hob ihren Kopf und wandte mir ihr Gesicht zu. »Du – darf ich in deinem Arm sitzen?«

Ich antwortete nicht, sondern machte ihr Platz.

Sie setzte sich zurecht, wurde klein neben mir und sah schräg zu mir hoch. »Es – es ist so schön, so sitzen zu können mit einem Mann, und ein Glas Wein trinken, oder zwei...«

»Fünf, bis jetzt.«

»...und einfach nur zu reden, ohne gezwungen zu sein, hinterher mit ihm ins Bett zu gehen.«

Es entstand eine lange Pause, und ihre Gesicht bekam einen Ausdruck, als sei sie über sich selbst erschrocken. Sie drückte schnell meinen Arm. »Das soll nicht heißen – du darfst gerne, wenn du *willst.*«

Ich lächelte schief zurück. »Sieh nicht so traurig drein. Es wird sicher gut.«

»Was?«

»Alles.«

Ich sah mich um in ihrem Zimmer. Es war alles so fern. Solveig, Arne Samuelsen, Benjamin Sieverts – Bergen, Stavanger – alles. Wir waren zwei Menschen, die zufällig aufeinander gestoßen waren an einer Wegkreuzung, und die stehen geblieben waren, um einander von ihrem Leben zu erzählen.

»In Oslo traf ich Ivar«, sagte sie plötzlich. »Er war ein paar Jahre älter als ich, und ich war jung und nicht ganz unerfahren, aber trotzdem. Eigentlich hatte ich an der Universität angefangen, aber nach zwei Jahren haben wir geheiratet, ich brach mein Studium ab, und wir zogen in einen Ort – nördlich von Oslo. Wir bekamen einen kleinen Jungen. Pål.«

Ich wartete auf die Fortsetzung. »Wohin seid ihr gezogen?«

»Du hast vielleicht in der Zeitung davon gelesen. An einer der vielen Strecken, die Todesstraßen genannt wurden. Weil dort im Jahr ein oder zwei Kinder getötet wurden. An der E 6, und weder die kommunalen Behörden noch die Stadt war wirklich willens, etwas dagegen zu tun.«

»Aber...«

»Ivar saß im Gemeinderat. Er war Parteipolitiker, rannte von morgens bis abends zu irgendwelchen Sitzungen, saß in hundert Ausschüssen, während er gleichzeitig ein junger, dynamischer Betriebsleiter war, wie es oft in den Zeitungen über ihn stand, während ich... Ich saß zu Hause. Und ich trug die Verantwortung für Pål.«

Sie hatte ihr Glas jetzt abgestellt, saß nur da und flocht die Finger ineinander, während sie sprach. »Ich – ich hätte so gern einen Job gehabt, aber im Haus war mehr als genug zu tun, und dann mußte ich mich ja um Pål kümmern. Ich wagte es nicht, ihn zu jemand anderem zu geben. Die Autos – die

Kinder, die getötet wurden – wir kannten sie ja schließlich. In dem einen Jahr war es einer, mit dem Pål gespielt hatte, vormittags auf dem Spielplatz. Im Jahr darauf war es einer aus dem Haus gegenüber – ich sagte zu Ivar, jetzt müsse er etwas tun, wo er doch schließlich im Gemeinderat saß. Aber er zuckte nur mit den Schultern und sagte: Wir tun, was wir können, aber eine Umgehung – oh, ja, er hatte die Politikersprache gut gelernt! – wäre zu kostenaufwendig, deshalb... Und die Kinder? fragte ich. – Tja, dazu konnte er nichts sagen... Und dann, eines Tages...«

Nach einer langen, lastenden Pause fragte ich vorsichtig: »Nicht – dein Junge?«

Sie sah mich mit blanken Augen an. »Nein. Er wurde nicht überfahren. Das wäre *zuviel* Ironie gewesen. Aber – ich traute mich nicht, ihn nach draußen zu lassen, allein, und wenn wir nicht spazieren gingen, dann mußte er drinnen sein und spielen, während ich – ich hatte ja auch zu tun. Und an dem Tag... Ich war gerade dabei, Essen zu machen, und er spielte, drinnen im Wohnzimmer. Er war erst fünf Jahre alt, und plötzlich wurde es so still da drinnen, und ich...«

Sie kämpfte mit den Erinnerungen, und um uns herum war es auch still geworden, so still, daß ich meine Atemzüge tief, tief aus der Brust hören konnte.

Sie fuhr fort: »Wir haben sie doch so lieb – diese kleinen Menschlein, nicht? Als meine Gefühle für Ivar gestorben waren, war es, als hätte sich all meine Liebe und Zärtlichkeit auf Pål konzentriert und – und dann reinzukommen und ihn zu finden, auf dem Boden, leblos. Den kleinen Körper – noch so lebendig vor ein paar Minuten, lebhaft, beim Spielen – und dann plötzlich tot, nicht mehr da...« Sie warf die Hände hoch zur Decke. »Ein Engel! Wenn man daran glaubt...«

»Aber was...?«

»Er hatte zwei Stricknadeln zu fassen gekriegt und sie in eine Steckdose gesteckt. Er – er bekam den ganzen Strom ab.

Hinterher warf mir Ivar vor, ich hätte nicht gut genug auf ihn aufgepaßt, daß ich so eine Glucke war, daß ich mich nicht traute, ihn nach draußen zu lassen – raus auf die Todesstraße! Ich schrie ihn an, schrie wirklich, daß ich ihn niemals wieder sehen wolle, daß er zur Hölle fahren könne mitsamt seinem Gemeinderat, daß er... Aber das spielte keine Rolle. Wir stellten den Scheidungsantrag und wurden geschieden, denn alles, was wir zu dem Zeitpunkt gemeinsam hatten, war Pål. Aber – etwas in mir war gestorben, Varg – in dem Augenblick, als ich ins Wohnzimmer kam und Pål leblos auf dem Teppich liegen sah. Etwas in mir ist erfroren, und ich – später, als ich nach Oslo ging und mein Studium wieder aufnahm – es war nicht schwer, ein Leben wie das hier anzufangen. Da waren keine Gefühle mehr, für *niemanden*. So empfand ich es jedenfalls, als ich anfing. Später...« Sie zuckte mit den Schultern und sah düster vor sich hin. »Wenn du dich also fragen solltest, warum... Ich hätte eine ganz gewöhnliche Hausfrau sein können, irgendwo weiter im Osten. Statt dessen...« Sie sah wieder zu mir auf und lächelte. Jetzt verstand ich, warum immer ein trauriger Zug in ihrem Lächeln war. Mir war, als würde ich sie etwas besser kennen.

Dann stand sie auf. »Es ist – spät geworden.«

Ich spürte, wie mir heiß wurde. Ich fühlte mich hilflos wie ein Schuljunge. »Ja – ich... Soll ich hier schlafen oder im Gästezimmer? Ich kann gut auf dem Sofa liegen.«

Sie schüttelte den Kopf und lächelte schelmisch. »Weder noch.«

»Aber...«

»Du sollst – in meinem Bett schlafen.«

»Aber ich...«

Sie unterbrach mich mit einem perlenden Lachen. »Oh, Gott, wenn du dich sehen könntest! Sei doch nicht so tugendhaft. Reg dich ab! All meine Gäste schlafen im großen Bett. *Ich* werde im Gästezimmer schlafen.«

»Aber, ehrlich, das ist doch nicht nötig.«

»Ich bestehe darauf«, sagte sie.

Wir gingen hinaus in den Flur. »Wenn dir danach ist, kannst du ruhig ein Bad nehmen. Wenn du dich erst fertig machst, geh ich hinterher ins Bad.«

»Tja, das wäre – na gut.«

Wir blieben vor der Badezimmertür stehen. »Wenn du etwas brauchen solltest, dann...« Sie lächelte süß.

»Wann frühstücken wir?«

»Acht? Neun? Wann du willst. Du bist es, der arbeiten muß, früh.«

»Acht?«

»Abgemacht.«

Ich drückte leicht ihre Schulter und sagte: »Gute Nacht, Elsa. Danke für – alles.«

»Gute Nacht.«

Einen Augenblick lang standen wir da, als überlegten wir, ob wir uns küssen sollten. Aber wir konnten uns nicht entscheiden, und ich ging ins Badezimmer.

Nachdem ich gebadet hatte, lag ich in dem großen Bett. Ich spürte ihren Duft aus dem Bettzeug. Er machte mich unruhig. Ich sagte zu mir selbst: Du glaubst doch nicht im Ernst, daß du hier jemanden täuschen kannst, außer dich selbst?

Dann hörte ich die Geräusche aus dem Badezimmer: wie sie die Wanne vollaufen ließ – und danach das leichte Plätschern des Wassers. Das machte mich noch unruhiger. Es war unmöglich, sich nicht vorzustellen, wie sie sich einseifte, langsam und gründlich, am ganzen Körper. Dann ließ sie das Wasser ablaufen, mit einem groben, gurgelnden Geräusch aus dem Abfluß. Das Blut klopfte mir im Hals. Ich hörte ihre nackten Füße auf dem Badezimmerfußboden. Dann wurde die Tür geöffnet und geschlossen, und alles war still. Beunruhigend still.

Ich lag da und warf mich hin und her. Das fremde Zimmer

machte mich unruhig: Die Erlebnisse des letzten Tages waren ein wenig zu viel gewesen. Ich bekam ein beklemmendes Gefühl, als sei ich eingeschlossen, wie im Hotel. Gleichzeitig wagte ich nicht, hinzugehen und die Tür zu öffnen. Ich hatte Angst, ihren Sohn dort zu finden, auf dem Boden. Es war ein wacher Alptraum, und ich mußte mich in den Arm kneifen, um sicher zu sein, daß ich *wirklich* wach war.

Ich versuchte, mich zu entspannen. Ich legte mich auf den Rücken und atmete langsam und tief durch. Als ich die Augen wieder öffnete, war die Tür zum Bad plötzlich wieder offen.

Sie stand in der Tür. »Varg? Schläfst du?« fragte sie vorsichtig.

Ich richtete mich ein wenig im Bett auf. »Nein – ich...«

»Du auch nicht?«

Sie trug einen dünnen, grünen Morgenmantel. Er hing lokker um ihren Körper. Ihr Haar war durcheinander, ihre Silhouette klar und dunkel gegen das starke Licht aus dem Badezimmer.

Sie sagte: »Ich bin so – durcheinander von... Es tut mir immer so weh, zu erzählen – das mit Pål. Aber ich lern's wohl nie. Darf ich – darf ich ein bißchen hier liegen, bei dir? Bitte!«

Ich schlug resigniert die Bettdecke zur Seite, rutschte an den Rand des Bettes und sagte: »Also gut...«

Sie schloß die Tür so hinter sich, daß nur ein schmaler Lichtstreifen ins Zimmer fiel – wie ein Degenschlag oder eine winzige Hoffnung auf Vergebung. Ein Rascheln von Seide kam schnell durch den Raum. Vor dem Bett ließ sie den Morgenmantel zu Boden fallen. Ich ahnte die dunklen Kreise auf den kleinen, spitzen Brüsten. Ihr Schoß wallte wie eine schwarze Wolke gegen die weiße Haut des Bauches. Sie kam unter die Decke und war plötzlich nah und warm und weich und – viel zu nah.

Sie legte den Arm um mich und kroch dicht, dicht an mich

heran. Es wurde plötzlich fürchterlich warm. Ich rang nach Luft, bewegte mich unruhig. Ihre Lippen waren weich und kühl an meiner Wange, und sie flüsterte: »Oh, aber... Du hast ja Lust. Du bist wohl doch kein Engel, oder?«

Sie hatte recht. Ich war kein Engel.

Nachher lagen wir auf dem Rücken und starrten an die Decke, verschwitzt und erhitzt. Ihre Stimme war dünn in der Dunkelheit. »Als ich in Blindern wieder anfing, nach dem mit Pål, hab ich das Soziologiestudium wieder aufgenommen, das ich fast zehn Jahre vorher abgebrochen hatte. Ich begann eine Abhandlung über die männliche Sexualität.«

»Ach ja? Und was hast du herausgefunden?«

»Daß Männer im Bett am leichtesten reden können, so wie jetzt, hinterher. Daß ich praktisch meine eigene Gefühllosigkeit dazu benutzen konnte, an sie heranzukommen, sie dazu zu bringen, frei zu reden.«

»Männer bluffen, auch im Bett.«

»Aber ihr seid dann viel verletzbarer, trotz allem. Und ein Bluff ist nie schwer zu durchschauen.«

»Aber es sind doch wohl nicht alle Männer gleich?«

Sie küßte mich ins Ohr. »Natürlich nicht! Dann hätte man ja auch keine Abhandlung schreiben brauchen.«

»Nein.« Nach einer Weile sagte ich: »Arbeitest du immer noch an dieser Abhandlung?«

»Ja.«

»Aber wenn du – sozusagen – diese Männer interviewst... Du liegst doch wohl nicht neben ihnen und machst Notizen?«

Sie zögerte etwas, ehe sie antwortete. »Nein. Ich mache Tonbandaufnahmen.«

Ich drehte mich auf die Seite und stützte mich auf den Ellenbogen. »Tonbandaufnahmen? Hier?«

»Ich hatte einen – Freund, in der ersten Zeit. Er war Amerikaner und Sicherheitsoffizier auf Kolsås. Er beschaffte mir einige Hilfsmittel. Damit ich das Tonband nicht selbst einschalten mußte, besorgte er mir ein geräuschempfindliches Mikrofon, das das Bandgerät automatisch startet, beim geringsten Geräusch.«

»Das klingt beeindruckend.«

»Das *ist* beeindruckend. Ich kriege eine Menge unnötiges Gerede drauf, aber später – wenn ich die Aufnahmen abschreibe, redigiere ich sie und ziehe das Wesentliche heraus.«

»Sag mal – ist es jetzt an?«

Sie sah mich schuldbewußt an. »Ich denke schon.«

Ich sah mich um.

Sie sagte: »Im Nachttisch. Auf deiner Seite.«

Ich drehte mich zum Nachttisch, automatisch. Ich konnte absolut nichts Verdächtiges entdecken, aber ich war ja auch kein Experte.

Ein Gedanke schoß mir plötzlich in den Kopf. »Sag mal – diese Aufnahmen, die müssen doch auch ganz schön heiße Informationen enthalten, oder?«

»Oh, ja. Einige. Wenn ich ein Interesse daran hätte, Geld damit zu verdienen, dann...«

»Bewahrst du sie auf?«

»Ja. Aber nicht hier.«

»Ist dir klar, daß das – gefährlich sein kann?«

»Warum denn? Keiner ahnt doch etwas davon. Ich hab wirklich niemandem davon erzählt, bis heute.«

»Und warum gerade mir?«

»Ich weiß nicht, Varg. Es scheint mir nur natürlich, ganz plötzlich. Es kam mir vor, als würdest du verstehen, wovon ich redete, als ich von – Pål erzählt habe. Und irgendwie... Ich mag dich.«

Sie bewegte sich in der Dunkelheit, und ich fühlte ihre Hände wie weiche Flügelschläge an meinem Körper. Sie schmiegte sich fest an mich und küßte mich. Dann sagten wir nichts mehr, lange Zeit.

Ich wachte früh auf, mit einem Bild von Sonne im Kopf. Ich blieb liegen und hörte auf den Atem der Frau neben mir. Es war ein Hauch von Feuchtigkeit in ihrem einen Mundwinkel, und sie lag da, die Stirn auf den Handrücken gebettet, mit nacktem Unterarm und einem dunklen Haarschimmer unter den Achseln. Ihre Wimpern vibrierten schwach.

Ich dachte an das letzte Mal, als ich an der Seite einer Frau aufgewacht war. Das war im Mai gewesen, ein halbes Jahr vorher, nach der einzigen Nacht, die Solveig und ich zusammen verbracht hatten. Sie war allein zu Hause gewesen, und wir hatten die ganze Nacht zusammen verbracht.

Am Morgen hatten wir in ihrem Bett gelegen, während sich das Sonnenlicht gelbweiß durch die dünnen Vorhänge vor ihrem Schlafzimmerfenster drängte. Draußen vor dem Fenster hätten wir über die Dächer der gegenüberliegenden Häuser bis hin zur Rothauge Schule und weiter den Berghang hinauf sehen können, der hellgrün war von frischem Laub. Das helle Zimmer mit den weißen Wänden, die holzfarbenen Möbel und die leichten Gardinen umgaben uns mit einem Licht, wie man es nur an einer bestimmten – sehr geringen – Anzahl von Morgen in seinem Leben erlebt. Es war so warm gewesen, daß wir ohne Decken dagelegen hatten, nackt und weiß im Morgenlicht, mit offenen Poren. Und jetzt konnte ich nicht mehr neben einer anderen Frau aufwachen, ohne an eben jenen Morgen zu denken.

Elsa regte sich neben mir, murmelte etwas im Halbschlaf und sah dann schlaftrunken zu mir auf. Sie lag einfach da und sah mich an, ungeniert und routiniert, bis wir uns entschlossen, aufzustehen und Frühstück zu machen.

Wir saßen lange am Frühstückstisch und redeten. Diesem Morgen fehlte es an Licht, er war düster und grau, und grauweiße Asche fiel vom Himmel, wie von einem riesigen Brand irgendwo, und was ich für sie fühlte, war nicht dasselbe, was ich für Solveig fühlte.

»Wenn du Lust hast, Varg, dann... Du kannst gern einen Schlüssel von mir kriegen, dann hast du wenigstens *einen* Ort, wo du hinkannst.«

Ich sah sie über den Tisch hinweg an. Sie sah aus, als meinte sie, was sie sagte. Und es war ein guter Vorschlag. Ich drückte ihre Hand und sagte: »Das ist eine gute Idee. Danke dir.«

Nach dem Frühstück duschte ich und zog mich an.

Bevor ich ging, gab sie mir den Schlüssel. Ich nahm ihr Gesicht zwischen meine Hände und sah darauf hinunter. »Was du mir erzählt hast, Elsa... Diese Tonbänder. Du mußt gut auf dich aufpassen.«

Sie nickte nur, und dann streckte sie sich und küßte mich weich auf den Mund. »Können wir uns treffen – heute, irgendwann später?«

Ich nickte. »Da unten – im Hotel?«

Sie nickte ebenfalls. »Um sechs?«

»Ich werd's versuchen.«

»Dann bis dann.«

»Ja, bis dann. Mach's gut, so lange – und danke, trotz allem.«

»Hab ich dich verführt?« fragte sie neckend.

»Das hast du. Wenn ich mich nicht selbst verführt habe.«

Sie lächelte und schloß leise die Tür hinter sich.

Ich fuhr mit dem Fahrstuhl hinunter, schlug den Kragen im Nacken hoch und schüttelte mich, ehe ich in den Novembermorgen hinausging. Ich hörte den schweren Wagen, noch bevor ich ihn sah.

23

Der starke Motor heulte auf. Ich sah zur Seite. Der große Kombi kam so schnell auf mich zu, daß es aussah, als stünde er still. Wie ein Raubvogel, der in der Luft stillsteht, bevor er auf die Beute herabstürzt, so schien er über dem Asphalt zu schweben. Eine lange, eisige Sekunde sah ich vage die beiden Gesichter hinter der Windschutzscheibe.

Es war keine Zeit mehr umzukehren. In einer Reflexbewegung warf ich mich nach vorn, und der schwere Wagen strich an mir vorbei, so nah, daß er meine Waden berührte. In dem Moment, als er vorbeifuhr, ertönte ein häßliches Quietschen der Bremsen. Über die Schulter sah ich das breite, weiße Gesicht von einem von Ole Johnnys Pinguinen, als er sich umdrehte, um zu sehen, was mit mir passiert war. Der Mann hinterm Steuer legte den Rückwärtsgang ein und peilte durch den Rückspiegel.

Ich lief, nahm Anlauf und sprang über den flachen Zaun vor mir. Ich lief über die unebene Rasenfläche. Hinter mir sah ich, daß der Wagen gestoppt hatte. Der eine der beiden stieg aus. Ich warf einen suchenden Blick am Hochhaus hinauf, aber es war unmöglich zu sehen, ob dort jemand Zeuge des Geschehens war.

Ich lief auf die Eisenzeitsiedlung zu. Der Abhang ließ mich schneller laufen. Ich warf noch einen Blick zurück. Er war hundert Meter hinter mir. Er lief geduckt und schwerfällig, aber kraftvoll wie ein Büffel. Ich war froh, daß es nicht eine ganze Herde war. Einer war mehr als genug. Ich hörte den Automotor wieder heulen. Der andere wollte offensichtlich versuchen, mir den Weg abzuschneiden.

Ich hatte jetzt die flachen Häuser der Eisenzeitsiedlung erreicht, sprang über eine Steinmauer und war auf der Straße. Der Mann hinter mir war noch immer auf hundert Meter Abstand. Ich lief weiter die Straße entlang. Ganz oben am Berg ertönte ein Motorengeräusch. Ich sah mich um, um zu sehen, ob es der große Kombi war, aber es war ein kleinerer Wagen, ein blaugrüner Mazda.

Der Mann hinter mir war jetzt auch auf der Straße. Der Mazda scherte nach links aus, um ihn zu überholen. Als der kleine Wagen mich fast erreicht hatte, lief ich in die Mitte der Fahrbahn und winkte mit den Armen. Der Fahrer guckte bestürzt drein, stieg auf die Bremse und ließ gleichzeitig den Wagen wieder auf die linke Fahrbahn hinüberschießen. Ich glitt an seiner Kühlerhaube entlang und riß die Tür auf. »Tut mir leid –, aber ich werd verfolgt.«

Ein Mann mit rotbraunem Haar, großer Nase und starker Brille lehnte sich wütend zur Seite und schnauzte mich an: »Was fällt dir ein, Mann? Mensch, ich hätt dich umbringen können!«

Ich atmete schwer. Der Mann hinter uns kam näher und näher. »Laß mich mitfahrn«, keuchte ich. »Es ist – es ist – der KGB!«

Das Gesicht vor mir leuchtete auf. »Mensch, echt? Los, komm!«

Ich sprang hinein. Er trat das Gaspedal durch. Ich sah mich um. Er war jetzt direkt hinter dem Wagen. Er streckte den einen Arm aus, als wolle er den Wagen zurückhalten, und es sah aus, als würde er es schaffen. Aber der Mazda machte einen Satz nach vorn, mit einem häßlichen Gruß aus dem Getriebe. Noch immer sah ich nichts von dem anderen Wagen.

Der Mann hinter dem Steuer beugte sich zur Windschutzscheibe. »Hör zu, wie weit willst du? Ich unterrichte unten an der Distriktshochschule, und ich hab eine Vorlesung, in einer halben Stunde.« Er war Anfang Dreißig, und ich hatte Schwierigkeiten, seinen Dialekt zuzuordnen, bis mir aufging, daß es eine Art Nynorsk mit bergenser Tonfall war.

»Woher kommst du?«

»Hörst du das nicht? Ich bin aus Stend – und aus Bergen. Aber...«

»Fahr einfach, aber nimm ein paar Seitenstraßen, fahr ein bißchen unlogisch. Die, die mich verfolgen, haben auch einen Wagen. Ich muß ins Zentrum, aber wenn du mich zu einem Taxistand fahren könntest, dann...«

»Scheiß drauf! Ich fahr dich hin. Halt dich fest!« Er riß das Steuer herum, und wir schlitterten durch eine Rechtskurve und dann weiter in Richtung Norden hinaus. »Wenn es wirklich der KGB ist, dann...«

»Was sollte ich sagen, in der Eile? Es sind Schläger aus einem Verbrecherlokal in der Stadt, ich bin...«

»Das genügt. Je weniger ich weiß, desto weniger kann mir passieren.«

Ich blickte noch immer zurück. Wir fuhren kreuz und quer in Richtung Stadt. Zum Schluß hatte ich kaum noch eine Ahnung, wo wir waren. Der Kombi war nicht zu sehen. Wir mußten ihn abgeschüttelt haben.

Erst jetzt hatte ich Zeit, darüber nachzudenken, was passiert war. Woher hatten sie gewußt, wo ich war? Hatten sie mich beschattet? Konnte es eine Verbindung geben zwischen Ole Johnny und Elsa?

Ich hatte einen Geschmack von Blut im Mund. Der Schweiß auf meinem Körper trocknete langsam, und ich begann zu frieren.

Es mußte Ole Johnny oder einer von seinen Leuten gewesen sein, der mich am Tag vorher angerufen und mir gedroht hatte. Wußten sie wirklich, wer Arne Samuelsen war? Wußten sie, wer die Frau im Kühlschrank war? Fragen türmten sich auf. Und was war mit Carl B. Jonsson? Oder Vivi Anderson? Hatte sie etwas mit der Sache zu tun?

Ich sollte nichts mehr mit der Sache zu tun haben, aber jemand hatte mich eingeschlossen, jemand hatte mir am Telefon gedroht – und jemand hatte versucht, mich zu überfahren. Es wurde nicht gerade angenehmer. Ich hatte irgend jemandem einige Fragen zu stellen, und die einzige, von der ich mir vorstellen konnte, daß sie vielleicht auf einige davon würde antworten können, gerade jetzt, war – Laura Lüstgen.

Ich wandte mich zum Fahrer, gab ihm Lauras Adresse und fragte, ob er mich in der Nähe davon absetzen könnte. Er nickte. Wir waren jetzt im Zentrum. Wir passierten *Rogaland Teater* zur Rechten. Der neue große Bühnenturm war wie ein Betonbuckel aus dem Theater gewachsen. Das Gebäude war ein für allemal verschandelt.

Vor uns glitzerte Breiavatnet, und die nackten Baumkronen dahinter griffen mit Geisterhänden nach der berühmten Leuchtreklame: *Jesus – Licht der Welt.*

»Ich muß zurück zur Schule.«

»Ist in Ordnung. Das letzte Stück schaff ich allein. Und vielen Dank – ich mein das wirklich. Du hast...«

»Ist schon gut.« Er lächelte breit. »Und viel Glück – mit dem KGB.« Er winkte kurz und lenkte den Wagen wieder von der Bordsteinkante auf die Straße.

Ich blieb auf dem Gehsteig stehen, direkt vor einem großen Schulhof. Ich sah mich nervös um. Es schien ein ganz gewöhnlicher Donnerstagmorgen zu sein. Unten auf dem Torg herrschte reges Treiben, und Alexander Kielland stand mit dem Rücken zu mir und hielt vergebens nach den alten Segelschiffen Ausschau. Das einzige, was er sah, war die Statfjord-B-Plattform.

Kein großer Wagen steuerte auf mich zu. Niemand kam mir mit schweren Schritten entgegengelaufen. Der Wind kam kalt und scharf vom Fjord herein und ließ mein Haar flattern. Ich beugte den Nacken und ging über die Straße.

Im Schutz der hohen Blocks im Zentrum erreichte ich die kleine Seitenstraße und das alte Gebäude, in dem Laura Lüstgen wohnte.

Drinnen im Hof hatte noch niemand das alte Lastwagenwrack weggeräumt. Ich starrte es mißtrauisch an, als könnte es plötzlich zu brüllen anfangen oder mir tanzend entgegenkommen. Der letzte Tag hatte mich nervös gemacht. Ich sah mich um und lehnte mich gegen die ungestrichene Eingangstür.

Sie öffnete sich ein kleines Stück. Dann stieß sie gegen etwas. Ich stutzte. Dann stemmte ich die Schulter wieder gegen die Tür und preßte sie nach innen. Sie gab nach, aber nicht viel. Da war etwas, das von der Innenseite dagegendrückte. Etwas, das nicht hart und massiv war, sondern weich und nachgiebig.

Die Öffnung war groß genug, so daß ich die untersten Treppenstufen erkennen konnte.

Noch einmal sah ich mich um. Die gestreifte Katze lag auf ihrem Platz unter dem Lastwagen. Sie folgte meinem Tun mit starrem Blick. Katzen hatten mich schon immer nervös gemacht. Ich kehrte ihr den Rücken zu, schob die Tür noch ein paar Zentimeter weiter auf, preßte die Schulter durch die Öffnung und steckte meinen Kopf ins Treppenhaus.

Laura Lüstgen lag vor der Tür. Sie war spärlich bekleidet, nur mit dem rosa Unterrock, den ich am Tag zuvor an ihr gesehen hatte. Sie lag ganz unten an der Treppe, mit einem unnatürlichen Knick im Nacken. Der Unterrock hatte sich um ihre Taille herum aufgerollt. Das struppige blonde Haar stand in alle Richtungen, und mitten am Hinterkopf hatte sie eine dunkle Krone, fast wie ein Geburtsmal.

Als ich mich hinunterbeugte, um im Nacken nach ihrem Puls zu tasten, spürte ich, daß sie kalt war wie Eis.

24

Ich richtete mich auf und sah mich im Hof um. Das alte Autowrack hatte eine neue Bedeutung bekommen. Es gemahnte mich an das Wrack hinter der Tür. Die gestreifte Katze erhob sich, streckte sich und verließ mit erhobenem Schwanz und ohne mich eines Blickes zu würdigen den Ort, wie um ihn noch lebloser wirken zu lassen.

Ich konnte nichts tun, um zu helfen. Ich folgte dem Beispiel der Katze und verließ den Ort des Geschehens.

Zwei Frauenleichen innerhalb von vierundzwanzig Stunden: das waren zwei zuviel. Stavanger hatte den Charakter geändert. Die Häuser, die schimmeligen Holzwände auf der Rückseite der großen Lagerhäuser, die modernen Holzbalken, das abgenutzte Kopfsteinpflaster – alles bekam einen Ausdruck von Verwitterung und Tod. Ich ertappte mich dabei, daß ich auf Schritte hinter mir horchte. In den schmalen Straßen in diesem Teil der Stadt kamen die Autos in großen Abständen, und ich konnte das Echo meiner eigenen Schritte hören – oder war es das anderer? Ich blieb abrupt stehen und horchte. Das Echo verstummte, aber ich fühlte mich nicht beruhigt.

Die, die mich hatten überfahren wollen, würden es wieder versuchen, wenn sie mich fanden. Und vielleicht hatten sie beim nächsten Mal mehr Glück. Genausoviel Glück, wie sie bei Laura Lüstgen gehabt hatten?

Ich näherte mich wieder dem Zentrum. Ich entdeckte eine Telefonzelle und wählte die Nummer der Polizei. Während ich sprach, beobachtete ich aufmerksam, was draußen passierte. Ich nannte meinen Namen nicht. Ich gab ihnen Lauras Adresse und empfahl ihnen, einmal hinzufahren. Dann legte ich auf, ehe sie anfangen konnten, ihre Fragen zu stellen.

Danach suchte ich mir eine Cafeteria und überlegte unterwegs, ob ich das Richtige getan hatte. Jemand könnte gesehen haben, wie ich in den Hof ging – oder wieder herauskam. Wahrscheinlich wäre es cleverer, der Polizei gegenüber mit offenen Karten zu spielen. Aber ich war nicht als sonderlich cleverer Typ bekannt in meiner Heimatstadt, und das Milieu in Stavanger hatte daran nichts geändert.

In der Cafeteria bestellte ich ein Kännchen Tee und bekam eines mit zwei Beuteln darin. Ich zog die Beutel nach einer Weile heraus. Dünner Tee ist gut für strapazierte Nerven.

Also, Laura Lüstgen war tot. Ihre Haut war so kalt wie Eis gewesen, aber sie war jedenfalls ganz, und es hatte sich keiner die Mühe gemacht, sie in einen Kühlschrank zu stecken.

Hatten sie etwas gemeinsam – Laura Lüstgen und die mysteriöse Frau im Kühlschrank? Waren sie vielleicht Zeugen von etwas, das sie nicht hätten sehen sollen? Oder hatten sie etwas gehört, was sie nicht hätten hören sollen?

Jemand hatte zwei Frauen ermordet. Hatte Arne Samuelsen etwas mit den Morden zu tun? Und wo *war* er?

Ich sah durch die Fenster nach draußen. Es war dunkel geworden, obwohl es noch früh am Tag war. Vom Westen trieben die Wolken schwer wie Blei herein.

Die ersten vereinzelten Tropfen zersprangen an den Scheiben. Die Sonne hatte Stavanger vergessen.

Die Cafeteria war echt norwegisch, von dem trockenen, zähen Westlandsgebäck im Glastresen bis zur Kassiererin mit dem Zöllnerblick. Sie thronte förmlich hinter ihrer klappernden Maschine, mit Augen, die tief in die geheimsten Räume deiner Seele blickten. Es roch nach Kaffee, und die Luft war feucht und kühl. Wenn du schlau bist, behältst du deinen Mantel an. Wenn nicht, dann holst du dir eine Erkältung.

Elsa – sollte ich sie anrufen? Ihr erzählen von der Episode vor dem Hochhaus? Nur – konnte ich ihr – völlig – vertrauen?

Ein unangenehmer Gedanke. Was, wenn sie…? Ich sah auf meine Hände, dachte an die Haut, die sie gestreichelt hatten, an das Haar, durch das sie gefahren waren. Selbst wenn ich so an sie dachte, fiel es mir schwer, ihre Züge vor mir zu sehen. Ich kannte sie nicht.

Ich trank den dünnen Tee langsam. Die Kassiererin starrte mich an. Ich hatte nicht gerade einen Riesengewinn eingebracht, und sie würde mir schon was erzählen, wenn ich versuchte, etwas in meinen Tee zu kippen. Sah ich so aus? Ich strich mir diskret übers Kinn. Ich war unrasiert.

Weit entfernt hörte ich eine heulende Sirene. Was konnte das sein? Ein Krankenwagen? In dem Fall zu spät. Die Polizei? Zu welchem Zweck?

Ich fühlte mich unruhig und hilflos. Ich hatte das Gefühl,

daß etwas noch ungetan war, daß ich ein Muster erkennen müßte in dem Ganzen, einen Pfad durch die Wildnis finden.

Es half nichts, hier sitzen zu bleiben.

Wenn ich zum Hotel zurückging – ob sie dort auf mich warten würden? Oder waren sie in der Stadt und suchten nach mir? Wenn Ole Johnny seine Bodybuilder auf Fuchsjagd geschickt hatte, würde es kaum lange dauern, bis ich in der Falle saß.

Ich sollte einfach das erste Schiff nach Bergen nehmen, ob es der Polizei gefiele oder nicht. Sollten sie mich doch wieder zurückholen, dann konnten sie mich beschützen. Aber dann mußte ich zum Hotel zurück, um meine Sachen zu holen.

Es führte kein Weg daran vorbei. Ich trank den Tee aus, ließ fünf Øre auf der Untertasse liegen, eine Art Witz – und tauchte wieder in der Menschenmenge unter. Mich in alle Richtungen umblickend, ging ich zurück ins Hotel.

Ich kam nicht weiter als an die Rezeption. Zwei Männer in hellen Mänteln saßen dort, jeder auf einem Stuhl, und warteten auf mich. Als sie mich entdeckten, standen sie auf, völlig synchron. Sie waren ungefähr gleich groß, aber die Gesichter waren verschieden: das eine rund und freundlich, das andere mager und asketisch. Bevor sie sich vorstellten, nannte ich sie im stillen Abbot und Costello. Es war der magere, der sprach: »Polizeiobermeister Iversen. Würden Sie uns bitte folgen?«

Ich starrte ihn an. »Diese Stadt macht mich fertig. Könnt ihr euch ausweisen?«

Das konnten sie, also folgte ich ihnen.

25

Die Polizeiwache in Stavanger liegt strategisch sehr günstig. Auf der gegenüberliegenden Straßenseite ist eine Kirche, ein Weinmonopolladen und eine Discothek. Sowohl für die geistigen als auch für die körperlichen Bedürfnisse ist gesorgt, und die Polizei hat das Ganze unter Kontrolle.

Bertelsen war kurz angebunden und formell, und er stand nicht vom Schreibtisch auf, als ich hereingeführt wurde. Er sah mich über den Rand seiner Brille hinweg sauer an und fuhr fort, auf dem mit Maschine geschriebenen Blatt zu lesen, das er vor sich hatte.

Ich pfiff leise vor mich hin: *I can't get started,* in einer improvisierten Bluesversion. Ich sah aus dem Fenster. Am Eingang des Weinmonopols herrschte reger Betrieb. Vor dem Kirchenportal gab es kein Gedränge. Vor der Discothek spazierte langsam eine blonde Frau entlang, mit einem vornehmen, grauen Pudel an der Leine, und es sah fast so aus, als sei er ihr Schutzengel.

Mit einem wütenden Griff klappte Bertelsen seine Brille zusammen – um zu demonstrieren, daß er mit dem Lesen fertig war. Die eisblauen Augen starrten durch mich hindurch, und der Mund war ein schmaler, fast ausradierter Bleistiftstrich. »Wo haben Sie die Nacht verbracht, Veum?« sagte er mit seiner trockenen, knarrenden Stimme.

»Tja, ich...«

»Wir wissen, daß Sie nicht im Hotel waren, also kommen Sie nicht mit irgendwelchen Ausflüchten.«

»Ich war bei – Freunden.«

Ich starrte aus dem Fenster. Ein Mann kam aus dem Weinmonopol, mindestens fünf Liter in jeder Hand. Einer, der sich auf ein feuchtes Wochenende in seinen vier Wänden vorbereitete.

Bertelsen sagte säuerlich: »Bei – Freunden. Und bei wem?«

Ich sah ihn an. »Ist das nicht meine Privatsache?«

»Nichts ist hier Privatsache«, kläffte er. »Nicht, wenn es sich um die Ermittlungen in einem Mordfall handelt.«

»Soll ich mich als verdächtigt betrachten?«

»Du kannst dich von mir aus als den letzten Mohikaner betrachten, wenn du mir bloß auf das antwortest, was ich dich frage.«

»Kannst du mir denn einen guten Grund dafür nennen?«

Er sah mich biestig an. »Ist eine weitere Leiche Grund genug?«

Ich beugte mich vor. Als wüßte ich nicht schon die Antwort, fragte ich: »Wer?«

Regungslos sah er mich an. »Hier im Haus stellen wir die Fragen. Wir geben keine Antworten.«

»Nein, das hab ich begriffen«, sagte ich leichthin. »Das nennt man wohl PR, oder nicht?«

»Du warst gestern bei einer Dame namens Laura Ludvigsen, stimmts?«

Ich machte eine resignierte Handbewegung. »Das hab ich doch erzählt.«

»Wann hast du sie wieder gesehen?« Die Fragen kamen präzise und militärisch.

»Überhaupt – gar nicht.«

»So?« Er sah nicht aus, als würde er mir glauben. Und ich mußte einräumen, daß seine Methode effektiv war. Ich hätte um ein Haar geantwortet: Überhaupt nur ein… – und dann mußte ich mir auf die Zunge beißen.

»Überhaupt gar nicht?« Er betonte jedes einzelne Wort. »Was soll das heißen? Daß es zu spät ist?«

»Ich…«

»Von wo aus hast du angerufen?«

»Angerufen?«

Er antwortete nicht, sondern drückte wütend auf ein paar Knöpfe seiner Sprechanlage, »Iversen. Lauritzen. Reinkommen.« Das war ein Befehl. Abbott und Costello standen im Laufe einer halben Minute auf der Matte.

Bertelsen zeigte auf zwei Stühle an der Wand. »Setzt euch da hin. Setzt euch hin und seht euch diesen Typen an. So sieht ein verdammter Lügner aus. Paßt auf!«

Sie saßen richtig in einer Reihe da: Bertelsens bleiches Schreibtischgesicht links, Iversen asketisches Bettelmönchsantlitz in der Mitte, Lauritzens überfressene Cherubvisage rechts.

Bertelsen sagte: »Also frag ich noch einmal, Veum. Von wo aus hast du angerufen?«

Ich sah langsam von einem Gesicht zum anderen. Ich begann zu schwitzen. Ihre Gesichter gefielen mir nicht. Sie sahen aus, als wüßten sie etwas, das ich nicht wußte. Aber vielleicht kam es mir nur so vor. Ich sagte: »Wer von euch ist mein Anwalt?«

Bertelsen sagte: »Du brauchst doch wohl keinen Anwalt, um eine gepflegte Unterhaltung zu führen, Veum?«

Ich sah ihn an. Ich spürte die Furchen in meiner Stirn wie verspannte Muskelstränge. »Das hier wirkt eher wie ein Verhör, nicht wie eine Unterhaltung, und wenn es eine *gepflegte* Unterhaltung sein soll – dann bedeutet das Wort gepflegt in Stavanger was anderes als in Bergen – oder vielleicht innerhalb dieser Wände was anderes als draußen.«

Die drei Polizisten zeigten drei verschiedene Augenausdrücke.

Lauritzen sah aus, als hätte er meiner Gedankenkette nicht ganz folgen können. Sein Blick war verwirrt. Iversen sah vollkommen gleichgültig drein, als dächte er an Forellenangeln oder Zündkerzen oder Gebrauchsanweisungen für das Auswechseln von Farbbändern. Bertelsen sah mich eiskalt an und sagte: »Wenn du keine Unterhaltung führen willst, dann nehmen wir dich in Gewahrsam, und dann kannst du morgen mit deinem Anwalt reden, wenn du willst.«

»Ich...«

»Erzähl Veum, was wir gehört haben«, sagte Bertelsen, ohne jemanden anzusehen. »Damit er begreift, daß wir keine Witze machen.«

Iversen sagte: »Ein Zeuge hat gesagt, daß er eine Person beobachtet hat, deren Beschreibung auf Veum paßt, als sie den Hof verließ, wo die Wohnung der Toten liegt.«

Nun war es an mir, so auszusehen, als hätte ich nicht alles begriffen. Ich wandte mich direkt an Iversen. »Könntest du das bitte noch einmal sagen und an ein paar Stellen einen Punkt einfügen? Das war etwas zu umständlich für mich.«

»Umständlich?« kläffte Bertelsen. »Wir haben nicht den ganzen Tag, Veum. Wir wollen dieser Sache auf den Grund kommen, und wir haben schon zwei Fahndungen laufen. Wir haben verdammt noch mal keine Zeit, hier zu sitzen und mit dir stundenlang Blödsinn zu reden! Und jetzt raus mit der Sprache – sonst sperr ich dich ein – und du wirst die vierundzwanzig Stunden bis zur letzten Minute absitzen, das garantiere ich dir!« Er hielt eine Sekunde die Luft an, ehe er fortfuhr: »Laura Ludvigsen ist tot, und das weißt du nur zu gut. Du hast selbst angerufen und uns auf die Leiche aufmerksam gemacht. Du bist nicht nur beobachtet worden, als du den Tatort verlassen hast – wenn du die Tonbandaufnahme von deinem Anruf hören willst, spielen wir sie dir gern vor. Wir nehmen alle Gespräche im Haus auf Band auf, eine gute Angewohnheit, wie sich ab und zu herausstellt.« Ohne Luft zu holen ging es weiter. »Es gibt absolut keinen Grund, anzunehmen, daß Laura Ludvigsen eines natürlichen Todes gestorben sei. Mit anderen Worten: Wo hast du die Nacht verbracht, Veum? Und jetzt will ich eine Antwort haben!«

Das war ein solider Knock-out. Ich hing schon in den Seilen und hatte große Schwierigkeiten, den Blick zu konzentrieren. »Bei – einer Frau, einer Frau, die – Elsa heißt.«

»Elsa, und weiter?«

Ermattet sah ich ihn an. »Das weiß ich tatsächlich nicht.«

»Mit anderen Worten: eine beginnende Freundschaft? Erzähl uns, wo sie wohnt.«

Ich erzählte es.

»In welchem der Hochhäuser?«

»In dem direkt an der Eisenzeitsiedlung.«

Bertelsen sah Lauritzen an, der aufsprang. »Check das«, sagte er, und dann waren wir nur noch drei.

Ich bereute jetzt, daß ich nicht bei Elsa angerufen hatte. Bertelsen wandte sich sofort wieder mir zu. »Und du hast die ganze Nacht bei – dieser Elsa verbracht?«

»Ja.«

»Ab wann und wie lange?«

»Wir sind rausgefahren – vom Hotel – gestern abend, so gegen sieben, halb acht. Und ich bin heute morgen wieder weggefahren, gegen halb zehn.«

»Die ganze Nacht mit anderen Worten. Und wieviel hast du dafür gezahlt?«

»Nichts.«

»Ach nein? Was hast du, das wir nicht haben?«

»Musik.«

»Musik?!«

Ich begann: »I got...«

Lauritzen kam wieder herein. Bertelsen sah ihn an. Lauritzen sagte: »Wir haben sie registriert. Elsa Bakketeig. Professionelle. Preisklasse A. Operiert hauptsächlich vom...«

»Ja, ja – das reicht.« Bertelsen sah wieder mich an. »Hast du gehört, Veum? Preisklasse A. Kein Wunder, daß wir fragen, was du hast, das wir nicht haben. Wir sollen deinen Behauptungen doch nicht etwa glauben?«

»Ich...«

»Musik hin oder her – was zum Teufel *das* nun bedeuten sollte – professionelle Mädchen lassen sich nicht wegen einem Schlappschwanz wie dir den Verdienst einer ganzen Nacht durch die Lappen gehen. Nicht ohne, daß...« Er brach ab. »Schick zwei Leute rüber, Lauritzen. Geh selbst mit. Es eilt vielleicht. Vielleicht hat Veum – eine ganz besondere Art, für sein Vergnügen zu zahlen. Vielleicht finden wir noch eine Leiche.«

»Hör mal zu ...«, begann ich.

»Reg dich ab, Veum. Du verstehst doch einen Spaß, oder?«

Aber es war nicht einmal die Andeutung eines Lächelns auf seinem Gesicht, und sein Gedankengang gefiel mir nicht. Mir gefiel auch der Gedanke nicht, den er mir in den Kopf gepflanzt hatte.

Vielleicht *gab* es da draußen eine Leiche. Ich hätte doch anrufen sollen. Ich sah matt zum Telefon.

»Möchtest du gern jemand anrufen, Veum?« Bertelsen betrachtete mich mit Argusaugen.

»Nein.« Ich schüttelte kleinlaut den Kopf. Es wäre ja doch zu spät.

26

Ich hörte draußen vor dem Haus die Polizeisirenen einsetzen. Die lauten Töne jagten mir einen kalten Schauer über den Rücken. Sie klangen wie die Posaunen am Tag des Jüngsten Gerichts, die zur allerletzten Plenumssitzung bliesen.

Bertelsens Blick ließ mich nicht los. Als die Sirenen nicht mehr zu hören waren, sagte er leise: »Was wolltest du bei Laura Ludvigsen, Veum?«

Ich sah ihn an. »Das weiß ich nicht mehr.«

»Du gibst also zu, daß du da warst?«

Ich zuckte mit den Schultern. Ich hatte jetzt an andere Dinge zu denken.

»Ja?« Seine Stimme war in eine höhere Tonlage gerutscht.

»Also gut!« sagte ich. Er warf einen raschen Blick zu Iversen hinüber. Iversen blickte triumphierend zurück.

»Ich warte, Veum. Auf eine Antwort. Was wolltest du bei Laura Ludvigsen?«

»Ich ... Sie fragen, ob ihr noch mehr eingefallen war, zu dem Abend.«

»Mit anderen Worten – du hast Nachforschungen angestellt! Du wolltest rausfinden, was die dummen Esel bei der Polizei nicht auf die Reihe kriegen, stimmt's? Ich habe eindeutige Auskünfte über dich bekommen Veum – von meinen Kollegen in Bergen. Ich weiß genau, wie du vorgehst. – Na, und was hast du gehofft rauszufinden?«

Ich hatte mir vorgenommen, so ruhig und locker wie möglich zu antworten. In einem Ton, der fast blasiert klingen mochte, antwortete ich: »Ich habe keine Nachforschungen angestellt. Als ich dorthin kam, war die Dame schon – jenseits aller Fragen. Wer keine Fragen stellt, der stellt auch keine Nachforschungen an. – Also...«

»Also glauben wir hier wohl noch an den Weihnachtsmann?! Ich könnte dich einsperren, Veum. Ich sag's noch mal, ich könnte...« Er biß sich auf die Zunge. Mit ein paar wütenden Bewegungen räumte er ein paar Papiere zur Seite. Als er wieder aufsah, war er ruhiger. »Aber wir sind nicht so dumm, wie du glaubst, Veum. Wir haben selbstverständlich mit Laura Ludvigsen gesprochen, schon gestern nachmittag. Wir haben alles über diese Feier erfahren...«

»Ach ja?«

»Was sie davon wußte.«

»Na, gut, aber warum sitzen wir dann hier?«

»Weil Laura Ludvigsen tot ist. Weil du an dem Ort herumgeschnüffelt hast, an dem sie – gefunden wurde.«

»Sie wurde also ermordet?«

»Sie wurde – gefunden. Mit gebrochenem Genick. Es könnte ein Unfall gewesen sein, im Suff. Oder – tja.« Er blätterte in dem Haufen vor sich, zog einen großen, braunen Umschlag hervor. Mit langen Fingern zog er zwei Bilder aus dem Umschlag. Er saß da und sah die beiden Bilder an. Dann reichte er mir das eine.

Ich sah es mir an. Es war das Portrait eines Mannes. Er hatte dünnes Haar, war glattrasiert und hatte breite, struppige, aber sehr helle Augenbrauen, eine Art blonder Breschnew. Die Augen wirkten dunkel und melancholisch. Seine Haut hatte traurige Furchen, und er wirkte nicht sonderlich glücklich.

»Na?« sagte Bertelsen. »Kannst du ihn einordnen?«

»Ich hab ihn noch nie gesehen. Wer ist das?«

Die kalten Augen antworteten nicht. Der Mund blieb geschlossen.

»Lächel-Hermannsen?« fragte ich.

Er streckte die Hand nach dem Foto aus, ohne zu antworten. Nachdem ich noch einmal darauf gesehen hatte, gab ich es ihm zurück.

Er gab mir das andere Foto. Sie war jünger und hübscher als der Mann auf dem ersten Bild, und wenn man die Augen zukniff, hätte sie vielleicht sogar glücklich aussehen können. Es lag ein kleines Lächeln um den breiten Mund mit den vollen Lippen, aber das Lächeln hätte die Augen nie erreicht. Sie waren hell und grauweiß, wie Kieselsteine. Das Haar war blond, die Schultern waren nackt. Es war nichts auf dem Bild, das zeigte, was für Kleidung sie trug. Vielleicht hatte sie überhaupt nichts an, und vielleicht war das genau der Eindruck, den sie erwecken wollte.

Das Gesicht war etwas zu breit und etwas zu flach, aber das konnte durch die grelle Beleuchtung so wirken. Es war ein schlechtes Foto, und sie mußten es ganz hinten in irgendeiner Schublade gefunden haben. Sogar auf der Kopie war deutlich ein Eselsohr zu erkennen.

»Und?« sagte Bertelsen.

»Ist das...?«

»Kennst du sie?« fragte er knurrend.

Ich schüttelte langsam den Kopf und sah lange auf das Bild.

»Das tätest du aber gern, was? Sie ist dein Typ, stimmt's? Genauso wie – die andere.«

»Aber seid ihr so sicher, daß...«

Auch der Standhafteste gerät ab und zu ins Schwanken. Er

konnte es nicht lassen, ein bißchen zu prahlen. In nüchternem Ton sagte er: »Irene Jansen. Prostituierte. 28 Jahre alt. Wohnhaft in Stavanger seit einem halben Jahr. Wir haben ihre Wohnung untersucht. Sie ist leer. Es stellte sich heraus, daß niemand sie seit vorigem Mittwoch gesehen hat.« Er sah einen Augenblick auf, um sich zu versichern, daß ich begriffen hatte, worum es ging. »Wir ermitteln jetzt in Oslo.«

»In Oslo?«

»Da kommt sie her. Leute von der Kripozentrale überprüfen ihre Wohnung dort, versuchen, einen Arzt oder Zahnarzt zu finden, der bei der Identifizierung helfen kann...«

»Zahnarzt? Ist das nicht ein bißchen – daneben? Ich meine... Oder habt ihr vielleicht den Kopf gefunden?«

»Nein«, sagte er kalt. »Wir haben den Kopf nicht gefunden. Noch nicht. Aber in dem Augenblick, wo wir ihn finden, wird ihre Zahnarztakte von großem Nutzen sein. Zusätzlich zu den Informationen aus der Krankenakte. Wir planen ein wenig voraus in unserem Fach, verstehst du, Veum? – *Ein wenig*, verstehst du?«

»Und sie ist verschwunden – wie eine Seifenblase?«

»Sie ist verschwunden wie – Arne Samuelsen. Und ebenso Lächel-Hermannsen.«

»Verdammter Sauhaufen!«

»Kurz gesagt: so ungefähr der einzige, der da ist, bist du. Und aus dir etwas rauszubekommen, ist ja unmöglich.«

»Aber...«

»Doch, wir haben eine Fahnung eingeleitet, nach allen dreien. Sogar international. Arne Samuelsen, Irene Jansen und Lächel-Hermannsen. Aber ich befürchte langsam, daß – tja.«

Iversen platzte plötzlich dazwischen. »Lächel ist aber gesehen worden.«

Ich drehte mich zu ihm herum. »Ja?«

»Mehrere Zeugen haben ausgesagt, daß sie ihn getroffen

hätten, besoffen, unten in der Stadt, in den letzten Tagen, und daß er...«

Bertelsen unterbrach ihn schroff: »Das reicht, Iversen. Wir verteilen hier keine Bonbons. Heute nicht. Wir haben sowieso schon mehr als genug gesagt.« Ohne Überleitung sagte er plötzlich: »Hast du was von ihm gehört, Veum?«

»Von wem?«

»Von Arne Samuelsen.«

»Wieso sollte ich? Er hat keine Ahnung, wer ich bin, hat keine Ahnung, daß ich hier bin, daß seine Mutter...«

»Und wer hat dich dann gestern im Hotel angerufen?«

Mir wurde heiß. »Gestern – im...«

»Der Portier hat erzählt, du hättest einen Anruf bekommen – und daß es ein kleines Intermezzo gegeben hätte, oben in deinem Zimmer.«

»Ich verstehe...«

»Na endlich.«

»Ich verstehe, daß ihr jedenfalls nicht auf der faulen Haut liegt. Aber warum interessiert ihr euch für *mich?* Irgendwem gefiel es nicht, daß ich in Stavanger bin. Das wart nicht zufällig ihr? Sie haben mich im Bad eingesperrt, als ich duschte, und nachdem ich wieder rausgekommen war, riefen sie mich an und baten mich, die Finger von der ganzen Sache zu lassen, und besonders von Arne Samuelsen. Das klang wirklich nach *euch.*«

»Laß die Witzelei. Warum hast du uns das nicht eher erzählt? Warum hast du uns nicht angerufen?«

»Ich – dachte nicht...«

»Daß es uns interessieren würde? Es macht dir wohl Spaß, im Bad eingesperrt zu werden und übers Telefon Drohungen entgegenzunehmen, was? Oder ist das nur was, was du dir jetzt ausdenkst, um zu vertuschen, daß es wirklich Arne Samuelsen *war,* der angerufen hat?«

Ich wurde langsam sauer. »Ich sag doch – weshalb zum

Teufel sollte Arne Samuelsen mich anrufen, wenn er keine Ahnung hat – wenn ich wüßte, wo er ist, dann...«

Bertelsen beugte sich über den Schreibtisch. Es blitzte in seinen Augen, und das Gesicht war weiß. »Ich hab so das Gefühl, daß sich Arne Samuelsen in unmittelbarer Nähe befindet. Daß er hier in Stavanger ist und eine Art – Blinde Kuh spielt, mit uns. Wenn wir ihn nicht finden, bevor er...« Er machte eine ausladende Armbewegung. »Irene Jansen, Laura Ludvigsen. Was ist mit Lächel-Hermannsen? Und was ist mit den anderen Gästen?«

Ich sah ihn an, und er sagte: »Ja, was ist mit den *anderen*, Veum? Wer waren sie? Hast *du* das vielleicht herausgefunden?«

Ich sagte: »Es waren noch zwei, stimmt's? Zwei Männer? Und einer von ihnen trug einen Cowboyhut?«

»Aha?«

»Der einzige, den ich in Stavanger getroffen habe, der einen Cowboyhut trug, ist ein Typ namens Carl B. Jonsson, und der ist Sicherheitschef bei der Gesellschaft, bei der Arne Samuelsen angestellt ist.«

Er sah mich skeptisch an. »Du bist noch nicht lange hier, Veum. Ab und zu hab ich das Gefühl, daß halb Stavanger mit Cowboyhut herumläuft. Wie paßt dieser Jonsson ins Bild?«

Ich hob hilflos die Arme. »Keine Ahnung. Frag ihn.«

Er sah nachdenklich drein. »Auf Grund der Tatsache, daß er einen Cowboyhut trägt. Wenn er einen von seinen blöden Anwälten mitbringt, dann lachen die sich tot über uns, und andere mit. Ich muß was *Konkretes* haben, Veum – das verstehst du doch.«

Ich hob die Schultern. »Mehr hab ich nicht zu erzählen.«

Wir hörten eilige Schritte draußen auf dem Flur. Jemand klopfte heftig an die Tür und kam herein, ohne auf Antwort zu warten. Es war Lauritzen, der zurückkam. Er sah erregt aus. Er stammelte: »Sie – sie...«

Bertelsen und ich fragten im Chor: »Ja?«

Er schluckte und rang nach Luft. »Wir kamen hin. Keiner machte auf. Holten den Hausmeister. Es war – niemand da.«

»Niemand da?« wiederholten Bertelsen und ich wie aus einem Munde, wie in einer einstudierten Revuenummer.

Er redete jetzt in etwas vollständigeren Sätzen. Der Atem ging ruhiger. »Wir gingen durch die Wohnung. Im Wohnzimmer gab es Zeichen dafür, daß es einen Kampf gegeben haben könnte. Die Sessel standen durcheinander, und eine leere Blumenvase lag auf dem Boden. Und im Bad...«

»Ja?« wiederholten die Gebrüder Brothers monoton.

»Jemand hatte mit Lippenstift auf den Spiegel geschrieben, unten in der linken Ecke... Sir. Mit großen Buchstaben. SIR.«

»Sir?« wiederholte Bertelsen, allein dieses Mal. »Weiter nichts?«

»Es war ein merkwürdiger Kringel unten am R. Sie wurde sicher unterbrochen.«

»Sir?« sagte Bertelsen grübelnd vor sich hin. »SIR?« Er wandte seinen Blick wieder zu mir. Ich starrte stumm und nachdenklich zurück, ohne etwas zu sagen.

27

Die Gedanken schossen mir durch den Kopf. Elsa. Die Erinnerung an ihren Körper war noch lebendig. War es vielleicht das letzte Mal gewesen – für sie? Ich dachte an die Kerle, die draußen vor dem Haus gewartet hatten. Waren sie zurückgefahren – und hatten sich statt meiner sie gegriffen? Oder waren sie von Anfang an ihretwegen gekommen? Ich sah verstohlen auf die Uhr. Ich hatte eine Verabredung mit ihr um sechs Uhr. Das war erst in ein paar Stunden. Vielleicht würde sie kommen. Vielleicht hatte sie nur so zum Spaß SIR an ihren

Badezimmerspiegel geschrieben. Vielleicht erinnerte es sie an etwas.

Bertelsen bat mich, Elsa zu beschreiben, und formulierte eine Fahndungsmeldung. Ich hatte ein flaues Gefühl im Körper, so als hörte ich meine eigene Beschreibung.

Ich starrte aus dem Fenster. Der Betrieb im Monopol war immer noch beachtlich. Es wirkte fremd und alltäglich zugleich, dort hineinzugehen, wieder herauszukommen, eine Flasche nach Hause zu tragen, nach Hause in ein graues, durchschnittliches Dasein, wo nichts Dramatisches mehr passierte, außer daß man Kaffee auf der Tischdecke vergoß.

Bertelsen räusperte sich zaghaft. »Tja. Dann bleibt wohl nichts mehr zu besprechen, Veum. Jedenfalls nicht im Moment.«

»Soll das heißen, daß ich gehen kann?«

»Ja. Hattest du etwas anderes erwartet?«

»Na ja, ich...« Ich hob die Schultern zur Antwort. Ehe ich die Tür erreicht hatte, hielt er mich mit einem erneuten Räuspern zurück.

»Und – Veum...«

Ich drehte mich um.

»Keine privaten Nachforschungen. Versuch nicht, deine Kleine allein zu finden.«

»Ich...«

»Du weißt nichts über *ihr* Verschwinden? Etwas, das du in der Eile zufällig vergessen hast, uns zu erzählen?«

Einen kurzen Moment lang sah ich die beiden Pinguine in dem großen Wagen vor mir. »Frag Ole Johnny«, antwortete ich.

»Ole Johnny? Wieso?«

»Das ist die einzige Verbindung, die ich mir denken kann.« Das sollte ihm genügen. Wenn ich ihm von den zwei Kerlen erzählte, die versucht hatten, mich zu überfahren, würde ihm nur schwindelig werden. Vielleicht war das der Tropfen, der das Faß zum Überlaufen bringen würde, und ihn dazu, mich einzusperren – zu meiner eigenen Sicherheit. Und wenn es einen Ort gab, wo ich gerade jetzt nicht sein wollte, dann war es inmitten von vier Wänden und einer Stahltür. Ich hatte eine Verabredung, um sechs Uhr. Und *ich* würde auf jeden Fall dort sein.

Ich ging auf die Tür zu. Sie öffnete sich und ein Polizeiwachtmeister kam hereingerauscht. Er hatte einen Fernschreiberstreifen in der Hand. »Es ist wichtig«, sagte er atemlos und reichte Bertelsen den Streifen.

Ich blieb stehen und betrachtete Bertelsen. Er überflog den Text. Die Augen weiteten sich, und der Mund wurde schmal. Ich rührte mich nicht vom Fleck. Die Neugier hatte gesiegt.

Er hob den Blick und sah mich an. »Aus Las Palmas. Sie haben Irene Jansen da unten festgenommen. Ein norwegischer Tourist erkannte sie anhand der Fahndungsmeldung.«

»Irene Jansen? Aber steht da – hat sie erzählt...?«

Er blickte rasch wieder auf den Papierstreifen. »Sie sagt, daß sie die Wohnung allein verlassen hätte. Daß sie nichts weiß. Daß sie diesen Aufenthalt auf den Kanaren schon lange geplant hatte und daß sie am Morgen danach gefahren sei. Wir werden es ja hören, wenn sie kommt. Sie schicken sie morgen in Richtung Norden. Aber scheißegal, was sie zu erzählen hat: Es gibt uns ein neues Rätsel auf.«

»Genau«, sagte ich. »Es sieht aus, als gäbe es zwei große Fragen in diesem Fall: nicht nur, wer den Mord begangen hat – sondern auch, wer eigentlich ermordet wurde.«

»Wer zum Teufel kann sie sein – die Frau im Kühlschrank?« Er sah mich fast hilflos an.

Ich lächelte ein zaghaftes, schiefes Lächeln. »Wenn du Hilfe brauchst, ruf mich ruhig an. Ich geh jetzt. Ich hab eine Verabredung um sechs.«

Sein Blick wurde sofort mißtrauisch. »Ach ja? Mit wem?«

»Mit mir selbst«, sagte ich und ging rasch durch die Tür.

»Veum!« rief er hinter mir her.

Ich blieb im Flur stehen und wartete.

Er erschien in der Türöffnung. »Halt dich zur Verfügung, Veum.«

»Selbstverständlich«, sagte ich, nickte kurz und verließ das Haus.

Es war eine Pause zwischen zwei Regenschauern, und weißes Licht hing über der Stadt. Ich sah die Konturen der Häuser, die Strukturen der Wände, die Risse im Holz und die abgeschlagenen Backsteinecken ebenso deutlich, wie du die Falten siehst in einem Gesicht, das so nah ist, daß du es berühren kannst. Elsa – sie hatte nicht viele Falten, noch nicht. Aber sie war so nah gewesen, nur schien es schon eine Ewigkeit her zu sein.

Ich ging an Breiavatnet entlang zum Postamt in der Kaniksgate. Ich wechselte ein paar Scheine in Münzen um und suchte eine freie Telefonzelle. Auf der Ablage vor mir lag der Zettel mit den zwei Telefonnummern, beide in Bergen.

Als erstes rief ich Frau Samuelsen an. Es dauerte lange, bis sie abnahm, und ihre Stimme war dünn und müde. »Hallo?«

»Hallo. Hier ist Veum.«

»Oh.« Sie klang nicht sonderlich erfreut. Sie zögerte einen Moment. »Gibt es etwas – Neues?«

»Nein, ich – Sie haben nichts von ihm gehört?«

Der gleiche müde Tonfall. »Von Arne? Nein.«

»Aber die Polizei – sie sind bei Ihnen gewesen, nicht? Sie haben erfahren, was passiert ist?«

»Ja.«

Stille.

Ich brach sie: »Könnten Sie – könnte ich Sie ein paar Dinge fragen, Frau Samuelsen? Es – es könnte vielleicht von Bedeutung sein für – den Fall.«

»Die Polizei hat gesagt, daß ich nicht auf Fragen antworten soll. Von niemandem.«

»Sie dachten wohl an die Presse.«

»Sie nannten speziell Sie, Veum.«

»So? Aber woran ist ihr Mann gestorben?«

»Mein Mann? Warum – er...« Stille.

Nach einer Weile sagte ich: »Hallo?«

»Ja, ich *bin* noch da. Ich verstehe wirklich nicht, warum, aber wenn Sie absolut... An Krebs.«

»Ich kann verstehen, daß es schwer ist, darüber zu reden, aber – Ihre Tochter – sagten Sie nicht, sie sei nur ein halbes Jahr später gestorben?«

»Doch«, antwortete sie mit dünner Stimme.

»Was –...«

»Sie wurde getötet!« unterbrach sie mich scharf.

»Getötet? Wie?«

»Es war ein furchtbarer Unfall. Sie hatte keine Chance. Sie war auf der Stelle tot, und ihr – Freund – starb auf dem Weg ins Krankenhaus. Das war auf der Straße zwischen Øytese und Kvanndal, und sie wollten eine Fähre erreichen. Sie waren viel zu schnell gefahren. Es war furchtbar – sie zu verlieren, so bald nachdem...«

»Ja, ich verstehe. Ich...«

»Ich kann jetzt nicht mehr reden, Veum. Bitte – rufen Sie mich nicht mehr an. Ich – ich werde Arne nie wieder sehen, da bin ich ganz sicher!« Sie brach in Weinen aus und legte auf. Ich stand da mit ihrem Weinen in der Hand und starrte den Hörer an. Dann legte ich vorsichtig auf, wie um sie nicht noch weiter zu verletzen.

Ich stand in der Telefonzelle und sah grübelnd vor mich hin. Es war nichts Mysteriöses an den beiden Todesfällen. Sowohl Arne Samuelsens Vater als auch seine Schwester waren, was man einen natürlichen Tod nennt, gestorben. Krebs und Verkehrsunfälle gehörten zu den häufigsten Todesursachen in diesem Land. Was war es also, was mich daran skeptisch machte?

Ich wählte die andere Nummer. Es war die meiner Freundin beim Einwohnermeldeamt. Wir hatten einen besonderen Umgangston, und als ich ihre Stimme hörte, sagte ich munter: »Du errätst nie, wer hier ist...«

»Der Geist aus der Flasche.«

»Und auch nicht, woher ich anrufe.«

»Woher denn?« Sie klang nicht sonderlich interessiert.

»Aus Stavanger. Kannst du ein paar Daten für mich prüfen?«

»Warum rufst du immer an, wenn ich am meisten zu tun hab, Varg? Kannst du nicht mal in den Weihnachtsferien anrufen?«

»Hör zu – es ist wirklich ein ernster Fall. Es dauert nicht lange.«

»Na gut... Worum geht's?« fragte sie resigniert.

Ich bat sie, die Informationen zu prüfen, die ich über Familie Samuelsen hatte. »Kannst du zurückrufen?« fragte ich und gab ihr die Nummer.

»Gib mir eine Stunde«, sagte sie.

»Ich steh in einer Telefonzelle, und hier wird nichts serviert. Können wir nicht sagen: in fünf Minuten?«

»Ich hab auch noch was *anderes* zu tun.«

»Du bist eine wunderbare Frau.«

»Spar dir die Rosen für jemand anderen. Ich werd' versuchen. Tschüß.« Sie knallte den Hörer auf.

Ich blieb in der Zelle stehen. In Wirklichkeit waren wir gute Freunde. Sie hatte eine Schwester, die fünf Jahre jünger und einer meiner erfolgreichsten Fälle gewesen war, damals, als ich in der Jugendfürsorge arbeitete. Sie rief nach zehn Minuten zurück.

»Hör zu«, begann sie sofort. »Ich hab nicht den ganzen Tag Zeit. Ich hab eine Menge anderes zu tun, und deine Informationen sind sehr lückenhaft.«

»Ach ja?« sagte ich.

»Erstens: Wir haben keine Daten über einen Arne Samuelsen in der Familie. Der Mann starb ganz richtig 1972, aber die Tochter ist so lebendig wie du und ich.«

»Ach!« Mir wurde schwindelig. »Aber, hör mal – was… Welche Adresse hast du von der Tochter?«

»Die Heimatadresse. Dieselbe wie die der Mutter.«

»Und sie ist das einzige Kind – ganz sicher?«

»Ja, sag ich doch!«

»Aber wer zum Teufel ist dann dieser Typ, den die Mutter Arne nennt?«

»Bist du der Detektiv oder ich? *Das* mußt du selbst rausfinden. Vielleicht hat die Dame einen Liebhaber?«

»So jung? Wohl kaum. Gut, ich danke dir. Du hast nicht noch weitere Asse im Ärmel?«

»Nein – und schönen Sommer, Varg. Einen richtig schönen Sommer!«

»Schönen…«

Ich legte auf, in totaler Verwirrung. Ich stand an die Wand gelehnt in der warmen, stickigen Telefonzelle. Es flimmerte vor meinen Augen, und ich fühlte mich unwohl.

Ich verließ die Zelle und ging auf die Straße. Auf dem Gehsteig vor dem Gebäude blieb ich stehen und holte tief Luft. Dann bewegte ich mich langsam wieder in Richtung Hafen, am Theater und dem fächerförmigen Bahnhofsplatz vorbei und hinunter zu den Fußgängerampeln, der Unterführung und Alexander Kielland.

Draußen am Kai strömten Menschen zusammen. Nicht weit entfernt hörte ich eine Polizeisirene einsetzen. Ich verlängerte meine Schritte und ging schnell hinunter, eine unangenehme Vorahnung in der Brust.

Ich kam gleichzeitig mit dem Polizeiwagen an. Er rollte auf den Gehsteig und hielt am Rande der Menschenmenge. Ich nutzte die Chance und ging dicht hinter den beiden Polizisten durch die Menge zur Kaimauer. Jemand hatte einen an einer

Leine befestigten Rettungsring ins Wasser geworfen. Das war sinnlos, denn der Mann im Wasser konnte nicht mehr nach dem kreisrunden, weiß-roten Ring greifen. Er trieb auf dem Rücken mit dem Gesicht nach oben. Das Gesicht war grau und fahl, und das schmutzige Wasser spülte immer wieder darüber hinweg. Trotzdem hatte ich keine Schwierigkeiten, ihn wiederzuerkennen. Der Mund rang nach Luft, die er nie wieder atmen würde, und er lächelte nicht. Es war ja auch nicht das Lächeln gewesen, was dem Mann namens Hermannsen den Beinamen Lächel beschert hatte.

Ich blieb stehen und sah auf ihn hinunter, während die Angst in meinem Bauch wuchs. Dann zog ich mich langsam von der Kaimauer zurück, rückwärts durch die Menschenmenge. Ich sah niemanden an, und als ich am Rand der Menge angelangt war, drehte ich mich um und begann, halb in Trance, wieder in die Stadt zurückzugehen.

Erst langsam, dann schneller.

28

Um die Spitze von Vågen herum folgte ich dem Kai auf die Westseite, überquerte die Straße und lief nach Norden, durch enge Straßen, die kreuz und quer verliefen und an das Bergen erinnerten, in dem ich einmal Kind gewesen war. Zum Schluß blieb ich gebeugt gegen eine Wand gelehnt stehen und atmete schwer. Es schmerzte in der Stirn und es brauste in den Ohren. Kleine schwarze Flecken rieselten vor meinen Augen herab wie Fallschirmspringer in der Ferne, und ich hatte einen Geschmack von Blut im Mund.

Unwillkürlich sah ich zurück, aber es folgte mir niemand. Noch nicht.

Eine ältere Dame blieb stehen und fragte, ob mir schlecht sei. Ich versuchte, ein Lächeln hervorzubringen und sagte nein, nur ein bißchen unwohl. Um nicht mehr Aufsehen zu erregen, ging ich weiter, noch immer nach Norden, um so weit wie möglich vom Zentrum wegzukommen.

Beim Musikzentrum Bjergsted standen nackte Bäume und zeichneten dunkle Novembersilhouetten gegen den weißen Himmel. Ich ging um das flache, dunkelrote Gebäude herum und lehnte mich an die Mauer der Terrasse, die zum Meer hin lag. Durch die großen Fenster starrten bleiche Gesichter zu mir heraus, wie aus einem Aquarium. Ich spürte die ganze Zeit ihre Augen im Rücken, und das verstärkte das Gefühl, daß mir jemand auf den Fersen war.

Ich blieb stehen und starrte blind auf die andere Seite von Vågen. Drei Tote. Es wurden langsam viele. Die Frau im Kühlschrank. Laura Lüstgen. Und jetzt Lächel-Hermannsen. Elsa war verschwunden, und heute morgen hatte jemand versucht, mich zu überfahren. Und wo war Arne Samuelsen? Und wer war er?

Wenn Frau Samuelsen keinen Sohn hatte, wer war es dann, der in der Wohnung gewohnt hatte? Die Tochter in Bergen könnte mir sicher etwas erzählen – wenn sie noch in Bergen *war.* Ich konnte noch einmal Frau Samuelsen anrufen, aber das Ganze war *zu* unzusammenhängend, *zu* sinnlos. Was sollten diese Lügen – von der Tochter – und von dem Sohn?

Ich versuchte, Arne Samuelsen vor mir zu sehen, aber das Bild verschwamm. Trieb auch er irgendwo im Hafenbecken, so wie Lächel-Hermannsen? Lag er am Fuß einer Treppe irgendwo, mit gebrochenem Genick und ganz so, als hätte es auch ein Unfall sein können? Oder schlich er im Schatten der Häuser durch die Straßen und suchte nach jemandem?

Irgend etwas mußte an dem Mittwoch in seiner Wohnung passiert sein. Von den sechs, die dagewesen waren, waren mindestens drei tot. Es blieben noch Arne Samuelsen selbst und die zwei unbekannten Männer. Der Mann mit dem Cowboyhut – und noch ein anderer.

Aber was war passiert? Was konnte passiert sein, das diese Epidemie von gewaltsamen Toden verursacht hatte?

Ich stand da und starrte in die Luft, die Ellenbogen gegen die Mauer gestützt, bis mir kalt wurde. Ein blaugraues Halbdunkel erfüllte nach und nach die Stadt. Im Osten flocht die Nacht ihre ersten schwarzen Webfäden in die Wolkendecke. Es wurde kälter. Mich fröstelte, ich schlug den Mantelkragen im Nacken hoch und trottete wieder um das Gebäude herum. Durch das Tor hinaus folgte mir eine Handvoll Musikstudenten mit blassen Abendgesichtern. Einige von ihnen trugen Instrumentenkoffer, andere hatten nur Taschen über den Schultern. Ich hatte mit Elsa verabredet, sie um sechs Uhr in der Hotelbar zu treffen. Wenn jemand hinter mir her war, behielt er wahrscheinlich das Hotel im Auge. Und wenn Elsa etwas zugestoßen war, dann würde am Treffpunkt niemand sein.

Ich konnte den Hoteleingang beobachten, um zu sehen, ob sie kam. Aber wahrscheinlich würden sie mich auch dann entdecken. Und die Straßen um das Hotel herum waren dunkel und unübersichtlich, während drinnen Licht war, wenn auch gedämpftes, und in jedem Fall waren dort Menschen. Andere Menschen, unbescholtene Menschen.

Ich wählte einen komplizierten Umweg und kam durch die nächstgelegene Seitenstraße zum Hotel. Ich ging schnell zum Eingang hinauf und hinein. Niemand hielt mich auf. Der Portier sah mich unbeteiligt an und holte den Schlüssel zu meinem Zimmer. Ich winkte ab und ging in die Bar. Ich hängte meinen Mantel auf und sah mich um. Es war früh am Abend, so daß noch kaum Tische besetzt waren. Benjamin Sieverts saß allein an der Bar, hoch oben auf einem schmalen Barhokker. Wie er da saß, die beiden Hände um das Whiskyglas gefaltet und mit bekümmertem Gesichtsausdruck, erinnerte er an jemanden, der versucht, den Weltrekord im Fahnenstangenhalten zu brechen und der schon zwanzig Tage hinter sich hat.

Ich kletterte auf den Hocker neben ihm, nickte und sagte: »Lange nicht gesehn, alter Freund. Hier ist ganz schön was los!«

Er wandte mir ruckartig das Gesicht zu. Seine Haut war grau, und er hatte Schweißperlen über der Oberlippe. Sein Blick flackerte an mir vorbei, in den Raum hinter mir und wieder zurück. »Wer – sind Sie?« sagte er schwach.

Ich sah ihn verwirrt an.

»Sie müssen sich irren«, sagte er schnell. »Sie verwechseln mich mit jemand anderem.«

Ich lachte verblüfft. »Hör mal, Sieverts, ich…«

Er unterbrach mich in schärferem Ton und so abweisend, daß es für ein Publikum berechnet sein mußte. »Sie irren sich, sage ich! Hören Sie denn nicht, Sie irren sich! Ich habe Sie noch nie gesehen, noch nie von Ihnen gehört, bin Ihnen noch nie begegnet!«

Die Augen glitzerten erregt, die Pupillen waren auffallend klein. Der Schweiß sammelte sich in kleinen Perlen auf seiner Stirn. Er griff nach seinem Glas und leerte es in einem Zug. Mit flinken Bewegungen und ohne ein Wort des Abschieds war er vom Hocker herunter und auf dem Weg zur Tür. Der Weltrekord schien ihm egal zu sein, und er sehnte sich nach einer ruhigen Nacht Schlaf.

Ich starrte ihm hinterher. »Benjamin Sieverts«, sagte ich zu mir selbst. »Der Mann, der nie ein Gesicht vergißt.«

Ich unterdrückte das Bedürfnis, ihm zu folgen. Es hätte keinem von uns geholfen. Nachdem ich meine Nerven zur Ruhe gebracht hatte, bestellte ich ein Glas Orangensaft. Ich blieb seitwärts auf dem Barhocker sitzen, den einen Ellenbogen auf die Theke gestützt, und behielt die Eingangstür im Augenwinkel.

Ein dicklicher Kerl Ende Dreißig kletterte auf den Hocker neben mir. Er war über das Stadium des Schwipses weit hinaus und bestellte einen doppelten Whiskey und einen halben

Liter Bier in einem Tonfall, als predige er auf dem Begräbnis seines besten Freundes.

Er saß vornübergebeugt da, das Bierglas in der einen und das Schnapsglas in der anderen Hand, und trank abwechselnd aus beiden, als würde er den Geschmack vergleichen. Ich sah auf die Uhr. Es war Viertel nach fünf.

»Was trinkst du denn da, Kumpel?« Der Blick der wässrigen Augen meines Nebenmannes schwappte vom Glas zu meinem Gesicht, ohne irgendwo einen festen Halt zu finden.

Sein Haar war dünn, und ein paar lange, goldblonde Strähnen klebten seitlich an dem schwitzenden Gesicht. Die Oberlippe war viel voller als die Unterlippe, was ihn wie eine freundliche Kröte aussehen ließ. Er hatte etwas Verwahrlostes an sich, und das machte ihn mir fast vertraut. Er sah ungefähr so aus, wie ich mich gewöhnlich fühlte.

»Orangensaft«, antwortete ich.

Er sah mich ungläubig an. »Aber...«, sagte er. Er ruderte mit den Armen in der Luft. Sie waren kurz und kräftig und endeten in einem Paar breiter Arbeitspranken. »Ich dachte, ich könnte einen ausgeben...«, sagte er, wie um mir zu verstehen zu geben, daß so ein dünnes, labbriges Zeug wie Orangensaft seine Großzügigkeit nicht wert war.

»Herzlichen Dank, aber – das reicht mir.«

Er konzentrierte sich wieder auf seine zwei Gläser. Es wurde ihm nachgeschenkt. Der Barkeeper warf einen säuerlichen Blick auf mein halbvolles Glas und übersah mich völlig.

Mein Nebenmann beugte sich wieder zu mir herüber. »Nie wieder, Kumpel!«

Ich fragte höflich: »Nie wieder was?«

Er zeigte mit einem rundlichen Finger auf eine der Wände, in Richtung Nordsee. »Nie wieder da raus. Never!«

Ich nickte stumm.

Sein Blick schwappte wieder in mein Gesicht. »Ich war an Bord der *Alexander Kielland,* Kumpel.«

Ich nickte wieder.

»Gott sei Dank hab ich nicht geschlafen. Ich hab gesessen und Patiencen gelegt, konnte nicht schlafen, du weißt, wie das ist, zum Umfallen müde, aber...« Er schwang den einen Arm durch den Raum, wie um etwas zu illustrieren. »Ich weiß nicht mehr... Aber plötzlich hat's geknallt, und dann fing die ganze Plattform an zu krängen. Erst hab ich gar nichts begriffen. Glaubte, mir selbst wär schwindelig geworden – bin beinah ohnmächtig geworden. Dann begriff ich – und raste raus aus der Tür, die Stufenleiter rauf und raus an die frische Luft, gerade noch rechtzeitig, um zu merken, daß links der Himmel war und rechts die See, und der Horizont ein senkrechter Streifen vor mir. Dann weiß ich nichts mehr, außer daß ich im kalten Wasser lag und hin und her schaukelte, Salzwasser schluckte und um mich herum Schreie hörte. Irgendeiner schlug im Wasser um sich, gleich neben mir. Dann ging er unter, und ich hörte nichts mehr. Ich lag im Wasser und strampelte, wurde kälter und kälter, träger und träger. Die Hände, die mich rauszogen, waren – unsichtbar. Ich erinnere mich nicht an sie. Sah sie nicht. Sie sagten, ich war bewußtlos. Schwer wie ein Stein. Aber als ich zum Flugplatz runterkam, raus aus dem Helikopter, da hab ich mich zum Meer umgedreht, auf den Asphalt gespuckt und gesagt: Nie wieder!«

Er wirkte jetzt nüchterner. Die Augen kamen langsam zur Ruhe. »Es war eine Hölle, hinterher. Ich knall mich bis zum Rand mit Schnaps voll, um schlafen zu können, und der liegt dann und schwappt in mir rum. Ich wach triefend von Schweiß auf und glaub, ich wär wieder draußen im Wasser. Die Frau ist ins Kinderzimmer gezogen. Sie kann nicht schlafen, weil ich so unruhig bin. Ich versteh sie. Wenn ich morgens aufwache, hab ich nicht das Gefühl, auch nur eine Sekunde geschlafen zu haben – und die Morgenangst verschwindet nicht, bevor ich den ersten Schluck Pils drin hab. Und so geht das, den ganzen Tag. Weißt du, was Angst ist?«

Ich kaute auf der Frage herum. »Wir haben wohl alle unsere kleinen...«

»Ich rede nicht von all den kleinen Ängsten. Ich rede von der *großen* Angst. Der, die dich packt wie eine Faust und dich nicht wieder losläßt, Tag und Nacht. Alles, was du machen kannst, ist, dich zu betäuben. Tabletten oder Schnaps oder Gottweißwas.«

Er leerte sein Whiskyglas in einem Zug und spülte ihn mit einem ordentlichen Schluck aus dem Bierglas hinunter. Er gab dem Barkeeper ein Zeichen, daß er noch zwei haben wolle. »Wenn Mari nicht gewesen wär – meine Frau. Sie versteht mich und tröstet mich und ist so gut, wie jemand nur sein kann. Aber sie hat nicht die Angst gefühlt, sie hat nicht die Sekunde erlebt, wo die ganze Welt unter dir schwankt, sie hat nicht im Wasser gelegen und gestrampelt und gestrampelt mitten im schwärzesten Meer. Naß – und kalt und... Und da frag ich dich, Mister...«

Er packte mich am Jackenaufschlag, und ich merkte mir den Übergang von Kumpel zu Mister. »Ich frag dich: Wer hat schuld? Was?« Grimmig sah er mich an. »Du bist doch nicht etwa so ein verdammter staatlicher Ölangestellter? Der auf seinem glattpolierten Hosenboden sitzt und die Hölle auf Erden und den Teufel und seine Großmutter für uns da draußen auf den Ölplattformen konstruiert – wo bleibt denn die Sicherheit, wo, verdammte Scheiße, ist sie geblieben, na?«

Er war kurz davor, auf mich zu fallen, und ich griff um seine Handgelenke und versuchte, ihn von mir weg zu schieben. »Beruhige dich, Kumpel«, sagte ich leise. »Ich bin nicht so einer. Ich versteh dich.«

Ich versuchte, seinen Blick festzuhalten. Er sank zurück auf seinen Stuhl, ließ meine Jacke los. Da saß er und murmelte in seine zwei Gläser hinein, wie um das Echo zu testen. Dann wandte er den Blick wieder in meine Richtung. »Sorry, Kumpel. Ich – ich denk an den verdammten Sarg, den sie jetzt versuchen, hier im Fjord umzudrehen. Ich kann's nicht verhindern, all meine Kumpels vor mir zu sehen, die immer noch da draußen liegen, in dem verrosteten Riesenradiator. Ich seh, wie sie sich langsam auflösen, zu bleichen verwesten Geistern werden, mit Krabben in den Augenhöhlen und Fischen, die da durchschwimmen, wo mal ihr Bauch war. Ich seh sie – ich seh sie!«

Der Schlußsatz kam ruhig, fast unhörbar, aber mit der Kraft der Wiederholung: »Und wer hat schuld?«

Dann wurden seine Schultern schlaff, und er wandte sich endgültig seinen Gläsern zu. Er sah mich nicht mehr, und mir fiel nichts ein, was man hätte sagen können. Es gab die richtigen Worte nicht. Ich sah wieder auf die Uhr. Viertel vor sechs.

Ich kroch zu Kreuze und bestellte ein neues Glas Orangensaft. Jetzt hatte ich beide Augen auf die Tür gerichtet. Ich versuchte, sie vor mir zu sehen, überlegte, ob sie die gleichen Kleider tragen würde wie gestern, oder...

Zehn vor sechs. Eine Frau im Pelzmantel tauchte in der Tür auf. Ich atmete tief ein. Aber es war eine Blondine, und auch wenn sie vielleicht eine Perücke trug, die Gesichtszüge waren nicht die Elsas. Sie ging an mir vorbei mit dem Gang einer trägen Antilope und einem Duft afrikanischer Savannen um sich herum. Sie schlug ihr Lager an einem Tisch in der Nähe auf und konnte sich nicht über zu wenig Gesellschaft beklagen.

Fünf vor sechs. Zwei junge Männer kamen herein, spähten im Lokal nach Bekannten, standen einen Moment und diskutierten und gingen wieder.

Sechs Uhr. Mein Glas war wieder leer. Meinem Nebenmann wurde nachgeschenkt.

Der Geräuschpegel war gestiegen. Die Stimmen hatten eine höhere Phonzahl erreicht, die Gläser wurden schneller geleert, die Lautsprechermusik mußte eine Stufe lauter gestellt werden, damit man sie hörte.

Ich saß da und fingerte an dem leeren Glas herum.

Sir, sagte ich laut in Gedanken. Das klang nach einem Rasierwasser für Männer von Welt, aber es war wohl kaum eine Reklame, die sie auf ihrem Badezimmerspiegel hinterlassen hatte.

Es konnte auch nach einem feineren Herrenmagazin klingen, einem von denen, die für die tollsten Autos warben, die längsten Zigarren und den teuersten Schnaps, und deren Pin-up-Seiten die umwerfendsten rosa Traummädchen zeigten.

Oder...

Oder was?

Der Anfang eines Wortes. Sir. Der Anfang eines Namens. Eines Ortes in Jæren. Sirevåg.

Ich ließ es auf der Zunge zergehen. Sirevåg, Sirevåg. Wo hatte ich schon mal von Sirevåg gehört? Wer hatte von Sirevåg gesprochen?

Ich dachte so angestrengt nach, daß ich einen Anflug von Kopfschmerz verspürte, und dann fiel es mir plötzlich ein, wie ein Blitz fuhr es durch meinen Körper.

Sirevåg! Benjamin Sieverts hatte erzählt, daß Ole Johnny eine Hütte in Sirevåg hatte.

Ole Johnny. Und es waren Ole Johnnys Pinguine gewesen, die versucht hatten, mich vor ihrem Wohnblock zu überfahren. Sie waren wahrscheinlich dorthin zurückgefahren.

Ich sah wieder auf die Uhr. Es war Viertel nach sechs. Ich brauchte nicht länger zu warten. Ich wußte, daß sie nicht kommen würde.

Ich sprang vom Barhocker und ging zur Rezeption. Dort war ein Telefon, hinter einer Glastür. Es war frei. Ich ging hinein und suchte Kleingeld zusammen.

Dann hielt ich inne und sah den Apparat an.

Ich hätte die Polizei anrufen können. Ich hätte die Polizei anrufen *sollen.*

Aber dann überfielen mich Zweifel. Es war ja nur eine Vermutung. Anhand eines Wortfetzens. Sir, das konnte so viel anderes bedeuten als Sirevåg. Würden sie es ernst nehmen? Oder hatten sie wichtigere Dinge zu tun?

Ich warf eine Münze in den Apparat und rief die Autovermietung an, die mir einmal in einem Anfall von Unzurechnungsfähigkeit eine Kreditkarte zugeteilt hatte. Sie hatten eine Filiale in Sola, die offen hatte, solange Flugzeuge ankamen.

Ich konnte sofort einen Wagen bekommen, aber wenn ich ihn zum Hotel gebracht haben wollte, dann würde es ungefähr eine Stunde dauern.

Ich antwortete, ich würde ein Taxi nehmen, hinterließ eine Nachricht an der Rezeption, daß ich nicht wüßte, wann ich wiederkäme, und verließ das Hotel.

Ich war auf dem Weg nach Sirevåg.

29

An einem dunklen Novemberabend durch Jæren zu fahren, gibt einem das Gefühl, man sei am Ende der Welt. Die beleuchteten Orte lagen wie Oasen in der grauschwarzen, flachen Landschaft, wo geduckte Bauernhäuser sich hinter Feldsteinmauern und verkrüppelten, wetterharten Bäumen zusammendrängten, die dem Meer ihren Rücken zuwandten und sich auf die Häuser zukrümmten, als würden sie frieren. Auf den Feldern an der Straße lag schon Rauhreif vom ersten Frost des Winters. Im Süden lag das Meer wie eine schwarze Leere, und eine durchdringende, eiskalte Brise erhob sich und fiel über das Land. Ich hatte das Gefühl, daß ich, wenn ich jetzt von der Straße abkäme, in einem endlosen Dunkel verschwinden würde, einem Nichts ohne Boden, einer Nacht ohne Morgen. Ein paar unbeschreibbare Raumschiffe schwebten dort draußen. Als ich an den Straßenrand fuhr und ausstieg, um mir die Beine zu vertreten, hörte ich das endlose Rauschen aus der Weite, wie einen Ruf von Tausenden von Toten: kommmmm, kommmmm, kommmmm ... Ich ging rasch um den Wagen herum, stieg wieder ein, schnallte den Sicherheitsgurt besonders fest und fuhr weiter nach Süd-Osten, als säße mir der Teufel persönlich hinten auf der Stoßstange.

In der Ognabucht schlug grauweiße Brandung auf den holprigen Strand. Der Campingplatz zwischen der Straße und dem Meer lag in völliger Dunkelheit. Die verstreuten Campinghütten erinnerten mich an Grabsteine. Auf der anderen Seite der Bucht lag Sirevåg. Die wenigen Hütten lagen direkt am Wasser, aber so hoch, daß die Brandung sie nicht erreichte.

In einer der Hütten war Licht. Ein einsames Licht – nicht eben unauffällig an einem Novemberabend wie diesem.

Auf dem Weg um die Bucht herum begleitete mich einen Augenblick lang ein Zug. Wie eine hellgefleckte Schlange jagte er über die Schienen weiter nach Osten, mit seinem gnadenlosen jakketi-jakk, jakketi-jakk, während ich nach Sirevåg abbog. Ein Seitenweg führte hinauf zu den Hütten, und ich parkte den Wagen so, daß er wieder in Richtung Hauptstraße stand. Auf einem Gestell am Wegrand hingen eine Handvoll Briefkästen. Auf einem stand nichts weiter als *Pedersen.* Das konnte jeder x-beliebige sein, aber es war auch der Nachname von Ole Johnny. Auf dem schmalen Schotterweg, der zu den Hütten hinaufführte, sah ich tiefe Wagenspuren.

Sirevåg lag erleuchtet unten am Wasser. Ein paar Fischerboote schaukelten am Kai. Es roch nach salziger See und nach Öl. Schneeregen war in der Luft, und der Wind zerrte an meinen Haaren. Das kurze Wegstück lag einsam und verlassen. Würde ich jetzt verschwinden, wüßte niemand, wo ich geblieben war, und nur wenige würden mich vermissen.

Ich schloß den Wagen ab und blieb mit dem Schlüssel in der Hand stehen. Dann beugte ich mich hinunter und legte ihn auf das linke Vorderrad.

Als ich oben am Ende des steilen Schotterwegs angekommen war, schlug mir der Wind mit einer Kraft entgegen, die mich nach Luft schnappen ließ. Die Schneematschflocken auf meinem Gesicht fühlten sich an wie nasse Wollfäden. Weit draußen an einer Felskuppe zum Meer hin fiel Licht aus der einsamen Hütte, und am Wegrand, auf einem planierten, privaten Parkplatz, stand ein großer, schwarzer Kombi, der mir bekannt vorkam.

Ich sah mich um. Es rührte sich nichts, aber das Rauschen des Meeres machte es schwer, Geräusche zu unterscheiden. Ich zog ein Taschenmesser hervor, klappte die Klinge auf und ließ die Luft aus allen vier Reifen. Mir war nach Vorsicht zumute, und ich hatte Angst. In meinem Mund machte sich ein saurer Geschmack breit. Der Pfad zur Felskuppe war steinig und glatt. Ich ging behutsam, wie eine Motte angezogen von dem schimmernden Licht.

Als ich näher kam, konnte ich die Umrisse der Hütte erkennen. Sie lag wie ein L zum Meer hin, mit einer prachtvollen Aussicht. Die Grundmauer war aus Naturstein, und das Grundstück fiel zum Wasser hin steil ab, so daß die Mauer auf der Seeseite drei, vier Meter hoch sein mußte. Der hintere Flügel des Hauses hatte drei Türen, aber es gab keine Fenster. Ich ging davon aus, daß es sich um Abstellräume handelte und vielleicht um eine zusätzliche Toilette. Ich konzentrierte meine Aufmerksamkeit auf die erleuchteten Fenster im Hauptflügel. Ich ging vorsichtig in einem Bogen um das Haus, außerhalb des Lichtscheins. Auf der Seeseite war ein großes Panoramafenster, das den größten Teil der Wand einnahm. Das Licht fiel zum rauschenden Meer hinunter, aber das Fenster lag viel zu hoch, als daß ich hätte hineinsehen können. Ich bewegte mich wieder vom Wasser weg, den Blick starr auf die Hütte geheftet. Die meisten Fenster waren erleuchtet, aber sonst gab es kein Anzeichen von Leben.

Ich versuchte, mir ein Bild von der Hütte zu machen. Die

einzige Tür, die ich sehen konnte, ging nach hinten hinaus. Die Fenster auf dieser Seite waren klein und lagen hoch oben in der Wand.

Ich war jetzt nah an der Hütte. Auch in der Grundmauer war eine Reihe kleiner Fenster, aber sie waren mit soliden Holzläden verschlossen, die an der Außenseite verbolzt waren.

Ich bewegte mich hinauf auf die kleine Terrasse in der Ecke des L's. Rechts neben der Tür stand eine leere Fischkiste. Ich stellte sie vorsichtig gegen die Wand unter dem einen Fenster.

Zur Probe setzte ich behutsam einen Fuß dagegen, bevor ich daraufstieg. Die Finger um das Fensterbrett gekrallt, schob ich das Gesicht nach oben, Zentimeter für Zentimeter.

Ich sah in einen langen, schmalen Wohnraum. Links führten drei Türen in andere Zimmer, wahrscheinlich Schlafräume. Vor dem Panoramafenster weitete sich der Raum auch in Form eines L's. Dort konnte man an einem flachen, massiven Holztisch sitzen, mit einem ordentlichen Drink, einer guten Zigarre, einer anschmiegsamen Frau neben sich und eine Aussicht bewundernd, die einem das Herz höher schlagen ließ. Der Mann, der in einem der Sessel saß, hatte den Drink und die Zigarre. Ansonsten schien er allein zu sein.

Es war ein großgewachsener Mann, mit kurzem Haar und breitem Nacken. Ich konnte das Gesicht nicht erkennen, aber ich war sicher, ihn schon einmal gesehen zu haben.

Einen Augenblick lang überlegte ich, warum er allein war. Im nächsten Augenblick bekam ich die Antwort.

Für den Bruchteil einer Sekunde hörte ich die schnelle Bewegung hinter mir. Dann umfaßten mich kräftige Arme und hoben mich von der Fischkiste herunter, als sei ich eine Krabbe.

Der Mann hinter mir riß mich herum und stieß mich an die Wand. Hinter ihm sah ich, daß eine Tür im Seitenflügel offenstand. Eine leere Klobrille gähnte mir nackt entgegen; ebenso nackt wie das brutale, aufgedunsene Gesicht vor mir. Er sah sich mein Gesicht gründlich an, bevor er die Zähne fletschte, mich mit dem linken Unterarm an die Wand preßte und mir mit der rechten Hand hart ins Gesicht schlug. Als ich an der Wand herunterrutschte, streckte ich die Zunge sinnlos in die Luft, als wollte ich Schneeflocken fangen.

30

Etwas Flaches und Hartes drückte gegen meine Lippen. Es schmeckte bitter nach Lack. Mein Kopf fühlte sich an wie ein mit Bleikugeln gefüllter Glasballon.

Ich lag mit dem Gesicht zum Boden. Die Stimmen, die mich erreichten, klangen gedehnt und verzerrt, und es dauerte eine Weile, bis ich einzelne Worte unterscheiden konnte.

»... jetzt?«

»Nein. Wir müssen erst mit dem Chef reden. Wir dürfen kein Risiko eingehen.«

»Heute morgen sollten wir ihn doch erledigen.«

»Ja, trotzdem. Willst *du* die Verantwortung übernehmen, wenn er seine Meinung geändert hat?«

»Nein, nein – aber ...«

»Er kommt morgen vormittag. Wir brauchen nichts anderes zu tun, als zu warten.«

»Was glaubst du, daß wir ... Ich meine, wie?«

»Guck mal da raus. Siehst du das Meer? Es ist hungrig. Ein Unfall schlicht und einfach. Sie ertrinken beide.«

Der Mann, der gesprochen hatte, lachte leise und heiser. »Vielleicht Selbstmord, nach der letzten Liebesnacht. Is doch richtig romantisch, Kalle?«

»Sie also auch?«

»Wieso, glaubst du, haben wir sie mit hierher genommen? Sie *weiß* zuviel, sagt der Chef.«

Es prickelte in meinem Nacken. Ich fühlte, wie sich meine Nackenhaare sträubten. Meine Arme waren hinter dem Rükken gefesselt. Etwas Hartes und Metallisches drückte um meine Handgelenke. Es mußten Handschellen sein. Meine Zunge war dick und trocken, und ich hatte einen bitteren Blutgeschmack im Mund.

Die Stimmen kamen wieder. Die eine war schläfrig und träge. Die andere klang hitzig und gereizt. Die schläfrige sagte: »Du – Jolle?«

Der andere grunzte.

»Wir werden doch den Leckerbissen da unten im Keller nicht die ganze Nacht unbenutzt lassen, oder?«

Ich bekam ein hohles Gefühl im Bauch.

»Die Nutte? Nein, warum eigentlich? Wenn wir nett mit ihr umgehen.«

»Nett?«

»Der Chef will sie haben – heil, sagt er.«

»Der will ja bloß selbst dran, verdammt.«

»Is das ein Wunder? Is ganz schön appetitlich, die Kleine – für 'ne Nutte.«

Ein schmatzender Laut war die Antwort.

Schwere Schritte kamen durch den Raum. Sie stoppten direkt neben mir. Ein flacher Stiefel trat mir leicht in die Rippen. »Hej, Schnüffler! Wieder lebendig?«

Ich bewegte mich nicht.

Die Stimme drüben am Fenster sagte: »Ja, am besten sperren wir ihn ein, bevor wir uns anderweitig vergnügen. Wenn er abhaut, können wir beide nach Amerika emigrieren.«

Grunz, grunz. Wieder ein Stiefel in der Seite.

Ich bewegte mich immer noch nicht. Er schob den Fuß unter mich und rollte mich herum. Mein Kopf schlug auf den Boden. Die Arme lagen unter mir eingeklemmt. Die Handschellen bohrten sich in die Haut, und ich stöhnte schwach.

Ich öffnete die Augen.

Aus der Froschperspektive sah der Mann über mir aus wie ein viereckiger Alptraum. Alles war massiv und schwer, von den Beinen bis zur Stirn. Das Haar war kurzgeschnitten, fast glattrasiert. Der Oberkörper strotzte vor Proteinen. Er trug nicht Schwarz und Weiß an diesem Abend, aber es gab keinen Zweifel, daß er zu Ole Johnny gehörte.

»Hoppla, hoppla«, sagte er. »Unser Freund ist aufgewacht, Kalle.«

Erneute schwere Schritte durch den Raum: noch eine furchteinflößende Gestalt. »Er sieht nich so ganz fit aus.«

»Er wird noch schlimmer aussehen, wenn er Ärger macht.«

»Hörst du das, Schnüffler?«

Meine Stimme klang wie zerbröckelnder Kalkstein. »Ihr macht einen Fehler, Jungs.«

Kalle trat mir hart und wütend in die Seite. Ich wimmerte. Er sagte: »Halt die Schnauze. Halt bloß die Schnauze, Freundchen.«

»Dann frag mich auch nichts«, stöhnte ich.

Ein erneuter Tritt, nicht ganz so hart, eher ein Hinweis, wer hier die Oberhand hatte.

»Los komm, Jolle.«

Sie hoben mich hoch, als sei ich ein Sack schmutziger Wäsche. Die Decke über mir schaukelte, und ich spürte, daß mir schlecht wurde.

Sie trugen mich aus dem Wohnzimmer hinaus und eine schmale Treppe hinunter. Es roch kalt nach Keller. Vor einer Tür ließ Kalle meine Beine los. Jolle faßte hart um meine Oberarme.

Kalle schob einen schweren Eisenriegel zur Seite, zog einen Schlüssel hervor und schloß eine massive Holztür auf. Sie schwang mit quietschenden Scharnieren auf. Jolle ließ mich vornüber klappen und gab mir einen harten Tritt auf das Steißbein. Ein gleißender Schmerz jagte mein Rückgrat hinauf und verteilte sich wie ein Sprühregen in meinem Kopf. Ich taumelte blind nach vorn, stieß gegen eine Mauer und glitt hilflos daran herunter, bis mein Gesicht hart auf dem feuchten Kellerboden aufschlug.

Ich ahnte eine Bewegung neben mir, hörte das schwache Rascheln von Kleidern, einen fast unmerklichen Duft von Frau, bevor sie von mir weggezerrt wurde. Ihre Hand strich mir wie ein Hauch über den Nacken, und halb fragend, halb flehend hörte ich sie meinen Namen rufen: »Varg, oh...!«

Dann wurde sie von der hitzigen Stimme unterbrochen. »Du kommst mit uns, Kleine. Der Kumpel hier braucht Ruhe. Wir...«

»Wir haben Zeit. Und einen Haufen Energie«, fügte die schläfrige Stimme hinzu.

»Nimm die Finger weg von...« Mehr konnte sie nicht sagen, eine große Hand legte sich über ihren Mund, und sie wurde hinausgezerrt. Ich hörte, wie sie um sich schlug, aber sie war viel zu leicht, viel zu zart. Die Geräusche verschwanden durch den Flur.

Ich drehte mich unter schmerzhaftem Wimmern herum. Kalle stand da und wartete. Er beugte sich herunter und schob mich an der unebenen Mauer hoch. Er hielt mich aufrecht und stieß mich mit dem Rücken zweimal, dreimal, viermal gegen die Wand. »Versuch bloß keinen Scheiß, Schnüffler. Du bist hier sicherer aufgehoben als in Ullensmo. Hier, damit du besser schläfst.« Mit einer überraschend schnellen Bewegung ließ er mich los, mit beiden Händen zugleich, gab mir erst mit der linken, dann mit der rechten eine Ohrfeige und ließ mich auf dem Boden zusammensinken wie einen Sack Kartoffeln.

Die Tür knallte. Der Schlüssel wurde im Schloß herumgedreht und der schwere Riegel vorgeschoben. Dann hallten seine schweren Schritte durch den Flur. Erst jetzt hob ich den Kopf und sagte zur Tür: »Wie Groucho Marx zu sagen pflegte... Ich vergesse nie ein Gesicht, aber bei dir bin ich bereit, eine Ausnahme zu machen.«

Ich war zu alt, um Leute so etwas direkt ins Gesicht zu sagen, und Türen schlugen selten zurück.

31

Ich ertappte mich dabei, daß ich dalag und auf Geräusche horchte. Ich konnte es nicht lassen, an Elsa zu denken und daran, was sie jetzt mit ihr taten. Und wenn sie tausendmal davon lebte, sie tat es trotz allem freiwillig und nicht – wie jetzt. Ein paarmal hörte ich Geräusche: ein Stöhnen, einen lustvollen Ausruf, einen Knall auf den Boden. Aber es war keine Struktur zu erkennen, und es war unmöglich herauszufinden, wie weit sie im Programm gekommen waren.

Meine schmerzenden Augen gewöhnten sich langsam an die Dunkelheit. Ich lag auf dem Boden eines kleinen, fast quadratischen Kellerraums. Er war völlig leer: kein Schrank, kein Regal. Hoch oben in einer Wand war ein kleines Fenster. Auf der Innenseite des Fensters saß ein solider Rahmen mit starkem Drahtgitter. Auf der Außenseite erkannte ich die massiven Fensterläden, die ich vorher gesehen hatte. An der gegenüberliegenden Wand war die Tür.

Es war kalt und roch moderig, und ich fühlte, daß die Innenseite der Wände beschlagen war. Ich hatte mich auf die Seite gedreht. Die Handschellen saßen sehr eng. Ich probierte vorsichtig, ob es möglich war, sie abzustreifen. Es schien unmöglich.

Ich krümmte mich in Embryostellung zusammen und hielt die Arme hinter mir ausgestreckt. Indem ich erst das eine und dann das andere Bein durch die Öffnung zwischen den Armen zwängte, bekam ich die Handschellen vor den Körper. Ich hatte schon Wundstellen an den Handgelenken, und die Handschellen sahen deprimierend eng und stabil aus.

Ich kniete mich hin, stand ganz auf und fühlte mit den Fingerspitzen an der Tür entlang. Sie saß fest im Rahmen. Die Scharniere waren an der Innenseite des Rahmens angeschraubt. Das Schloß war vielleicht aufzubekommen, wenn man die nötigen Hilfsmittel hatte, aber um den Riegel zu sprengen, brauchte man einen Elefanten.

Da war nichts zu machen. Ich war eingesperrt, hilflos wie ein aufgespießter Schmetterling, allem ausgeliefert wie eine weiße Maus im Käfig eines Laboratoriums. Es gab nur eins: warten, bis die Wachen zurückkamen.

Ich fühlte einen unbändigen Drang zu schlafen, mich einfach hinzulegen und alles zu vergessen – in einem barmherzigen Schlummer dahinzutreiben...

Aber es wäre das Allerdümmste gewesen, schlafen zu wollen. Ich mußte in Bewegung bleiben, die Muskeln hindern, sich zu verkrampfen, Kräfte sammeln, bis sie endlich kämen, wenn ich überhaupt eine Chance haben wollte, den morgigen Tag zu überleben.

Ich dachte an Ronald Reagan. Es wäre eine Erleichterung, seine Regierungszeit nicht erleben zu müssen, aber trotzdem... Ich würde nicht das Leben dafür opfern.

Dann dachte ich an Solveig. Mit einem bitteren Seufzer legte ich den Kopf an die kalte Wand und dachte an ihre weiche Zärtlichkeit, ihre behutsamen Finger auf meinem Gesicht, ihre weichen Lippen an meinem Hals und meiner Brust und meinem Bauch...

Mir traten Tränen in die Augen.

Ich begann zu gehen. Ich ging auf und ab, von der einen Wand zur anderen. Ich dachte an all die Orte, wo ich gegangen war, unter freiem Himmel... auf den Hügeln um Bergen, über die Hardangervidda irgendwann vor zehn, fünfzehn Jahren, durch die Straßen von Paris, und tausendmal durch Nordnes, tausend und abertausendmal. Ich versuchte, Nordnespynten vor mir zu sehen, in einer solchen Winternacht im November. Die Bäume im Park sind fast nackt, nur die letzten braunen Blätter hängen noch. Das Seebad liegt still und ausgestorben da, und ein Schleier von Frost hängt über dem gelben Gras. Auf der anderen Seite des Byfjord liegt Askøy, flimmernd von Lichtflecken, vielleicht mit einem weißen Streifen ersten Schnees von ganz oben unter den Sternen. Der Fjord liegt schwarz und still, und du hörst leise das Wasser über den Tang spülen unten am Strand. Von Laksevåg herüber hörst du eine wütende Autohupe, von Sandviken den letzten Spätbus von Lønborg. Und du lebst. Es ist November, aber es ist nicht die letzte Nacht in deinem Leben, und du sollst nicht sterben. Du bist in Nordnes, Nordnes...

Ich betrachtete halbblind die düsteren Mauern um mich herum, die massive Holztür. Varg, Varg – sollte es hier enden? Alles? Sollte Solveig in ein paar Tagen in der Zeitung von mir lesen als von einer Leiche, die irgendwo in Jæren an den Strand gespült worden war? Sollte ich – sterben?

Ich ging immer noch. Ich hatte kein Zeitgefühl, versuchte nicht, die Minuten zu zählen. Die Dunkelheit war immer noch schwarz, die Kälte vielleicht noch beißender.

Von weit her hörte ich ein grobes Lachen, näher als vorher. Sie kamen die Treppe herunter. Ich konnte Elsa nicht hören, nur die beiden anderen Stimmen. Die schläfrige klang jetzt fast eingeschlafen, die hitzige hatte die Schärfe verloren. Sie hörten sich an wie zufriedene Pferde nach einer Mahlzeit.

Ich rollte mich am Boden zusammen, ganz hinten in einer Ecke. Ich schloß die Augen und versuchte, regelmäßig zu atmen, als würde ich schlafen.

Der Riegel wurde zur Seite geschoben. Der Schlüssel schabte im Schloß herum. Die Tür wurde vorsichtig geöffnet, bis zur Wand. Einer von ihnen sagte: »Er liegt da hinten. Ich glaub, er schläft.«

»Na, Kleine... Jetzt kannst du deinen Freund trösten, wenn du willst. Denk dran – es ist seine letzte Nacht.« Ein grobes Lachen ertönte.

»Guck mal, er hat die Handschellen nach vorne gekriegt.«

»Ach verdammt, das spielt keine Rolle, er kriegt sie ja doch nicht ab. Los komm, wir sollten uns ein bißchen hinlegen.«

»Ja, nach dem Einsatz... Dank dir, Kleine... Noch ein letzter Kuß?«

Ich hörte ein paar undefinierbare Laute und ein halbersticktes Lachen. Dann taumelte sie in den Raum hinein. Sie kam vorsichtig näher und setzte sich behutsam hin, mit bedächtigen Bewegungen, wie eine alte Frau. Die Tür schlug hinter ihr zu, und das Ritual mit dem Schlüssel und dem Riegel folgte gnadenlos. Die schweren Schritte verschwanden die Treppe hinauf.

In der Stille hörte ich ein schwaches Schluchzen. Ich hob den Kopf.

Sie saß mit dem Rücken zur Wand. Die Ellenbogen auf die Knie gestützt, verbarg sie das Gesicht in den Händen. Das Haar fiel nach vorn, und sie hielt die Beine gespreizt. Sie saß nur in Bluse und Unterhose da. Die anderen Kleidungsstücke – eine Cordhose und ein Pullover – lagen in einem Knäuel neben ihr. Die Schulter bebten leicht.

Ich kam wieder auf die Knie und krabbelte zu ihr hinüber. Ich konnte nicht die Arme um sie legen, aber ich legte meine zusammengeketteten Hände an ihre eine Wange und mein Gesicht an die andere. Ihre Wangen waren naß.

Ich sagte: »Nicht weinen... Nicht...«

Sie lehnte sich schwer an mich, legte die Arme um meinen Hals und schluchzte laut.

Ich ließ sie weinen. Schließlich sagte ich: »Waren sie – haben sie dir weh getan?«

Ihre Stimme klang wie durch Watte. »Nein, nein, nicht besonders... Aber es war, es war so... so erniedrigend!« Das letzte Wort kam wie ein kleiner Ausruf, und daraufhin begann sie richtig zu schluchzen.

Schließlich beruhigte sie sich. Sie wischte sich mit den bloßen Händen übers Gesicht. Dann hob sie den Kopf und blickte mir in die Augen, sah mich forschend an. »Wie – wie fühlst du dich, Varg, du siehst...« Sie sagte nicht mehr, aber ihre Hände befühlten vorsichtig meine geschwollenen Lippen. »Ohhh«, seufzte sie.

»Als wäre ich von der Straßenbahn überfahren worden, vorwärts und rückwärts«, sagte ich.

Sie zog sich an, mit müden Bewegungen.

Wir saßen eine Weile still da. Sie legte ihr Gesicht an meine Schulter. Mir kam ein Gedanke, und ich sagte: »Hast du zufällig einen Lippenstift?«

Sie sah mich erstaunt an. »Meinst du, ich soll mich anmalen?«

»Nein, aber ich wäre gern diese Handschellen los.«

22

»Ich durfte meine Tasche mit runternehmen«, murmelte sie und tastete im Dunkeln herum. »Hier...«

Sie hielt die kleine Tasche in der Hand, und ich hörte das Schloß aufspringen. Dann reichte sie mir den Lippenstift mit einem fragenden Blick.

»Nein«, sagte ich. »Guck mal hier.« Ich hielt ihr meine Handgelenke hin. »Schmier den ganzen Lippenstift hierhin, außen drauf, über die Knöchel. Das macht sie glatter...« Ich hatte noch immer Kopfschmerzen, und mein Kiefer fühlte sich an, als sei er aus kaputtem Glas, aber der Eifer weckte langsam wieder die Wärme in meinem Körper. Ich spürte den Frost im Raum nicht, vergaß fast die Schmerzen.

Sie hielt meine Hände behutsam mit der einen Hand, und mit langsamen, fast sinnlichen Bewegungen rieb sie den glänzenden rosa Lippenstift über meine Handgelenke. Der Puls pochte in meinen Adern, und das Herz klopfte in meiner

Brust. »So, ja«, hörte ich meine Stimme sagen, vibrierend und ermattet. Ich wagte noch nicht, es zu versuchen.

»Jetzt ist bald nichts mehr da«, sagte sie. »Wie...«

Der Lippenstift war aufgebraucht. Ich beugte mich vor und spuckte auf die Handgelenke, aber mein Mund war zu trokken. »Spuck drauf«, sagte ich.

Sie machte keinen Einwand. Sie spuckte.

»Verreib es«, kommandierte ich. »Vermisch es mit dem Lippenstift, vermisch es, so gut es geht.«

Es war ein salziger, fremder Geruch an ihr. Wir knieten voreinander, als führten wir ein zutiefst persönliches Liebesritual aus. Ich sah jetzt die Spucke und den Lippenstift glänzen. »Das reicht«, sagte ich.

Ich versuchte, die eine Hand herauszuziehen, preßte die Hände gegeneinander, machte sie so schmal wie nur möglich. Es war zu eng. Ich stöhnte vor Enttäuschung.

Elsa verfolgte alles genau, mit krummem Rücken wie ein Geier, angespannt wie ein Sprinter an der Startlinie.

»Verdammt!« fluchte ich. »Verdammte Scheiße!« Es half nichts.

Ich stand auf, beugte mich nach vorn, legte die Hände auf den Boden und versuchte, auf die Kette zwischen den Händen zu treten. Ich stand krummgebeugt und verlagerte das ganze Körpergewicht auf die Handschellen, während ich mit aller Gewalt zog. Die rechte Hand fühlte sich an, als würde sie sich etwas bewegen. Ich drehte den Daumen unter die Handfläche – und zog. Es war, als würde mir jemand quer durch die Hand schneiden. Die Haut löste sich, und es fühlte sich an, als löste sich auch die äußerste Schicht der Knorpel. Mit schmerzvoller Anstrengung zog ich nochmals, so fest und brutal, wie ich konnte. Die Hand glitt aus dem Metall, der Arm schwang nach hinten, die Handschellen schlugen auf den Boden, und ich verlor das Gleichgewicht.

Ich blieb auf dem Rücken am Boden liegen, die schmerzende Hand vor dem Mund. Ich biß die Zähne zusammen und blies gegen meinen Handrücken. Elsa saß vornübergebeugt zwischen meinen Beinen, das Gesicht an meinem Bauch.

»Wir haben's geschafft, wir haben's geschafft!« jubelte sie, als sei das ein Grund zum Jubeln.

Wir waren noch immer eingesperrt, und das war nur der erste Schritt gewesen. Es warteten härtere Brocken auf uns.

33

Ich hielt ihr Gesicht fest zwischen meinen Händen. Die Handschellen, die lose von meinem Handgelenk hingen, klirrten leise. »Es kann hart werden, Elsa. Und wir haben keine großen Chancen. Aber es ist die einzige Möglichkeit. Wenn nicht...«

Ihre Augen waren groß in der Dunkelheit. Sie sagte ruhig: »Ich weiß. Wenn nicht, sind wir tot, beide, morgen um diese Zeit.« Erst beim letzten Wort brach ihre Stimme, und sie biß sich auf die Lippe.

Ich sah auf die Uhr. Es war fast sechs. Draußen war die Nacht an ihrem kältesten Punkt. Ich nahm sie schnell in den Arm. Dann ließ ich sie los. Ich legte mich an die Wand, in der Ecke gegenüber der Tür. Ich krümmte mich um meine Hände zusammen und hielt mit der freien Hand die Kette, damit sie nicht sahen, daß ich mich befreit hatte. Dann sagte ich leise: »Okay. Fang an.«

Sie ging zur Tür. Ich sah, wie sie die Hände zu Fäusten ballte und wieder öffnete, und sie stand mit gebeugtem Nakken vor der massiven Tür. Ein kleines Mädchen, das an der eigenen Haustür geklingelt hat und auf Schelte wartete.

Sie begann gegen die Tür zu hämmern und zu treten, während sie rief: »Hiiilfee! Hiiilfee! Hiiilfee!« Zwischendurch stand sie still und horchte, mit angehaltenem Atem.

Mein ganzer Bauch verkrampfte sich. Wenn sie beide kamen, hatten wir keine Chance. Kam nur einer von ihnen – dann vielleicht...

»Hiiilfee! Hiiilfee!« Sie drehte sich zu mir herum, verzweifelt. »Scheiße, Varg. Sie hören mich nicht.«

»Mach weiter«, murmelte ich. »Das ist die einzige...«

»Ich weiß!« unterbrach sie mich hitzig. Dann riß sie sich zusammen. »Oh, entschuldige – ich...«

»Ich hab auch Angst, Elsa«, antwortete ich kläglich. »Mach weiter!«

Sie machte weiter. »Hiiilfee! Hiiilfee!«

Über uns ertönten schwere Schritte. Einen Augenblick später hörten wir jemanden die Kellertreppe herunterkommen.

»Helft mir«, schluchzte sie. »Helft mir!«

Die Schritte stoppten vor der Tür, und Kalles Stimme ertönte barsch durch das Holz.

»Was ist das für ein verdammter Lärm. Halt die Schnauze, du Nutte!«

Sie wimmerte. »Ich blute...«

»Was sagst du? Red lauter!«

»Ich verblute!« schrie sie mit Fistelstimme. »Ich sterbe – ich sterbe – ich sterbe!«

»Scheiße, verdammte«, brummte es draußen. Der Riegel wurde zur Seite geschoben. Die Tür wurde aufgeschlossen. Ein schwacher Lichtschein fiel in den Raum, aber Kalle blieb draußen stehen. Ich wußte, daß er mich beobachtete. Ich bewegte mich etwas, versuchte, überzeugend zu stöhnen: »Bringt sie raus, verdammt. Sie verblutet... Ihr...«

»Schnauze!« fuhr er mich an und stapfte in den Raum hinein. Die Tür ging hinter ihm ein Stück zu, und seine Augen waren nicht an die Dunkelheit gewöhnt. Er blickte blind um sich. »Scheiße, wo bist du?« fragte er. Dann schrie er auf. Sie hatte ihm zwischen die Beine getreten, und sie hatte gut getroffen. Ich war auf den Knien – und dann auf den Beinen –

schnell wie der Blitz. Elsa warf sich zur Seite. Kalle stand gekrümmt da und hielt die Hände gegen seinen Unterleib. Es gab keinen Grund, barmherzig zu sein. Ich hob die Hand, an der die Handschellen hingen, und schlug ihm direkt hinter dem Ohr auf den Hinterkopf. Er grunzte leise und ging zu Boden wie ein Ochse. Ich nahm Elsa bei der Hand und zog sie mit hinaus. Wir schlugen die Tür zu und schoben den Riegel vor.

Oben in der Hütte war Jolle neugierig geworden, das konnten wir hören. »Da drüben – die Kellertür«, zischte ich.

Ich sah mich verzweifelt nach etwas um, das als Waffe dienen konnte. Ein Stockwerk höher lief Jolle mit schweren Schritten über uns. Im Kellerraum kam Kalle langsam wieder auf die Beine. Elsa fummelte am Schloß herum. Der Schlüssel steckte von innen, aber er war rostig und saß fest. In einer Ecke des Kellers lag ein Stapel Holz. Neben dem Stapel stand ein Holzklotz. »Kalle!« brüllte Jolle oben auf der Treppe. Mitten in dem Klotz saß eine Axt.

Jolle kam polternd die Treppe herunter, und ich warf mich nach vorn und griff nach der Axt.

Elsa war es gelungen, das Schloß zu öffnen. Die Tür schwang mit einem knarrenden Laut auf. Jolle blieb mitten auf der Treppe stehen. Er sah uns ungläubig an.

Ich umfaßte den Axtstiel mit beiden Händen. Die losen Handschellen baumelten zum Boden. Ich stand leicht vorgebeugt, wie ein gereizter Gorilla, und ich muß mörderisch ausgesehen haben, denn er stand still – einen Moment lang.

»Lauf, Elsa. Ich komm nach. Der Wagen steht bei der Kreuzung. Ein roter Kadett. Der Schlüssel liegt auf dem linken Vorderrad. Schließ auf und steck den Schlüssel ins Zündschloß, falls du...«

Jolle wollte nicht lange warten. Er kam vorsichtig die letzten Treppenstufen herunter und blieb am Fuß der Treppe stehen.

»Lauf schon, verdammt!« brüllte ich Elsa an. »Lauf!«

Sie stolperte hinaus. Durch die offene Tür hinter mir zog Morgenkälte in den Keller. Sie ließ meine Muskeln erstarren, meine Nackenhaare sträubten sich.

Jolle kam auf mich zu. Er sah furchterregend riesig, aber erschreckend geschmeidig aus für seine Größe. Er sagte kein Wort, belauerte mich nur mit Blicken. Drinnen im Kellerraum hörten wir Kalle. Er donnerte mit den Fäusten gegen die Tür und brüllte: »Jolle! Joolleee!«

Ich stand noch immer vor der Tür. Er sollte keine Chance haben, den Riegel zur Seite zu schieben – noch nicht.

Ich wog die Axt in den Händen. Sie war nicht sonderlich schwer, und sie lag leicht in meiner Faust. Eine Axt kann eine tödliche Waffe sein, und Jolle wußte das.

Plötzlich bewegte er sich, wie ein mißgebildeter Steptänzer. Dabei hob er die Hände in Brusthöhe: schwere, geballte Fäuste. Fast unmerklich begann er, in die Luft zu schlagen: leichte, verwirrende Schläge, als treibe er nur Schattenboxen. Seine Atemzüge kamen schnell und stoßweise. Er war nicht gerade in Topform. Ich spannte die Muskeln, hielt krampfhaft die Axt fest. Ich beobachtete ihn, ohne zu blinzeln. Ich wußte, daß er jeden Moment angreifen konnte.

Dann explodierte er. Er stieß ein Brüllen aus, das eine Herde Nilpferde in die Flucht geschlagen hätte, machte ein paar schnelle Schritte nach vorn und holte zu einem Faustschlag aus, der mich zu Kleinholz gemacht hätte, wenn er getroffen hätte. Aber ich tauchte darunter weg. Ich stieß die Axt nach vorn, mit der breiten Seite zuerst. Sie traf sein Kinn mit einem dumpfen Laut, und er taumelte mit einem Schmerzensschrei zurück. Er schlitterte an der Wand entlang und fiel auf die untersten Treppenstufen. Er schüttelte seinen Kopf und stand wieder auf. Mit schwingenden Armen kam er mir entgegen. Aus seinem Mundwinkel lief Blut.

Ich begegnete seinem Angriff nicht mit der Axt. Ich hätte

ihn töten können, wenn ich mit der Schneide zugeschlagen hätte, aber ich stieß ihm statt dessen die breite Seite hart gegen die Stirn und sah, wie seine Augen sich verdrehten und alle Farbe aus der Haut verschwand. Dann schwang ich die Axt schnell herum und stieß ihm den Stiel in den Bauch. Er brach zusammen und blieb am Boden liegen.

Ich warf einen Blick auf ihn. »Jolle? Jolle?« brüllte Kalle hinter der Tür.

Ich stürzte durch die Kellertür nach draußen. Die nackten Felsen waren spiegelglatt vom Nachtfrost, und es zog mir die Beine weg.

Ich ging mit einem Knall zu Boden.

Weit entfernt hörte ich die Axt mit einem metallischen Laut auf Stein treffen.

34

Ich kam zu mir und hatte fürchterliche Kopfschmerzen. Hoch oben breiteten sich die Sterne über die schwarze Himmelswölbung aus, wie aufgescheuchte Mücken an einem Sommerabend. Irgendwo hinter mir hörte ich wütendes Stöhnen und die Geräusche eines schweren, kräftigen Menschen, der dabei war, sich aufzurappeln.

Da wußte ich, wo ich war. Ich stand so abrupt auf, daß die Schmerzen durch meinen Körper jagten. Helle Flecken tanzten vor meinen Augen, und ich tappte vorwärts wie ein von Gicht gekrümmter Alter. Hinter mir hörte ich ein wütendes Gebrüll aus der Türöffnung.

Ich rutschte den steilen Hang hinunter, fiel nach vorn auf alle viere und kroch weiter. Es glitzerte tückisch von den runden Felskuppen. Ich warf einen Blick zurück. Jolle war aus der Hütte gekommen, Kalle sah ich nicht.

Ich taumelte weiter. Ich war jetzt oben auf der Bergkuppe

und atmete in schmerzhaften und gepreßten Zügen. Ein erneuter Blick nach hinten, und ich sah, daß Jolle die Verfolgung aufgenommen hatte. Das Blatt hatte sich gewendet. In der Hand hielt er die Waffe, die ich benutzt hatte. Die Klinge der Axt schimmerte matt.

Ich lief – oder tanzte – über die Felsen, so schnell ich konnte. Ich war leichter als er, und er hatte sicher größere Probleme, sich auf den Beinen zu halten als ich. Trotzdem sah es aus, als würde er aufholen.

Ich war jetzt oben auf dem steinigen Weg angelangt. Direkt vor mir sah ich den schwarzen Wagen. Ich war verdammt froh, daß ich die Reifen aufgeschlitzt hatte.

Der Mann hinter mir holte auf. Aber jetzt ging es bergab. Ich vergrößerte den Abstand.

Sie saß im Wagen. Die Tür auf der Fahrerseite stand offen. Sie beugte sich über das Lenkrad und winkte mich hinein.

Ich rang nach Luft. Auf dem Schotter hinter mir hörte ich schwere Schritte. Ich hechtete in den Wagen, suchte einen Augenblick lang nach dem Schlüssel. Dann hatte ich ihn. Kupplung treten, das Gaspedal, ein Blick in den Spiegel: da kam er, groß und dunkel und verhängnisvoll, eine tödliche Waffe in der Hand schwingend. Der Motor sprang an, und der Wagen machte einen Satz. Die Tür neben mir knallte zu.

Der Wagen schlingerte unnatürlich. Er schlitterte auf der glatten Fahrbahn, rutschte ein Stück seitwärts und drohte sich zu überschlagen. Dann bekam ich das Lenkrad in den Griff, und er lag wieder gerade auf der Straße. Ich fuhr ohne Licht und beugte mich dicht zur Windschutzscheibe, um den Wegrand deutlicher zu sehen. Die Räder griffen wieder, und wir schossen vorwärts. Ich schaltete und versuchte, die Beine unter Kontrolle zu bekommen. Das eine Knie fühlte sich an, als sei es steif. Der Straßenrand kam näher und näher. Dann bekam ich den Fuß hoch, ich steuerte nach links, der Straßenrand entfernte sich wieder. Im Spiegel wurde Jolle immer kleiner, bis wir aus der Kurve heraus waren, dann war er verschwunden.

Ich schaltete die Scheinwerfer ein, und wir rasten auf die Hauptstraße. Ich hielt mich an die äußerste rechte Seite der Fahrbahn und spürte, wie das gleichmäßige Dröhnen des Motors einen Rhythmus von Ruhe und Wohlbehagen durch meinen schmerzenden, angespannten Körper sandte. Die Straße vor mir verschwamm und flimmerte, als würde es regnen, aber es war kein Regen. Ich mußte an die Seite fahren und saß da, das Lenkrad umklammernd, und weinte zitternd. Elsa legte die Arme um mich und flüsterte etwas. Ein Lastwagen donnerte an uns vorbei. Ich versuchte vergeblich zu sprechen.

Schließlich war es vorbei, und wir fuhren weiter, in Richtung Stavanger. Hinter uns hatte der Himmel einen fast unmerklichen blaugrauen Ton angenommen, und die Sterne waren groß und funkelten wie ein Feuerwerk.

»Was machen wir jetzt?« fragte Elsa.

Ich zuckte mit den Achseln, ließ es aber augenblicklich wieder sein. Es tat weh.

35

Ich mußte erneut an die Seite fahren. Ich fühlte mich ungefähr so wie eine alte Frau in einer Konditorei in dem Moment, wo die gepuderte Maske platzt, sie mit der Hand in die Torte schlägt, daß die Sahne nur so spritzt, und den Kellner anschreit, daß sie ihn haßt, ihn haßt, ihn haßt. Elsa legte eine leichte Hand auf meinen Oberarm und sagte: »Hör zu, ich kenn ein Motel nicht weit von hier. Die – kennen mich. Ich glaub, wir brauchen einen Platz zum Schlafen…«

Ich nickte. Ich hatte meinen Teil getan. Ich war erledigt. »Ich kann fahren«, sagte sie, und ich war froh, jemand anderem die Initiative überlassen zu können.

Um die herabbaumelnden Handschellen zu verstecken, zog ich den Arm aus dem Jackenärmel und hielt ihn unter die Jacke, als hätte ich ihn gebrochen.

Sie holte einen Kamm aus ihrer Tasche. »Wir tauschen die Plätze«, sagte sie. Ich stieg aus und ging um den Wagen herum. Sie schwang sich auf den Fahrersitz. Die Luft war kalt und klar, der Himmel hatte schmale, orange Streifen ganz unten am Horizont im Osten. Als ich wieder saß, hatte sie ihre Haare gekämmt. Sie zog den Kamm auch in paarmal durch mein Haar. Dann kam ihr Gesicht näher, und sie küßte mich weich auf die Lippen. »Du hast mir das Leben gerettet, Varg. Wenn es auch nicht viel wert ist, trotzdem... Danke!«

Ich lächelte matt. Lob war etwas Ungewohntes. Ich wurde verlegen, und ich hatte nur einen Arm, den ich um sie legen konnte. Ich strich ihr zaghaft über das Gesicht.

Sie lächelte auch: ein strahlendes Lächeln. Es war jetzt nicht mehr viel Schminke auf ihrem Gesicht. Sie sah aus wie ein Mädchen, das ich früher sicher gern gekannt hätte.

Dann fuhren wir weiter.

Was sie ein Motel genannt hatte, war ein ziemlich neues Hotel direkt an der Hauptstraße, das flach in der Landschaft lag, aus grauem Beton und mit einer raffinierten Lichtschranke am Eingang, die uns sowohl die Tür öffnete als auch mit einem langen, unheilverkündenden Piiiiiip-Piiiiip unser Kommen ankündigte. Der Portier sah morgenblaß und fahl aus und hob kaum den Kopf, um uns anzusehen. Er erkannte Elsa wieder und schenkte mir einen säuerlichen Blick. Wir bekamen ein Zimmer im westlichen Flügel, und Elsa bekam eine Plastikkarte anstelle eines Schlüssels. An der Zimmertür angelangt, steckte sie die längliche Karte in einen schmalen Schlitz und öffnete die Tür. Ich besah mir die Plastikkarte näher. Sie hatte ein einfaches Lochkartenmuster. Ich hatte das Stadium erreicht, wo ich mich für die Details interessierte. Neben mir zog Elsa sich aus.

Sie behielt die Unterwäsche an und half mir aus meinen Kleidern. Zum Schluß war ich nackt bis auf die Handschellen. »Wir schlafen so besser«, flüsterte sie zart. »Nackt.« Sie ließ die letzten Kleider fallen. Draußen vor dem Fenster stieg das Licht langsam höher. Ich glaube, ich schlief schon, bevor ich im Bett war. Jedenfalls erinnere ich mich nicht daran, daß ich mich hinlegte.

Aus weiter Ferne hörte ich ein klingendes, dröhnendes Geräusch. Ich träumte, ich sei auf einem Flugplatz, mitten auf der Landebahn, als ein gigantisches Flugzeug zur Landung ansetzte. Ich öffnete die Augen und begriff, daß es das Dröhnen des Verkehrs draußen auf der Hauptstraße war.

Ich drehte mich langsam zum Fenster. Es knackte gefährlich in meinem Nacken. Draußen war das Tageslicht klar und weiß, der Himmel blaß und blau.

Ich lag auf dem Rücken. Elsa lag zusammengerollt in meinem Arm. Ihr Haar kitzelte mich im Gesicht.

Ihr Körper lag weich und warm und schwer neben meinem. Sie seufzte leise im Halbschlaf, ohne die Augen zu öffnen. Ihr Gesicht war völlig nackt, fast wie neugeboren.

Ich bewegte mich, vorsichtig. Der eine Arm war eingeschlafen, der andere tat weh. Sie öffnete plötzlich die Augen und zuckte zusammen. Ihre Augen weiteten sich, und die Pupillen wurden groß und schwarz. Dann zogen sie sich zusammen, und ich sah, daß sie mich wiedererkannte, sich daran erinnerte, wo sie war. Der Kopf fiel zurück, und sie lag da und atmete gegen meine Brust.

Es war ganz still in mir, wie in einem Heuhaufen, in dem noch niemand begonnen hatte, nach der Nadel zu suchen.

»Wie spät ist es?« fragte sie.

Ich sah auf meine Armbanduhr. »Viertel nach zwei. Ich begreife nicht, daß sie uns nicht geweckt haben.«

»Ich habe für anderthalb Tage bezahlt«, sagte sie. »Wir haben den Tag und die Nacht vor uns.«

Ich setzte mich abrupt auf. »Aber wir müssen...«

»Nicht!« Sie hielt mich fest. »Leg dich hin, entspann dich, du brauchst Ruhe...«

Der Gedanke war verführerisch, einfach wieder ins Bettzeug zu sinken, mit ihr zusammen die Wärme zu finden, zu vergessen... Aber es waren Menschen gestorben – vor einem Kühlschrank, am Fuß einer Treppe, im Hafenbecken... Vielleicht waren es noch mehr. Vielleicht auch – Arne Samuelsen.

Sie zog mich auf das Bett hinunter, mit starken Armen, spreizte die Finger auf meiner Haut, bohrte das Gesicht in die Kuhle zwischen meinen Rippen. »Varg...«

»Hör zu, Elsa, ich...« Ich packte sie bei den Schultern, drehte sie auf die Seite, stützte mich auf einen Ellenbogen und beugte mich über sie. Ich sah in ihr Gesicht, in ihre Augen. »Hör zu. Was passiert ist – vorgestern... Es klingt sicher lächerlich, jetzt, hinterher – aber, es hat was mit meiner Art von Treue zu tun...«

Sie sah mich ernst an. »Das ist nicht lächerlich, Varg.« Sie strich mit einer Hand mild über mein Gesicht, verweilte einen Augenblick am Kinn, bevor sie die Hand wieder auf das Kissen fallen ließ.

Ich versuchte die richtigen Worte zu finden. »Nicht unbedingt Treue ihr gegenüber. Sondern gegenüber etwas in mir.«

»Ich verstehe.« Sie lächelte blaß.

Ich legte mich wieder neben sie. Die Bilder der Erlebnisse des Vortages und der Nacht begannen vor meinen Augen zu tanzen. »Aber... Was wollten sie eigentlich von *dir*, Elsa? Warst du nur ein Lockvogel? Du warst es doch, die versucht hat, Sirevåg an den Spiegel zu schreiben, oder?«

»Ja. Ich hörte sie von der Hütte reden, aber ich glaubte nicht, daß jemand es verstehen würde. Sie störten mich, bevor ich fertig schreiben konnte.«

»Sie konnten also nicht ahnen, daß ich dich finden würde. Sie wollten dich haben.«

Sie nickte mit zusammengepreßten Lippen. »Sie sprachen von...«

»Den Bändern?«

Sie nickte wieder. »Was sollte es sonst sein? Sie sagten – sie sagten, daß der Chef wissen wolle, wo ich die Aufnahmen versteckt hätte. Und wenn ich sie nicht herausrücken würde, dann würden sie mein Gesicht zerstören und mir die Arme brechen und dafür sorgen, daß ich nie wieder...« Sie hielt sich eine kleine geballte Faust vor die Lippen. »Oh, Gott, Varg – wenn ich gewußt hätte!«

»Der Chef?« Ich setzte mich wieder auf. »Sagten sie nur – der Chef?«

»Ja.«

»Keinen Namen?«

»Nein, aber du weißt doch, wem die Hütte gehört.«

»Ole Johnny«, sagte ich grimmig.

»Ole Johnny«, wiederholte sie höhnisch.

Dann dämmerte mir plötzlich die Wahrheit, und ich fühlte eine Eishand mein Herz umfassen. »Aber – aber, heißt das, daß – daß Ole Johnny und du, daß ihr...«

Sie sah mich traurig an. »Da siehst du es, Varg. Ich bin eben doch nicht so anständig. Du würdest mich nie lieben können.«

»Aber ich...«

»So ist es nun mal – in dieser Branche. Er zahlte gut. Das Geld war willkommen, und er war ein sehr interessantes Interview-Objekt.«

»Das kann ich mir denken.« Mein Körper war gefühllos. Es prickelte in der Haut. Ich schwang die Beine aus dem Bett und blieb auf der Bettkante sitzen. Ich rieb mir die Augen.

Dann stand ich auf. Ich drehte mich zum Bett um. Sie lag da, die Bettdecke bis zu den Schultern hochgezogen und mit einem Ausdruck von Angst in den Augen. Die Handschellen baumelten obszön von meinem Handgelenk. »Dann müssen wir Ole Johnny einen Besuch abstatten«, sagte ich düster.

»Einen Besuch?« Jetzt war ihre Angst deutlich. »Was meinst du? Bei...«

»Hast du eine Idee, wie wir in das Haus kommen können?«

»Sag mal, spinnst du? Was willst du erreichen – nach allem, was passiert ist?«

»Keine Ahnung, ehrlich gesagt, aber wir brauchen Beweise, was Konkretes. Mindestens drei Menschen sind in der letzten Woche umgebracht worden, Elsa, und es hätten – noch zwei mehr sein können.«

»Und du willst dich in die Höhle des Löwen begeben?«

Ich hob resigniert die Arme. »Dafür bezahlen mich die Leute. Ab und zu. Das ist mein Job. So ist *meine* Branche. Auch nicht sonderlich lustig.«

»Er bot mir einen Job an«, sagte sie lakonisch. »Im zweiten Stock.«

»Meinst du – im Spielkasino?«

Sie nickte.

»Vielleicht können wir auf den Hof kommen, und dann... Gibt es da eine Feuerleiter?«

»Keine Ahnung. Ich hab nie geguckt.« Sie setzte sich im Bett auf. Ihre festen Brüste wölbten sich weich im Tageslicht. »Ich komme mit!«

»Du wirst den Teufel... Ehrlich, Elsa, dem kann ich dich nicht aussetzen.«

Sie stieß die Decke von sich und stand auf, klein und wütend, nackt und wunderschön. »Ich kenne eins von den Mädchen, die dort arbeiten, Varg. Vielleicht hilft das was? So kommen wir in den zweiten Stock und wieder runter. Ich – entweder komme ich mit, oder ich geh zur Polizei.«

Ich mußte lachen. Die Situation war zu komisch. Eine nackte Frau und ein nackter Mann. Sie klein und hitzig, und ihm baumeln diese absurden Handschellen vom Handgelenk. Und wenn jemand gehört hätte, worüber wir sprachen...

Ich sagte: »Sag mal – wo hast du die Bänder?«

»Frag nicht. Je weniger du weißt...«

»Sie können wichtiges Beweismaterial sein, wenn er sie dir gerade jetzt abnehmen wollte. Was hat er dir erzählt?«

Sie zuckte mit den Schultern, und ihr Blick ging in die Ferne. »Ich weiß nicht mehr – von seinen Geschäften. Recht detailliert, der reinste Rechenschaftsbericht. Und dann von seinem Liebesleben natürlich. Aber das tun sie alle.«

»Also gut – sie sind da *sicher,* hoffe ich?«

»Verlaß dich drauf. Du glaubst doch nicht, daß ich das alles ohne Rückversicherung gemacht habe. Es *wird* eines Tages eine Abhandlung geben.« Sie sah an sich herunter mit etwas wie Ekel im Blick. Dann sah sie auf, mit einem humorvollen Funkeln in den Augen. »*Du* bist auch dabei, Varg...«

»Und als was? Weicher Mann in Filzpantoffeln?«

»Ohne«, antwortete sie.

Wir zogen uns an.

Sie sagte: »Weißt du, das ist das erste Mal, daß ich ein Hotelzimmer verlasse, ohne – seit sehr vielen Jahren.« Dann kam sie herüber und legte ihre Arme um meinen Hals, lehnte ihren Körper weich gegen meinen. »Wir essen erst was, oder?«

Ich nickte in ihr Haar hinein. »Wir sollten auf jeden Fall warten, bis es richtig dunkel ist.«

Automatisch sahen wir zum Fenster. Es war Zeit, die Gardinen vorzuziehen. Die Dämmerung verwischte die Konturen. Wir hatten einen Tag verloren.

36

Die Straße lag im Dunkeln. Um den Eingang der Spielhalle herum flimmerten die farbigen Neonröhren. In dem weißen Bethaus waren die hohen Bogenfenster erleuchtet, bis auf der Straße hörte man eine rhythmische Melodie und ergreifenden Gesang. Es war ein deutlicher Kontrast, als lägen Himmel und Hölle Wand an Wand, und als wäre der kleinste Fehltritt genug, um durch die falsche Tür zu gehen.

Wir waren kreuz und quer durch die dunkelsten Seitenstraßen gekommen, und von einer Ecke aus beobachteten wir das Haus mißtrauisch. Ich hielt Elsa mit einem Arm hinter mir, wie um sie zu beschützen. »Es ist Licht im zweiten«, flüsterte sie.

Ich nickte. Auch im ersten Stock war Licht, hinter heruntergelassenen Jalousien. »Die Frage ist nur, wie wir reinkommen.«

Neben dem Bethaus ging es durch ein hohes, weißes Tor direkt in den Hinterhof. Wenn wir dort hindurchkamen, dann...

Ich sagte: »Ich geh zuerst. Wenn alles gutgeht, kommst du nach, okay?«

»Mm.« Sie nickte. »Sei vorsichtig.«

Ich drückte schnell ihren Arm, sah mich prüfend um und überquerte die Straße. Das Kopfsteinpflaster glitzerte. Weiter unten in der Straße standen drei, vier Wagen geparkt. In einem Hauseingang stand ein junges Paar in heißer Umarmung und hatte alles um sich herum vergessen. Der Psalmengesang wurde lauter. Ich behielt Ole Johnnys Haus scharf im Auge, aber es war niemand zu sehen. Drinnen in der Spielhalle schepperte ein Automat – ein Geräusch wie von einem Maschinengewehr.

Ich hatte das Tor erreicht. Ich drückte die Metallklinke herunter, und mit einem scharrenden Geräusch glitt das Tor auf. Ich sah rasch zurück. Nichts zu sehen. Ich ging hinein.

Ich sah mich um. Links trennte ein hoher Bretterzaun die beiden Höfe voneinander. Der Zaun war alt und grau und oben mit rostigem Stacheldraht verziert. In einer Ecke des Hofes stand ein Mülleimer. Etwas Kleines, Graues huschte am Zaun entlang und verschwand in der Dunkelheit.

Ich ging zurück und öffnete das Tor einen Spalt. Elsa hatte

die Straße schon halb überquert. Ich öffnete das Tor weiter und zog sie herein. Wir blieben dicht nebeneinander stehen und lauschten. Der Psalmengesang war zu Ende. Jetzt redete jemand. »Halleluja!« ertönte es schwach durch die Wände. »HALLELUJA!« antwortete der Chor der anderen Stimmen.

Wir gingen weiter auf den Hofplatz. Der Stacheldraht auf dem Zaun schien nicht sonderlich gut befestigt. Es würde nicht schwer sein, ein Stück loszureißen.

Ich schob den Mülleimer an den Zaun und stieg vorsichtig darauf. Der Zaun war ungefähr zwei Meter hoch, und jetzt konnte ich hinüber in den Hof hinter Ole Johnnys Haus sehen. Eine Feuerleiter führte im Zickzack die Rückseite hinauf. Vor jeder Etage war ein kleiner Altan. Das sah vielversprechend aus.

Ich holte ein Etui aus meiner Manteltasche und befestigte einen Schraubenzieher an dem kleinen dazugehörigen Plastikgriff. Indem ich den Schraubenzieher unter den Stift preßte, mit dem der Stacheldraht befestigt war, gelang es mir, ihn auf einer Breite von anderthalb Metern zu lösen. Als ich fertig war, sprang ich vorsichtig wieder vom Eimer herunter.

Ich packte sie bei den Schultern. Die Handschellen rasselten. Ich hatte versucht, sie unter den Ärmel zu schieben, damit sie nicht im Weg waren. »Willst du nicht hier warten? Es könnte...«

»Ich komme mit.«

»Aber warum?«

»Warum nicht?«

»Es könnte...«

»Was für mich gefährlich ist, ist auch für dich gefährlich, und dann kann es gut sein, wenn man zu zweit ist. Wir müssen zusammenhalten, Varg!« Sie sah mich mit dunklen Augen eindringlich an. Es war nutzlos, weiter zu diskutierten. Sie war stur wie ein Esel.

»Na gut. Ich geh zuerst rüber.« Ich wartete ab, ob sie protestieren würde, aber das tat sie nicht. Dann stieg ich wieder auf den Eimer, hielt mich am Zaun fest – und schwang mich hinüber. Ich ließ mich vorsichtig auf der anderen Seite hinuntergleiten. Nichts geschah.

Elsa kam hinterher. Sie bewegte sich flink, die enge Cordhose schien sie nicht zu behindern.

Gemeinsam näherten wir uns dem Haus. Wir gingen in einem Bogen an einem erleuchteten Fenster vorbei, aber die dicken Vorhänge waren vorgezogen, so daß niemand hinaussehen konnte.

Wir hielten uns am Geländer der Feuerleiter fest und stiegen vorsichtig hinauf. Es roch kalt nach rostigem Metall, und das Eisengestänge knarrte hohl, als wir uns nach oben bewegten. Wir gingen langsam, Stufe für Stufe, und ich mußte mich anstrengen, nicht bei jedem Schritt tief durchzuatmen.

Wir stiegen ohne Hindernisse am Erdgeschoß vorbei und kletterten weiter. Ich flüsterte: »Sollen wir versuchen, oben im zweiten reinzukommen?«

Sie nickte.

In jeder Etage war ein Altan unter einer Küchentür und dem daneben liegenden Fenster. Im ersten Stock reichte er bis zu einem Fenster mit schweren roten Vorhängen, wie ich sie noch nie gesehen hatte. Das konnte Ole Johnnys Büro sein.

Ich trat an das Fenster. Wir hörten Stimmen dahinter. Ich sah mir das Fenster genauer an. Es war von innen verschlossen, aber die Vorhänge waren etwas zu hastig vorgezogen worden. In der Mitte war ein klitzekleiner Spalt, ein schmaler Lichtstreifen fiel zu uns hinaus. Die Stimmen drinnen klangen laut und wütend. Elsa sagte ängstlich: »Varg, ich krieg plötzlich – Angst.«

Ich antwortete nicht. Ich legte mein Gesicht an die Scheibe, vor den schmalen Spalt. Es *war* Ole Johnnys Büro.

Ich konnte nicht den ganzen Raum überblicken, aber was

ich sah, war genug. Es waren fünf Männer. Vor dem Schreibtisch standen – wie zwei ungezogene Schüler im Zimmer des Schulleiters – unsere zwei Freunde aus Sirevåg. Jolle hatte einen dicken blauen Fleck auf der Stirn, und sein Kinn war geschwollen und blaurot. Kalle sah blaß aus. Den Gesichtsausdrücken nach zu urteilen, bekamen sie gerade eine ordentliche Standpauke.

Am Schreibtisch, links auf einem Stuhl, saß Ole Johnny, ohne ein Wort zu sagen. Neben ihm stand Niels Vevang.

Es war der fünfte Mann im Raum, der das Wort führte, mit rotgeflecktem Nacken und schwingenden, hitzigen Schulterbewegungen. Er stand mit dem Rücken zum Fenster, und er trug keinen Cowboyhut. Das war auch nicht nötig. Ich erkannte ihn trotzdem wieder. Es war Carl B. Jonsson.

37

Ich winkte Elsa zum Fenster herüber. In der Dunkelheit waren ihre Gesichtszüge weich, und die Angst hatte sie jünger gemacht, verletzbarer. Ich nickte zur Öffnung im Vorhang, und sie legte zögernd ihr Gesicht an die Scheibe.

Sie fuhr zusammen und streckte eine Hand aus, wie um sich festzuhalten. Ich griff sie und drückte sie leicht. Sie zog sich vom Fenster zurück. »Da sitzt ja...«

»Das sind unsere Freunde, ja. Und Ole Johnny. Und...«

»Carl Jonsson«, fiel sie mir ins Wort.

Ich konzentrierte meine Aufmerksamkeit auf ihr Gesicht. »Kennst du ihn?«

Sie sagte leise: »Ich garantiere dir, daß Jonsson der Mann hinter allem ist, was in diesem Haus vor sich geht. Ole Johnny hätte nie das Format für solche Projekte. Er ist nur vorgeschoben.«

»Und wer hätte eine strategisch günstigere Position als der

Sicherheitschef einer Ölgesellschaft? Er konnte Ole Johnny die Informationen liefern, wer Geld hatte – und wen er an der Tür abweisen sollte.«

»Er hat mir erzählt, er hätte hohe Einkünfte. Aber er sagte nie, woher. Er war großzügig.«

Ich hörte die Mattheit in meiner Stimme. »Soll das heißen, daß *er* auch...?«

Sie drückte kurz meinen Oberarm und nickte. »Er hat mir eine seltsame Geschichte erzählt«, sagte sie schnell.

Ich wandte mich ab und legte das Gesicht wieder an die Scheibe. Jetzt sprach Ole Johnny. Jonsson stand noch immer mit dem Rücken zum Fenster. Seine kräftigen Arme hingen schlaff herunter, und er schnippte nervös mit den Fingern. Ohne zur Seite zu sehen, sagte ich: »Und was?«

»Er – es war in den USA. Er hatte eine Tramperin mitgenommen, eine der tollsten Frauen, die er je gesehen hatte, sagte er. Und es war überraschend leicht gewesen, sich an sie ranzumachen. Es verging nicht mehr als eine halbe Stunde, bis er in eine Seitenstraße einbiegen und mit ihr loslegen konnte. Es waren die phantastischsten Küsse, die er je...«

Jonsson hatte Ole Johnny mit einer herrischen Bewegung unterbrochen. Dann ging er durch den Raum zu Kalle und Jolle. Direkt vor ihnen drehte er sich herum, fuchtelte mit der einen Hand vor ihren Gesichtern herum und schnauzte Ole Johnny an. Sein Gesicht war vor Erregung rot gefleckt. Es glitzerte silbern in seinen Haaren und golden aus seinem Mund. Er sah vorbei an Ole Johnny zum Fenster. Ich zog mich automatisch zurück.

Als ich das Gesicht wieder dem Spalt näherte, war er auf dem Weg zum Fenster. Ich hörte, was er sagte, so deutlich, als stünde ich selbst im Zimmer: »Guck mal da raus! *Uns* gehört diese Stadt, Ole Johnny!« Mit groben Händen riß er den Vorhang zur Seite, um Ole Johnny die Stadt zu zeigen, die ihnen gehörte. Wir starrten einander direkt in die Augen.

38

Einen Augenblick lang glaubte er, er sähe sein eigenes Spiegelbild. Dann lief sein Gesicht dunkelrot an, und er öffnete den Mund. Er sah aus, als käme er gleich durch die Scheibe.

Ich wartete nicht ab, was er zu sagen hatte. Ich schob Elsa brutal zur Treppe, und wir stürzten hinunter.

Die Metallstufen sangen unter uns, und Elsa stöhnte, als sie mit der Hüfte gegen das Geländer schlug. Als wir im Hof angekommen waren, hörten wir, wie oben eine Tür aufgeschlossen wurde und dann schwere Schritte auf dem Altan. Wir hatten den hohen Zaun erreicht. Ich griff um Elsas Beine und schmiß sie förmlich über den Zaun, während ich gleichzeitig einen Blick auf das Haus hinter uns warf. Nur Jonsson und Kalle kamen die Treppe herunter. Das bedeutete, daß die anderen versuchen würden, uns von der Straße her den Weg abzuschneiden. Ich sprang hoch und griff mit den Händen um die Zaunkante, zog mich hoch, schwang ein Bein hoch und warf mich hinüber. Ich landete hart und schief, und Elsa faßte meine Arme, um mir aufzuhelfen. Die Handschellen baumelten wieder lose an meinem Handgelenk.

Eine hohe, schrille Stimme schallte uns vom Bethaus entgegen. Jemand taumelte auf der anderen Seite gegen den Zaun, und von der Straße hörte ich schnelle Schritte. Ich zeigte auf eine Hintertür und zischte: »Da rein!«

Wir waren im Haus, bevor ich weiter nachdenken konnte. Man hörte die Stimme hier deutlicher. Wir waren im hinteren Teil eines Flurs und gingen weiter ins Haus hinein. Es war stockfinster und unmöglich, die Umgebung zu erkennen. Wir stießen auf eine Wand, und ich tastete nach einer Tür. Ich fand die Klinke, drückte sie herunter und schubste Elsa als erste durch die Öffnung. Licht flutete uns entgegen, und wir standen da und blinzelten.

Wir waren in den Versammlungssaal gekommen. Der Raum war fast voll besetzt, und von den Stuhlreihen starrten uns verschreckte Gesichter entgegen: alte und junge, Frauen und Männer. Wir waren neben einer Bühne hereingekommen, und dort oben stand ein Prediger hinter einem Rednerpult. Es war ein Mann Anfang Vierzig, mit hagerem Gesicht, dunklem, nach hinten gekämmtem Haar und flammenden Augen. Er starrte uns an, ließ sich aber nicht aus der Fassung bringen. Seine Stimme war durchdringend und melodisch, als er sagte: »Seid willkommen, Schwester, Bruder! Im Hause des Herrn ist für alle Platz. In der ersten Reihe sind noch freie Stühle.«

»Halleluja! Halleluja!« ertönte es vereinzelt aus der Versammlung. Wir stolperten weiter und folgten automatisch der Aufforderung. Hier waren wir unter Menschen, im Licht. Wir blieben sitzen und atmeten schwer. Eine füllige Frau zwei Stühle weiter nickte mild und lächelte mir beruhigend zu.

Der Prediger fuhr fort, wo wir ihn unterbrochen hatten. »Nein, wir erkennen Stavanger nicht wieder, Schwestern und Brüder! Ist es nicht so? Huren und Zuhälter, Geldschneider und Sybariter! Wir leben in einem modernen Sodom und Gomorrha, in den Wirrungen der letzten Tage. Der Herr ruft seine Herde zusammen, und alle sind willkommen, aber es ist ein Weg voller Versuchungen. Und wer hat die Macht im Land, in dieser Stadt? Wen beten wir an? Wer ist es, der sich in schwarzem, fettem Öl suhlt, falscher noch als Leviathan? Es ist der Mammon, Schwestern und Brüder! Es ist der Mammon, der seine gierigen Krallen ausstreckt, der seinen giftigen Atem über die Stadt bläst, der Tausende von Menschen in einen furchtbaren Tod stößt. Und wir werden keinen Frieden finden, Schwestern und Brüder, wir werden keinen Frieden finden, bevor nicht der letzte Tropfen Öl aus dem Meeresboden dort draußen herausgepumpt ist...« Er machte eine bedeutungsvolle Pause, bevor er mit leiser, fast flüsternder Stimme sagte: »Oder bevor der Herr Jesus Christus selbst wieder mitten unter uns wandelt.«

»Halleluja!« erklang es um uns herum. »Halleluja!«

Dann ging mit einem Knall die hintere Tür auf, und Kalle und Jonsson taumelten herein, halbblind, wie wir es gewesen waren. Kalle polterte vorwärts wie ein Frankenstein-Monster, und Jonsson fuchtelte mit etwas Häßlichem, Schwarzem, das er in der rechten Hand hielt, in der Luft herum. Es war ein Revolver. »Veum!« brüllte er. »Jetzt hab ich euch!« Der Prediger stand wie gelähmt hinter dem Rednerpult. Elsa rannte mit mir an den Stuhlreihen vorbei, durch den Mittelgang und zum Ausgang.

»Veum!« brüllte Jonsson hinter uns. Dann kamen sie trampelnd hinter uns her. Ich hörte die Stimme des Predigers: »Brüder und Schwestern! Habt Erbarmen miteinander...!«

Mehr hörte ich nicht. Durch den äußeren Flur hatten wir den Haupteingang erreicht. Wir öffneten die Tür und traten auf die Straße.

Ole Johnny und Jolle kamen uns entgegen. Wir liefen in die entgegengesetzte Richtung zur nächsten Straßenecke. Auch dort tauchten vor uns zwei mächtige Schatten auf. Wir änderten die Richtung, liefen auf ein anderes Haus zu. Es war eine Sackgasse. Elsa schluchzte laut.

Jonsson war auch aus dem Bethaus herausgekommen. Ich hörte seine Stimme durch die schmale Straße gellen: »Bleib stehen, Veum! Bleib da stehen – sonst schieß ich!«

Die Worte hallten von den Wänden um uns herum wider: *schieß ich, schieß ich!*

Es gab keinen Ausweg. Elsa stolperte und blieb auf der Straße sitzen. Ich drehte mich zögernd um und blieb stehen und wartete. Die Atemzüge zerrten in meinen Lungen, und mein Magen war bleischwer vor Angst.

Carl B. Jonsson ging auf dem Straßenpflaster in die Knie.

Er hielt mit beiden Händen den Revolvergriff. Der Revolver zeigte direkt auf mich, ungefähr in Brusthöhe. Neben Jonsson tauchte Vevang auf und blieb stehen.

Jonsson erhob sich langsam, ohne den Revolver zu senken. Sein Gesicht war grimmig und entschlossen.

Vevang murmelte ihm etwas zu. Hinter mir hörte ich, daß Elsa wieder auf die Beine gekommen war. Ihre Schritte kamen näher. Ich warf einen raschen Blick hinter mich. Sie ging schwankend, und sie sah mich nicht an. Sie starrte geradeaus über meine Schulter, direkt auf Jonsson. Aber sie sprach zu mir: »Varg...«

Jonsson unterbrach sie mit widerhallender Stimme: »Hör nicht auf sie, Veum! Ich hoffe, dir ist klar, daß ich dich gerettet habe?«

Ich sah ihn an, ohne zu begreifen, was er sagte.

Jonsson fuhr fort: »Wozu zum Teufel glaubst du, hat sie ihre Tonbänder benutzt? Die verdammte Hure. Sie hat geglaubt, sie könnte mich mit ihren verdammten Amateurgeschichten hinters Licht führen. Mich, wo ich mit topelektronischem Gerät gearbeitet hab, zu Hause in den Staaten! Wir können Leute am anderen Ende der Welt abhören, und sie kommt mit irgendwelchen uralten CIA-Geräten daher. Tinnef, Veum! Reiner Tinnef – wie sie selbst!«

Ich wandte mich halb Elsa zu. Ich begegnete ihrem schwarzen Blick, den großen Augen.

»Frag sie, wo sie das Geld gelassen hat, Veum!« brüllte Jonsson.

Ihr Haar war zerzaust, und sie hatte eine Schramme rechts auf der Stirn. Das Gesicht war hager und hohlwangig in dem grellen Lichtschein des Bethauses. Plötzlich spürte ich, daß es kalt war, ekelhaft kalt. Die Sterne hatten den Himmelsteppich über uns durchbohrt, und durch die Löcher sickerte die Kälte aus dem All, die Kälte aus dem endlosen Nichts.

Sie hob mir eine schmale Hand entgegen, bis an meinen

Mund und sagte: »Hör nicht auf ihn, Varg. Es ist nicht wahr...«

Ein paar lange, endlose Sekunden sahen wir einander an. Ich sah ihre Augen, ihren Mund, den zierlichen Körper in den dünnen Kleidern. Dann lächelte ich sanft und sagte: »Ich weiß, Elsa. Ich glaub ihm nicht. Weil ich etwas weiß, von dem er nicht weiß, daß ich es weiß.«

Wir hörten die Wagen, bevor wir sie sehen konnten. Sie kamen durch die Seitenstraße gerast. Ein Streifenwagen schlitterte um die Kurve und schaltete die Suchscheinwerfer ein. Jonsson stand im Lichtschein, eine gestochen scharfe Silhouette. Verdutzt drehte er sich um. Jemand sprang aus dem Wagen, eine Waffe und ein Helm blitzten auf. Über Lautsprecher ertönte Bertelsens Stimme, trocken und bestimmt: »Laß die Waffe fallen. Wir sind bewaffnet!«

Jonsson stand gespannt wie eine Feder. Dann ließ er den Arm sinken und nahm Haltung an. Mit einem Schulterzucken warf er die Waffe weg, in die Dunkelheit. Sie landete mit einem hohlen Geräusch auf dem Pflaster. Er drehte sich langsam zum Licht, fast wie ein Hollywoodstar, der vor der Galapremiere den Beifall des Publikums entgegen nimmt. Aber es war keine Premiere. Es war die letzte Vorstellung.

Dann waren wir plötzlich *eine* Gruppe: Jonsson, Vevang, Elsa, Ole Johnny, Kalle, Jolle und ich – umgeben von Polizisten in Overalls und Uniformen, einige mit Schußwaffen, andere mit Handschellen in der Hand.

Bertelsen kam dazu. Er sah mich mit schlecht verborgener Irritation an. »Und was soll dieser Zirkus bedeuten, Veum?«

Ich holte ein paarmal tief Luft, bevor ich antwortete: »Daß – jetzt weiß ich, wer die Frau im Kühlschrank war.«

»Ach ja? Und Arne Samuelsen – weißt du vielleicht auch, wo der ist?«

»Ja.«

»Und wo?«

Ich sah ihn an. Dann ließ ich den Blick über die anderen Gesichter um mich herum wandern. Es war nicht schwer zu erkennen, wer die Antwort schon wußte. Schließlich sagte ich: »*Er* war die Frau im Kühlschrank.«

39

Wir saßen in Bertelsens Büro – Elsa, ich, Bertelsen selbst, Iversen und Lauritzen. Auf der anderen Straßenseite lag das Weinmonopol dunkel und verschlossen, während die rote Kirche in Flutlicht getaucht war.

Elsa hatte sich frisch gemacht, aber das Gesicht war sehr hager. Der Mund war ein Strich, die Augen dunkel.

Bertelsen starrte mich entnervt an. »Also mit anderen Worten... Aber wer konnte das wissen?«

Ich sagte: »Nein, genau... Wer konnte das wissen, daß die Frau im Kühlschrank ein Mann war. Oder umgekehrt, daß der Mann im Kühlschrank... Du verstehst, was ich meine.«

»Und wie hast du das herausgefunden?«

»Durch einen Zufall. Ich habe beim Einwohnermeldeamt in Bergen angerufen, um die Informationen zu überprüfen, die ich über Frau Samuelsen hatte. Da erfuhr ich, daß die Schwester gar nicht tot war. Und es gab niemanden in der Familie, der Arne Samuelsen hieß.«

»Und das hattest du *vergessen*, uns zu erzählen.«

»Ich hatte keine Beweise – und ich mußte Elsa finden.«

»Das ist das Dümmste, was ich je gehört habe, Veum. Und das hätte dich und sie das Leben kosten können.«

Ich zuckte mit den Schultern, sah sie aber verlegen an. Um von etwas anderem zu reden, fragte ich schnell: »Aber diese andere Frau – Irene Jansen – hat sie euch nichts erzählt?«

Er sah resigniert zur Decke. »So gut wie nichts. Wenn ich dir meine ehrliche Meinung sagen soll, Veum, dann betrachte ich alle Personen, die in diese Affäre verwickelt sind, als schwachsinnige Idioten – dich eingeschlossen. Nein, sie war nur mitgegangen, weil sie glaubte, sie könnte dabei Geld verdienen. Sie war keinem der anderen jemals vorher begegnet, hatte nicht mal eine Ahnung, wie sie hießen. Die drei Männer, der, dem die Wohnung gehörte und noch zwei, waren in die Küche gegangen. Einer von ihnen war zurückgekommen und hatte sie gebeten, zu gehen. Sie hatte ein paar Hunderter bekommen. Sie hatte keine Geräusche aus der Küche gehört, die beiden anderen hatten solchen Krach gemacht.«

»Welche beiden anderen?«

»Laura Lüstgen und Lächel-Hermannsen, der Beschreibung nach.«

»So so…«, sagte ich.

»Und merk dir eins, Veum: Wir haben noch kein Geständnis. Sie haben überhaupt nichts gestanden! Und ich versteh noch immer nicht, *warum!*«

»Laß uns erst mit Vevang reden«, sagte ich.

»Uns?«

»*Ich* bin es, der den Überblick hat, glaub ich.«

»Und warum Vevang?«

»Weil er das schwächste Glied ist. Jonsson ist zäh wie ein Ochse. Aber wenn wir wissen, wo wir ihn packen können, dann… Und was das *Warum* angeht…«

»Ja?« kläffte er.

Ich wandte mich an Elsa. »Du hast die Geschichte von Jonsson noch nicht zu Ende erzählt. Könntest du…«

»Meinst du…?« Sie sah mich fragend an.

Ich nickte.

Sie sah Bertelsen an, während sie erzählte. »Es war in den USA. Er, Jonsson, hatte einen weiblichen Anhalter aufgegabelt, die tollste Frau, die er je gesehen hatte, um seine eigenen Worte zu benutzen – und sie erwies sich als außerordentlich willig. Sie fuhren in eine Nebenstraße und fingen an, zu –

naja, sich zu küssen und zu streicheln und... Aber als er dann – als er sie richtig befühlte – da zeigte sich, daß es... Es war keine Frau. Es war ein Mann.«

Bertelsen glotzte erstaunt. »Meinst du, daß...«

»Er erzählte, hinterher hätte er sie geschlagen, ihn fast totgeschlagen, und später wurde ihm immer schlecht, wenn er nur einen Transvestiten nur von weitem sah.«

Bertelsen sah wieder mich an und sagte: »Sollte *das* der Grund sein?«

Ich hob resigniert die Arme. »Sodom und Gomorrha. Wollen wir runtergehen und mit ihm reden – mit Vevang?«

Er starrte mich mit schmalen Lippen an. Dann stand er auf und sagte in knappem Ton: »Ja. Komm.«

Elsa sagte dünn: »Ich warte hier, Varg.«

Ich wollte sagen: Das brauchst du nicht. Ich sagte nur: »Gut.«

Vevang saß vornübergebeugt auf der Pritsche. Er sah auf, als wir hereinkamen, und das Geräusch des Schlüssels im Schloß hinter uns schmerzte ihm offenbar in den Ohren. Das lange Haar hing in Strähnen zu beiden Seiten herunter, und die Glatze war sichtbar. Die Anspannung stand ihm förmlich im Gesicht geschrieben, und es konnte nicht lange dauern, ihn zum Zusammenbrechen zu bringen.

Bertelsen sagte: »Nun erzähl mal, Vevang, von Anfang an. Ruhig und systematisch.«

Vevang sah von Bertelsen zu mir und zu den zwei Polizisten. Seine Augen waren wässrig. »Ich – ehrlich gesagt: Ich hatte nichts damit zu tun. Es war Jonsson, der das Ganze betrieben und finanziert hat, der alles managte, Ole Johnny war nur ein Strohmann.«

Bertelsen sagte trocken: »Redest du von dieser Spielhölle?«

»Ja...«, antwortete Vevang kläglich, als gäbe es von nichts anderem zu erzählen.

»Davon reden wir nicht, Vevang«, fuhr Bertelsen fort. »Wir reden von der Frau im Kühlschrank.«

»Der Fr-Frau im...«

»Und von Laura Lüstgen«, sagte ich. »Und Lächel-Hermannsen.«

»Laura Lüstgen? Lächel-Hermannsen?« plapperte Vevang mir nach.

»Führ dich nicht auf wie ein seniler Papagei«, sagte Bertelsen. »Gib zu, daß ihr sie um die Ecke gebracht habt.«

»Um die E-e...« Das Wort blieb ihm im Hals stecken.

»Du und Jonsson«, kläffte er.

»Ich – nicht – es war ein Unfall!« schrie er mit Fistelstimme. Es war soweit. Sein ganzes Gesicht schien sich hinter den Augen zu sammeln, in einem Ausdruck von Angst und Erleichterung.

Bertelsen starrte mich einen Augenblick streng an, dann atmete er tief und sagte: »Soso. In Ordnung. Ein Unfall. Können wir dann noch mal anfangen – ganz am Anfang?«

Er schien Anlauf zu nehmen und sprudelte los. »Wir – wir waren in diesem Lokal, Jonsson und ich und Lächel, den ich kannte, und ein Mädchen, das Irene hieß und auf das Jonsson geil war. Jonsson feiert gern, und er sagt immer, daß wir rausmüssen, unter Leute, denn da kriegen wir Informationen her. Er weiß alles, der Kerl – alles, was es zu wissen gibt, über jeden in Stavanger.«

»Wir lassen uns nicht beeindrucken«, sagte Bertelsen. »Wo wart ihr – bei Ole Johnny?«

»Ja. Und dann war da ein Typ, mit dem wir ins Gespräch kamen. Er sagte, er hieße Arne Samuelsen und lud uns zu einer Art Nachspiel ein. Wir waren Kollegen, wie er sagte. Arbeitete bei der gleichen Gesellschaft. Jonsson war dabei, er ist immer dabei. Ich glaube, er – ich glaube, er durchschaute ihn, sie, Samuelsen, ziemlich schnell. Er durchschaut Leute wie kein zweiter, und ich sah es an seinen Augen – daß da was war, was er wissen wollte. Er kann der reinste Teufel sein, wenn er erst mal in Laune ist.«

»Du meinst, daß er mit zu dem Fest ging, nur weil er vorhatte...«

»Er wollte sie kleinmachen. Sie! Ich hab ihn schon vorher solche knacken sehen. Nicht Transvestiten, sondern Homosexuelle. Er...« Ein Kälteschauer durchfuhr ihn. »Er bringt mich um, wenn er zu hören kriegt...«

»Dazu kriegt er keine Gelegenheit. Weiter!«

»Dann trafen wir Laura Lüstgen unten auf der Straße, und da Lächel sie kannte, kam sie auch mit. Jonsson stieß mich in die Seite und sagte: Das paßt ja gut. Dann sind wir Paare. – Erst hinterher hab ich verstanden, was er gemeint hatte.«

Vevang starrte auf mich, als verstünde er nicht, was ich da zu suchen hatte. Er sah die zwei Polizisten an, aber die sagten auch nichts. Der Raum wirkte wirklich ziemlich überfüllt, wie ein Bus während der Stoßzeit. Und es herrschte die allseits bekannte, norwegische Stimmung: Niemand sagte ein Wort. Zum Schluß blieb sein Blick an Bertelsen haften.

Bertelsen sagte: »Als ihr da ankamt, wo Arne Samuelsen wohnte, was passierte da?«

»Wir – wir saßen eine Zeitlang da und tranken, und dann... Dann schlug Jonsson vor... Wir waren alle ziemlich voll, und Jonsson zog ein Kartenspiel aus der Tasche und sagte, daß es zu Hause in den Staaten bei solchen Gelegenheiten immer sehr lustig gewesen sein, Kleiderpoker zu spielen. Er sah Samuelsen an, als er das sagte, und ich sah, daß der blaß wurde. Ich – ist es in Ordnung, daß ich *er* sage?«

Bertelsen zuckte gleichgültig mit den Schultern.

Vevang fuhr fort, und jetzt sprach er schneller, wie um es hinter sich zu bringen. »Er – Samuelsen – er stand auf und ging in die Küche, entschuldigte sich mit irgendwas. Jonsson ging hinterher. Ich glaube nicht, daß die anderen was merkten. Sie waren zu besoffen, und Lächel hatte angefangen, mit

Laura rumzumachen. Irene... Dann hörte ich einen dumpfen Knall draußen in der Küche. Ich ging rüber. Jonsson hielt Samuelsen am Jackenaufschlag und hatte ihn vom Boden hochgehoben. Er schlug seinen Kopf gegen den Kühlschrank. Du machst mit, du dreckiges Schwein! zischte er. Du machst mit, du verdammtes Biest! – Und dann... Ich weiß nicht, was passierte – er schlug zu hart, oder der Nacken traf verkehrt, genau auf die Kante des Schrankes. Es war in einer Sekunde passiert. Ein scharfes Geräusch, und dann hing der Kopf einfach runter, leblos, und wir sahen das Weiße in seinen Augen. Er...« Er brach ab. »Ihr wißt doch, wenn Leute sterben...«

»Das wissen wir«, sagte Bertelsen. »Und dann?«

»Ich wär beinah ohnmächtig geworden, aber Jonsson – er blieb ruhig. Wir – erst mußten wir die anderen rausschmeißen. Erst Laura und Lächel. Dann Irene. Wir zogen ihm – ihr – die Kleider aus und überlegten, was wir tun sollten. Der Kühlschrank fiel uns ein, und Jonsson nahm alle Roste raus. Wir versuchten sie reinzupressen, aber der Kopf war im Weg. Dann kamen wir auf die Idee, daß, wenn die Leiche eventuell gefunden würde – ohne Kopf – das würde die Identifizierung erschweren.«

»Und dann habt ihr den Kopf abgeschnitten?«

Er nickte und schluckte. »Ich – ich mußte festhalten. Aber ich sah weg, aus dem Fenster, die ganze Zeit. Er schnitt – mit einem Küchenmesser, einem Filetiermesser.«

»Großer Gott«, stöhnte Bertelsen. »Wie konntet ihr...« Die beiden anderen Polizisten waren leichenblaß. Obwohl ich darauf vorbereitet gewesen war, fühlte ich, wie es in meinem Magen zu rumoren begann. Es war keine schöne Geschichte. Es war eine der schlimmsten, die ich je gehört hatte.

»Dann paßte sie rein, und dann hauten wir ab.«

»Mit dem Kopf in einer Plastiktüte?« fragte ich.

»Ja. Jonsson schaffte ihn weg, ich weiß nicht, wohin. Hinterher...«

»Ja, na los!«, klaffte Bertelsen. »Schone uns nicht!«

»Wir wollten ja auch den Rest der Leiche loswerden, bevor jemand kam und... Wir beobachteten das Haus und warteten, bis die Wirtin weg war, aber dann tauchte Veum auf und fing an, Fragen zu stellen, und gerade als wir – sie – holen wollten, tauchte er auch auf. Wir mußten... Jonsson schlug ihn nieder, aber es war wie in einem Alptraum, denn dann tauchte die Alte auf, die Wirtin. Wir mußten abhauen.«

»Und dann wurdet ihr nervös, nicht?« sagte ich und kam Bertelsen zuvor. »Da fingt ihr an, sie vom Weihnachtsbaum zu pflücken, einen Stern nach dem andern. Laura. Lächel. Warum nicht Irene?«

»Jonsson hatte ein Auge auf sie geworfen. Außerdem konnten wir sie nicht finden.« Der letzte Satz war auffallend doppeldeutig.

Ich fuhr fort: »Ihr versuchtet, mich aus der Stadt zu vertreiben. Ole Johnny und seine Leute standen stramm, wenn der Chef pfiff, was? Und dann waren da diese Tonbänder von Elsa, die plötzlich von Bedeutung sein konnten, und ihr versuchtet, sowohl sie als auch mich abzuservieren – euch muß ja völlig die Panik gepackt haben!«

»Aber *ich* war es doch nicht. Es *war* ein Unfall.« Er sah uns flehend an, wie um die ganze Schreckensgeschichte mit einer Bitte um Vergebung abzuschließen.

»Wirst du das unterschreiben?« fragte Bertelsen formell.

Er nickte stumm, mit feuchten Augen. Das Gesicht glänzte von Schweiß, das Haar war strähnig, die Augen desperat und ruhelos.

Wir ließen ihn in der Zelle zurück, allein mit sich selbst und seinen Gedanken. Danach gingen die anderen zu Carl B. Jonsson hinein. Ich ging die Treppen hinauf zu Elsa. Ich konnte das Ganze nicht noch einmal ertragen.

Als alles vorbei war, standen wir auf dem Gehsteig vor der Wache und warteten auf ein Taxi. Sie hatte mich untergehakt und lehnte sich schwer an mich. Es war nach Mitternacht, und der Himmel war blank, mit verstreuten Sternenflecken. Ein Auto fuhr vorbei, und durch ein halb heruntergekurbeltes Fenster hörten wir Lachen und Jauchzen.

Ich sah in ihr hageres Gesicht. Sie fing meinen Blick auf und sagte: »Ich glaube, ich werde nach Hause zurückfahren – weg aus Stavanger.« Mit einem kurzen Schulterzucken fügte sie hinzu: »Interviews hab ich genug.« Sie lächelte traurig.

Ich strich ihr über die Wange. Sie sagte: »Glaubst du, wir sehen uns wieder?«

Ich hob leicht die Schultern. »Wer weiß? Vielleicht.«

Das Taxi kam, und der Fahrer pfiff. Wir winkten ihm zum Zeichen, daß er warten sollte.

Sie sagte: »Komm mit, Varg. Komm mit – jetzt, zu mir nach Hause!« Sie faßte meine Oberarme mit ihren kleinen Händen, sah mit eifrigen Augen zu mir auf.

Ich seufzte tief. »Nicht heute abend, Elsa. Ich – ich bin kaputt. Ehrlich. Ich laufe zurück zum Hotel, dann krieg ich auch ein bißchen frische Luft.« Eine kurze, schmerzhafte Pause entstand. Dann setzte ich hinzu: »Gute Nacht, Elsa, und... leb wohl...«

Sie sah zu mir auf, tief, tief in meine Augen. Dann liefen ihre Augen über, sie streckte sich und küßte mich auf den Mund mit offenen, weichen Lippen, strich mir schnell über die Wange, wandte sich ab und lief zum Taxi.

Sie winkte mir zu als sie einstieg. Ich blieb mit halb erhobener Hand stehen und starrte dem Taxi nach, bis es verschwunden war.

Ich hatte einen dicken Kloß im Hals.

Das Leben war voller Abschiede. Es wurde langsam Zeit, wieder einmal hallo zu sagen.

40

Als wir Karven passierten, ging ich nach oben an Deck und stand da und sah auf die Stadt. Bergen lag in verfrorener Novembermorgenpositur zwischen den Bergen. Es war fast halb zwölf, und durch den Eisnebel über Løvstakken schimmerte die Sonne wie ein ockergelber Kreis.

Die Berge trugen weiße Neuschnee-Käppchen. Auf Fløyen standen die Tannen wie weißgekleidete Mönche. Ich wußte, wie es jetzt dort oben war. Saubere, weiße Skispuren, stille Furchen zwischen den Bäumen: Loipen, die nur hier und da von einer Hasenfährte gekreuzt wurden. Und über dem Ganzen erhob sich der Himmel – blaugrün und durchsichtig, mit einer zierlichen Borte goldenen Sonnenscheins am Horizont. Winter. Stille. Frieden.

Aber unten aus der Stadt stieg der Verkehrslärm, und die Straßen waren schmutzig, der Schnee in den Rinnsteinen braunrot und staubig. Ich ging an Land und dann stadteinwärts zu meinem Büro, nahm den Fahrstuhl in den dritten Stock und schloß mir auf. Im Wartezimmer war es dunkel und still. Die Stühle standen da wie Mahnmale all dessen, was einem im Leben fehlte. Ich öffnete die Tür zum Büro. Die Luft war kühl, die Atmosphäre stickig. In gewisser Weise kam es mir vor, als sei ich gar nicht weg gewesen, aber auch so, als sei ich noch nie vorher hier gewesen. Ich fühlte mich mir selbst fremd – wie mein eigener Schatten. Ich stand wieder an der Tür und sah mich den Raum durchqueren, am Schreibtisch entlang gehen, mit der Hand wie zufällig an der Kante entlangstreichen, den Stapel Post aus dem Briefkasten ablegen, mich auf den Stuhl fallen lassen und aus dem Fenster starren: ein blonder Mann Ende Dreißig, fast schon vierzig, mit ein paar grauen Haarsträhnen in der Stirn, die man nur bei starker Sonne sah, mit Gesichtszügen, die nach und nach ihre

Form gefunden hatten, und Augen, die viel zu viele Tote, viel zu viele gestrandete Existenzen gesehen hatten.

Ich sah mich selbst die Hand nach dem Telefon ausstrecken und eine Nummer wählen. Ich lauschte auf das Klingeln. Es klingelte zweimal, dreimal, vier, fünf, sechs. Nach dem achten Mal wurde der Hörer abgehoben, und eine matte Stimme sagte: »Ja?«

»Frau Samuelsen?«

»Ja.«

»Hier ist Veum. Es tut mir leid.«

Sie antwortete nicht.

Ich fuhr fort: »Ich weiß nicht, wieviel die Polizei Ihnen erzählt hat...«

Nach einer Pause kam: »Genug.«

»Ich dachte, daß ich... Vielleicht kann ich etwas hinzufügen. Das Bild vervollständigen, wenn Sie wollen.«

»Bitte.«

»Kann ich jetzt zu Ihnen nach Hause kommen – oder wollen Sie lieber warten?«

»Kommen Sie ruhig.«

»Sofort?«

»Ja. Und Veum, bringen Sie die Rechnung mit.«

»Aber...«

»Ich möchte vermeiden, Sie noch öfter zu sehen.«

»Also gut. Dann komme ich, so schnell ich kann. Auf Wiederhören.«

Sie murmelte etwas und legte auf.

Ich blieb am Schreibtisch sitzen, sammelte meine Quittungen zusammen, zählte die Tage und schrieb die Rechnung, mit einem Durchschlag, auf der alten Schreibmaschine, die ich auf einem Flohmarkt für fünfzig Kronen gekauft hatte. Sie machte einen Lärm wie ein Zirkusorchester, aber sie schrieb, was sie sollte.

Bevor ich ging, rief ich Solveig an. Als ich ihre Stimme

hörte, saß ich einen Moment lang da und lauschte, ehe ich sagte: »Hej! Ich bin's. Ich bin zurück.«

»Hej!« sagte sie. Und dann noch einmal: »Hej! Geht's dir gut? Ist alles gutgegangen?«

»Mir – ja. Es ist gutgegangen.«

Ihre Stimme klang rastlos, fast nervös: »Ich würd gern – wir müssen miteinander reden, Varg...«

»Ich sehne mich auch danach, dich zu sehen.«

»Ich – können wir uns treffen, gleich, heute?«

»Du hörst dich fast – das hört sich an, als wäre es etwas Ernstes.«

Sie sagte schnell: »Es ist so komisch, wenn wir getrennt waren, so wie jetzt – eine ganze Woche –, dann ist es, als ob ich – als ob ich erst dann wirklich alles überblicke, aus einer neuen Perspektive, verstehst du?«

Ich verspürte ein unbehagliches Gefühl in der Magengegend. »Ich muß erst zu meiner Klientin, aber – kannst du hierherkommen, etwas später? Oder können wir uns irgendwo anders treffen?«

»Ich komme zu dir. Wann soll ich kommen?«

Ich sah auf die Uhr. »Drei, halb vier? Geht das?«

»Ja, gut. Tschüß, bis dann.«

»Tschüß.«

Meine Blicke schweiften aus dem Fenster, wieder hinauf zu Fløyen. Weiße Hänge, saubere Loipen – geradewegs in die Ewigkeit. Dann schüttelte ich das unbehagliche Gefühl ab, wurde an der Tür wieder eins mit mir selbst und machte mich auf den Weg zu Frau Samuelsen.

41

Frau Samuelsen war um zehn Jahre gealtert seit dem letzten Montag. Die faltige Haut in ihrem Gesicht war noch trockener geworden, noch holziger, und die Augen waren stumpf und milchigweiß. Sie bewegte sich mit noch größerer Anstrengung, und ich mußte an mich halten, sie nicht zu stützen.

Drinnen im Wohnzimmer herrschte ein merkwürdiges Halbdunkel. Nur eine Wandleuchte brannte, und da eine der beiden Glühbirnen durchgebrannt war, hatte die andere große Probleme, mit ihrem Licht den goldbraunen, dichten Lampenschirm zu durchdringen. Das Portrait der Tochter – Ragnhild – stand immer noch auf dem großen Sekretär. Wir saßen da und sahen einander an. Ich wußte nicht recht, wie ich anfangen sollte. Sie hatte überhaupt nichts zu sagen. Als wir endlich sprachen, war es gleichzeitig.

Ich sagte: »Ich weiß nicht...«

Sie sagte: »Die Polizei...«

Dann hielten wir beide inne, und die Stille wurde noch drückender, wenn das möglich war.

Ich versuchte es erneut: »Es wäre um vieles leichter gewesen, Frau Samuelsen, in vieler Hinsicht, wenn Sie mir von Anfang an alles erzählt hätten.«

»Es gab nichts zu erzählen«, sagte sie trotzig. »Wenn er – wenn sie nur verschwunden gewesen wäre, wenn Sie sie gefunden hätten – ich konnte ihr Geheimnis nicht verraten, ihr *Leben* nicht verraten, nur weil ich selbst – ängstlich war.«

»Aber als sie von dieser Frau hörten – im Kühlschrank. Sie müssen doch daran *gedacht* haben – an die Möglichkeit.«

»Sie verstehen nicht...«, sagte sie.

»Doch – ich glaube, ich...«

»Ich *hoffte* doch, daß es nicht sie – daß es – eine andere gewesen sei.«

Ich nickte.

Jetzt war es an ihr, die Stille zu durchbrechen. Ihre Stimme war leise und monoton. Sie sprach nicht, weil sie dazu Lust hatte, sondern weil sie wahrscheinlich das Gefühl hatte, daß ich in gewisser Weise ein Recht hatte, es zu erfahren. »Es war schrecklich, dieses Geheimnis mit sich herumzutragen. So viele Jahre. Ich erlebte sie ja – während ihrer ganzen Entwicklung, erlebte, daß ihre Interessen ... die Kleidung, die sie gern trug, die Nachlässigkeit, daß sie gern mit Jungen spielte, als sie klein war und – als Teenager auch. Sie – ich glaubte nicht, daß es etwas mit einer sexuellen Neigung zu tun hatte.« Sie sprach das Wort aus, ohne aufzusehen, typisch für ihre Generation. »Es war eher so, daß sie sich dort zugehörig fühlte, bei den Jungs, den Kumpels.«

Jetzt hob sie den Blick, wie um sich zu vergewissern, daß ich zuhörte, daß ich aufpaßte. Ich nickte, um zu zeigen, daß ich zuhörte, sagte aber nichts.

»Mein Mann hätte es nie zugelassen, daß sie sich veränderte. Deshalb wartete sie so lange, bis er starb, 1972. Aber dann, im Laufe eines Monats, passierte alles auf einmal, und ich konnte nichts dagegen tun, konnte nicht protestieren. Dann hätte ich sie *ganz* verloren, verstehen Sie?«

Ich nickte.

Ihre Stimme zitterte leicht. »Also – also starb meine Tochter 1972, und statt dessen bekam ich einen Sohn.«

»Den Sie Arne nannten.«

»Wir waren uns immer einig gewesen«, murmelte sie, »daß, wenn wir einen Sohn bekämen, er Arne heißen sollte.« Sie war weit, weit weg, als sie hinzufügte: »Ich hätte so gern – Enkelkinder gehabt...«

Nach einer Pause sagte sie: »Wollen Sie noch mehr wissen?«

Ich sagte mit Bedauern in der Stimme: »Eigentlich sollte ich ja erzählen.«

Sie sagte knapp: »Ich will nichts mehr hören. Die Polizei hat alles erzählt. Ich will nichts mehr wissen.« Ihr Gesicht war entschlossen, hart, um zehn Jahre älter.

»Er... Sie hat es geschickt verborgen«, sagte ich. »Auf See, auf der Plattform.«

»Sie war immer schüchtern«, sagte sie ironisch.

Ich nickte. An Bord der Schiffe hatten sie Einzelkabinen, auf der Plattform wurde in Schichten gearbeitet. Es war nicht so schwer gewesen. Ich starrte das schwarze Kissen an. Der Text wirkte fast obszön leichtsinnig, nach allem, was geschehen war: *La belle France.*

Ihre Stimme wurde geschäftsmäßig: »Haben Sie die Rechnung dabei?«

Ich gab sie ihr. »Es eilt nicht.«

Sie antwortete nicht. »Würden Sie so nett sein und auf den Flur gehen?«

Wir wiederholten die Prozedur vom letzten Mal, aber dieses Mal bat sie mich nicht wieder ins Wohnzimmer. Sie kam zu mir heraus, und in dem dunklen Flur zählte ich die Hunderter, einen nach dem anderen.

Wir standen einen Moment vor der Eingangstür. Ich sagte: »Das alles tut mir wirklich leid. Sollten Sie Hilfe brauchen, ein andermal...«

Sie sah an mir vorbei, zur Tür. Sie sagte nichts, nickte nur mit blassen Augen und zusammengekniffenen Lippen. Es roch schwach nach Kohl. Ich griff ihre Hand, drückte sie, öffnete die Tür und ging.

Bevor ich mich umdrehen konnte, war sie hinter mir wieder geschlossen.

Dragfjelltrappen lag verlassen da. Wäre der Verkehrslärm nicht gewesen, hätte die Stadt wie ausgestorben wirken können. Die Sonne war jetzt hinter den Bergen, und es war kalt. Langsam setzte ich mich in Bewegung, Schritt für Schritt die alten Treppenstufen hinunter. Eine der Platten hatte sich gelöst, und als ich darauf trat, ertönte ein Laut – wie ein kleiner Schrei von weit her.

42

Als ich zum Büro zurückkam, hing ein Zettel an der Tür: *Ich warte unten im Café S.*

Ich fand sie an einem der Fenstertische. Sie saß da und sah auf Torget hinunter und bemerkte mich nicht, bis ich vor ihr am Tisch stand. Da streckte sie die Hand aus, umfaßte meine Finger und lächelte, ein angestrengtes Lächeln. Ich setzte mich ihr gegenüber. Ich wußte ungefähr, was sie sagen wollte. Während sie sprach, spielte sie mit ihrer leeren Kaffeetasse. Ich betrachtete ihre Augen. Sie waren dunkel und ausdrucksvoll, mit weichen Linien, fraulich und warm. Ihre Augen waren für mich immer das Schönste an ihr gewesen.

Meine eine Hand lag auf dem Tisch zwischen uns. Als sie fertig war, umfaßte sie sie heftig, mit beiden Händen, flocht ihre Finger darum und drückte sie.

»Aber wir werden immer Freunde bleiben, nicht Varg?«

Ich nickte. »Selbstverständlich.« Nach einer kleinen Pause fügte ich hinzu: »Nimm es nicht so schwer. Es ist nicht deine Schuld. Ich hab so was schon mal erlebt. Es ist nicht das erste Mal, daß ich als zweiter ins Ziel komme. Oder dritter, wenn man's genau nimmt.«

Es zuckte in ihrem Gesicht. Die Augen wurden noch dunkler. Sie drückte meine Hand so hart, daß es fast weh tat.

Dann suchte sie rasch ihre Sachen zusammen und stand auf. »Mach's gut«, sagte sie, mit deutlicher Betonung auf dem letzten Wort. »Ruf mich mal an, wenn du magst.«

»Ich ...«

Sie blieb stehen, wartete darauf, was ich sagen würde.

»Ich werde immer da sein, Solveig. Ich werde immer auf

dich warten. Du sollst immer wissen, wo du mich finden kannst, *daß* du mich finden kannst.«

»Danke«, sagte sie schwach, hauchte es fast. »Ich weiß – das zu schätzen.« Dann lächelte sie wieder ihr angestrengtes Lächeln und verließ rasch das Café.

Ich blieb am Fenster sitzen und folgte ihr mit den Blicken, als sie nach einer Weile den Marktplatz überquerte, auf dem Weg nach Skuteviken.

Ich ging hinauf in mein Büro und rief Harry Monsens Detektivbüro in Oslo an. Monsen war nicht zu Hause, aber ich bat die Dame in der Vermittlung, ihn von mir zu grüßen und zu sagen, die definitive Antwort auf seine Frage sei: Nein.

Dann ging ich nach Hause. Ich stellte den Koffer ab, hängte den Mantel auf und ging in die Küche. Ich öffnete den Kühlschrank. Er war leer. Ich schloß die Tür vorsichtig wieder, ließ mich schwer auf einen der Küchenstühle fallen und starrte aus dem Fenster, ohne mich zu bewegen.